吕 新作品系列

乌

吕
新/著

山西出版传媒集团 北岳文艺出版社
BOYUE LITERATURE & ART PUBLISHING HOUSE
·太原·

图书在版编目(CIP)数据

乌/吕新著. —太原:北岳文艺出版社,2018.1
(吕新作品系列)
ISBN 978-7-5378-5425-2

Ⅰ.①乌… Ⅱ.①吕… Ⅲ.①中篇小说—小说集—中国—当代 Ⅳ.①I247.5

中国版本图书馆CIP数据核字(2017)第269275号

书名:乌
著者:吕　新

策　　划:续小强
责任编辑:马　峻
助理编辑:薄阳青

项目统筹:马　峻
装帧设计:张永文
印装监制:巩　璠

出版发行:山西出版传媒集团·北岳文艺出版社
地址:山西省太原市并州南路57号
邮编:030012
电话:0351-5628696(发行部)　0351-5628688(总编室)
传真:0351-5628680
网址:http://www.bywy.com　E－mail:bywycbs@163.com
经销商:新华书店　印刷装订:山西人民印刷有限责任公司

开本:890mm×1240mm　1/32　字数:180千字
印张:8.25　版次:2018年1月第1版　印次:2018年1月山西第1次印刷
书号:ISBN　978-7-5378-5425-2
定价:38.00元

目录

灰蓝街

一

鼓声又响起来了，有人开始收敛自己。

蜘蛛不再织网，蹲在梁上，面露憨傻地望着南飞的燕子。

鼓声像是响了整整一夜。

人还是她白日里见到过的那些脸上浮满笑容的人们，其中以女人居多。住在后街上青泥巷里的绛彩云扬起一张尖尖的狐狸脸，怯生生地问区里的宣传委员：俺翻遍了箱子，就是没有绿袄，只有一件红的，穿红的行不？宣传委员顺手摸了一下腰间的驳壳枪，朗声回答说：行呀，红的更好，更符合我们的需要。穿上红的，你扭起来就是一团火、一片霞。步兵的腿、宣传委员的嘴，不长的时期内，这两样东西帖春算是都见识过了。春色满面的绛彩云，一转身把自己插进秧歌队里，犹如一片树叶回到树下，一只狐狸回到森林。

绛彩云的男人在屋里摇着头说，真是个贱货。

他趴在一扇小窗户前又看了一会儿。这群女人，这会儿要是让她们集体把裤子脱了，也都愿意，他想。窗外的景象让他不由得开始责怨自己的母亲，妈呀，你可把我害苦了……

这是一个月前的事。仅仅一个月以后，男人就变了，他对绛彩云说，碗我来洗，地我来扫，你再去扭去吧，好好表现，使劲地扭，我可能要被提干。

她们不知疲倦地敲着，灵巧或笨拙的身躯来来回回地扭动着，通红的小巧的鼓身被她们敲得两头发热，咚咚地跳。她们顺从地抬腿，转身，面向太阳，两手顺着同一个方向，朝着虚无，表现出无限的渴望和忠诚。有小股的云彩停下来，看着她们。

听到鼓声之外传来空旷的一声，像是有一人一骑在事隔多年之后打远方回来，孤零零地伫立在一片有霜的原野上，没有人来迎接他，更没有人在家里等他、盼他。他回不回来，对外人，对任何人，任何地方，都不重要，可能只对他自己是个事。帖春就是在那个时候被一个人的经历和遭遇吓醒的，醒来后，睁着眼睛躺了一会儿。等梦魇像水一样慢慢退去，她才起来，开门，生火，烧开早晨的第一壶热水。蒸气在后墙上亮晶晶地显现出来，眼泪一样，一行一行地排列着。

回想起昨夜的鼓声，想起梦中见到的那支忽明忽暗的秧歌队，帖春在雾茫茫的水汽里愣怔了好一会儿。蒸气的眼泪在后墙上无声地淌着，东墙上的领袖像被风吹得卷起了边。晚上要腾出一点儿时间，把它抚平，重新贴好。铸铁胡同的毛财旺家被检查组抓了典型，户主哀求，认错，找人，都没用。五百年前我们可是一家人哪！别扯得太远，攀高也不是这么个攀法。一个人姓什么不重要，重要的是他的那份心。

早晨的风里已有了很深的寒意，沙枣树的叶子仿佛是一夜之间落光的，记得几天前还有深绿留在树上，但一转眼就已变得铁青、深重，让人猛然意识到，一个季节又已经过去了。

水在锅里哗哗地冒着泡，帖春站在锅前看了一会儿，没有吃饭，只盛出一点儿水，晾凉了，喝下去。三年前，面对的也是这样的一锅波涛翻滚的水，她正在灶前站着，有人捎信来了……不久，又见到了在人海中沉浮多年，没有人能说得清其真正身份的富英……乍一看见富英，帖春惊愕万分，原以为他早就不在人世了，没想到他竟然还活着。

也许不能说富英是彭忠良的掘墓人，从一开始就包藏着一颗险恶的祸心，但的的确确，丈夫彭忠良这棵恶草的生长与富英有着密不可分的关系；也许不完全是富英凭一己之力把彭忠良移栽到那片土壤里的，但至少他也是那个助他生长的浇向他的第一瓢水。

天已大亮，罗皂文家的黑瓦的屋脊以一种阴森狰狞的巨翅的模样扑向慈祥的大地，无论任何时候看，都像是正在降落。那巨翅下的房子里面如今已没有人住了。

帖春找出一件常出门穿的衣服换上，又用一把梳子在头上梳了几下，然后锁上门，朝区政府所在的柳树墩走去。

街上到处是标语，各种颜色的纸，配以威猛或灵巧的字，张贴在一切能够张贴的地方，有的像英雄的绶带一样斜挎在一些树上。其实已经不算少了，但还看见有人提着糨糊桶，举着刷子，仍在不断地到处张贴。临街人家的街门，围墙，都以有标语张贴在上面为荣，没有的也要想办法闹一张来贴上；或者站在门口等候，看见有张贴标语的人过来，赶紧招呼，又一边将自家的平整的外墙指给他们看，以证明是最适合张贴的地方；更有性急的，亲自前去领人，点头哈腰地把张贴标语的人一路领到自家门口。

临街的人家，尤其是那些个人身份和家庭成分比较含糊不清的，说起来不那么鲜亮的小业主们，每个人的心里都清楚，一条标语看起来就是那么一张纸，上面写几个字，但此时此境的意思已大为不同。无论你此前有过多少纸、多少字，那都没用，都远不及刚刚张贴在门上的这一条，对于他们来说，这即是一道护身符、一片祥云，虽然在关键的时候未必就真起作用，但有与没有，在他们看来那可是大不一样的。门上有两条，墙上若再有几条，从里面出来的人就会有无尚的光荣，心里会镇定不少，觉得多少与新江山沾上了边，喽啰也罢，毛边也算，总之有了一种不再是外人的感觉，不再像先前那么慌张和忐忑。他们的理由和逻辑是，如果你有问题，有被整掉削掉的可能，那些标语是不会贴到你家的。不是么，大千世界，有的是张贴它们的地方，何必非要贴到一户即将就要从这个世界上消失的人家的门上呢。

鼓声突然又响起来了。帖春朝四周看看，却并没有看到那支色彩斑斓，大部分时间并不流动，只在原地起舞的队伍。

她心里黑黑的，像傍晚时分的天气，又怀疑自己听得不对。联想到昨夜的响了整整一夜的鼓声，再走起来的时候已不像先前那么快疾了。有人和她打了一个招呼，但她没来得及看清是谁，对方已一闪身过去了，显然仅仅只是一声招呼，并无要停下来攀谈的意思。

在能看见区政府的一个表面漂浮着落叶的水潭前，那清脆的鼓声又一次响起，仿佛就在她的耳膜之外，在她的肩头上拉开了架势，咚咚地敲了起来，有红绿两种颜色的人影在翩翩起舞。那中间，有一些看似熟悉的面孔，还有白胡子的宰相，南方的渔翁，长着老鼠胡子的贼，提篮子的村姑，渔色的皮匠隐藏在树后，但忘记了锁门的女人走的却是另外的一条路。

区长的门上留着一条比筷子还要细的缝隙，像是有人在里面。帖春轻轻地敲了两下，里面没有人答应。正要再敲时，忽然看见门上挂着一把大铁锁子，她把举起的手垂了下来。

区长的门上有一些蝴蝶大小的三角形，似乎正在上下翻飞起舞。门框黑黄，像是被火烧过。她四下逡巡了一会儿，看见不远处的廊下，一根乌木柱子前，区小队的一名士兵正在站岗，背着步枪，胸前斜挎着一条污脏的子弹袋。士兵十分的年轻，几乎还是个孩子，像一枚生涩的青果，一张幼稚的脸目视着前方。

几年前，区政府还不存在，还不知在哪一个人的口袋里揣着呢，还仅仅只是几页揉得起皱，无法示人，被作为一个秘密的纸，说是个虚晃的梦也不为过。但斗转星移，物是人非，仅仅不算太长的时间里，已有模有样，五脏俱全了。地点选在柳树墩这个地方，七八株垂柳下时常有马拴着，有的马搭好鞍子，正要启程，有的刚从别的地方回来，主人下马离去，剩下它喷着响鼻，浑身冒着热气。

在这个陌生的政府面前，她感到一阵虚乏，找不到区长，又没处去打听，问那个年轻幼稚的士兵，对方只管摇头，问到后来竟连头也不再摇了，犹如一尊站立在区政府前面的石像。

秧歌队又过来了，鼓声清脆，整齐划一，像是出自同一个人的几十只手。在不到两个钟点的时间内，这已经是第三次打区政府的前面经过了。扭秧歌的女人们个个都喜气洋洋，仿佛都漂在水上，又像是驾着云雾，在极端的认真和虔诚中，有些女人不知不觉地流露出一种属于性别本身的与生俱来的放浪和忘我的神态，一时忘记了这是一次严肃正经的工作，而误以为是一次纯粹的欢乐。领队的喊：“抬腿！都把腿抬起来，抬得越高越好。”腿粗的女人根本抬不起来。抬腿干什么？昨日，公审大会刚开始那会儿，她们就已经被集中到一起待命了，在会场东南方向一侧形成与大会气氛迥然不同的花花绿绿的一片，有人在那里踢腿伸胳膊，有的练习步伐。会场那边每宣布一项死刑命令，这边都会引起一阵暗暗的极力抑制着的欢呼。等后来公审大会一结束，早已等候多时，早已憋足了劲的锣鼓声便突然爆炸般地响了起来，声音从平地腾空而起，直冲云霄，让刚刚参加完公审大会的人们旋即又步入到另一种热气腾腾的情景之中，清脆的鼓声把很多人的脚步拖住，牢牢地系在原地。很快，人们看见秧歌队按照早已排练好的队形依次散开，迅速地占领并铺开在相当长的一段路面上，行人若再想从路上通过，已没有可能。没有人敢从秧歌队的队列中间穿过去，也没有人试图那样去做，让自己小丑一样在秧歌队中间穿插、经过，无异于招认自己就是混入革命队伍中的一块坏肉。即使回家心切，即使有再要紧的事情在等着，也得耐心地耽搁一会儿，看看能否在秧歌队变换队形的时候意外地空出一条哪怕是最窄的路径，然后瞅准时机，抽冷子通过，把自己像一支箭一样突然射出去，射到人群之外。

开公审大会的时候，似乎还看见过区长的身影，后来却一转眼就不见了。帖春觉得区长并未走远，一定就在附近，也许正被一件什么事情给绊住了，那也应该是常有的事。工作繁多，区长时常转得像一只陀螺。帖春决定等待，她所能做的也只有耐心地等待，等待这只长字号的陀螺自己出现，即使不是亲自转到她的面前，但只要打她的视线里一出现，她也能立即赶过去。要是没有他的批准，事情恐怕没那么容易。

粮秣委员会的前面竖立着一张写满了各种通知的牌子，帖春站在那块牌子的后面，秧歌队里的那些反复起舞，腾转跳跃的身影和面孔使她心存顾忌，那里面有几个曾经与她多年来往的女子，但自从彭忠良被深挖出来，被捕以后，她们在惊吓和愤怒之余离她开始越来越远了，她们都有一种长期被蒙骗，恼怒掺杂着丧气的感觉，若不是抓捕手段得力，她们不知道自己还要继续被蒙骗多久呢。帖春有时候想，与她们建立友情的难道不是她帖春，而是彭忠良？而昨日的公审大会又为这件事雪上加霜，彭忠良与另外十一个罪人被公审后，当即一起被押往大荒滩执行枪决。

在家里，她早已做好了被随时带走的准备，有时听见门环一响，觉得终于来人了。与彭忠良那么一个人共同生活了十几年，作为他的妻子，被带走多少次都是正常的，也许也是应该的。她委托姐姐，万一她哪一天被带走，孩子就由姐姐领走。但是，出乎她意料，让她感到惊讶的是，上面竟一次也没有派人来找过她，就好像压根就不知道有她这个人一样。她想，总得被叫到什么地方去一两次吧？事实是，一次也没有。又想，不叫她去，也许是要派人来家里调查或者抓捕吧？事实是，这一回她又想错了。自始至终，从彭忠良在外地被捕，一直到昨日被处决，一直都没有人来过。有一天倒是来了一个人，却是一个四十多岁的来历不明的人，说是家里遭了难，急需要一笔钱，问她要不要把他的一个东西买下。说着，从随身挎着的一个包袱里拿出一个锈得青绿的香炉。她朝他摇头，随即请他出门。

她听说彭忠良是在某地一个集市上被抓到的，其时他正在挑选一条暗红色的围巾，还没有决定买不买，背后和太阳穴上已经被一长一短两支枪的枪口给顶住了……他要围巾干什么？

他本人就有一条啊。后来，街上响起通知开会的锣声，耀眼的黄铜的声音和光芒，呈放射状地直往人的心里钻，锣声让人的心里很乱。

一切都好像结束了，又好像刚刚开始。她看见杂乱的人们在锣声中如小溪小流般汇集。

公审大会开始的时候，她想去现场看看，尤其想看看彭忠良变成什么模样了，因为她也有很久没有见到过他了。她用一条旧围巾把脸遮得严严实实，然后悄悄地直奔公审大会的现场。看到有认识的人时，就远远地停住，或者背过身去。但后来，走着走着，她忽然停住了，她感到她的心里正在翻滚和发生着一种剧烈的变化，那变化的最直接的结果就是她忽然对自己眼前的这种遮遮掩掩的行为感到无比的厌恶和鄙薄。这样的一种情绪一经产生，她顿时有了一种被锻打的感觉，从肉体到意志，她听到自己在面对锻打时发出的阵阵铮铮作响的回声。这以后，她一把扯下那条此前一直遮挡着她的脸面的围巾，拿在手里，让自己的一张脸完全裸露在这个秋日的上午，那感觉就像是在转瞬间又重新出生了一次。不是么，对于不认识你的人来说，遮掩不仅没有必要，而且毫无意义。而对于那些认识你甚至十分熟悉你的人来说，遮掩得再严实也没有用，不需要仔细打量，隔着老远，从走路的姿势上也能看出你是谁。人活着，最忌讳、最束缚你的还是那些认识你熟悉你的人，他们更多的时候才是你的羞耻所在，窃窃私语，奔走相告，环环相扣，构成一条属于你的最粗最紧的锁链。

会场的警戒线也是由人构成的，黑色的武器蛇一样昂着头、半张着嘴，每一个人都像是携带着一个深不见底的黑洞，她远远地走过来的时候，看见它们周身闪耀着一种有些奇异的蓝光。她站在他们的附近，由于距离太远，根本看不清台前那一排低着头，背后插着亡命牌的罪人们，完全不知道哪一个是彭忠良。她能看到的除了人山人海的会场，还能看到的只有高高地架设在几个不同方向不同制高点上的几挺机枪，它们以相互交叉的形式瞄准着会场。

彭忠良的叔叔伯伯们，还有几个堂兄弟，都明确表示不准彭忠良的尸体进入他们的祖坟。他们说这话的时候，彭忠良还活着，还在山神庙的后殿里被羁押着，但是那时候他已经被提前作为一个死人来谈论了。原因很简单，无论他活着还是不活，他都是一个莫大的耻辱，他将严重地影响他们大家堂堂正正地做人，与这么一个人粘连不清，允许他的尸体进入到他们的祖坟里，从此谁也别想再好了。到时候，被熏黑、被涂污的不是眼前这几个人，而是连续几代人，连续几代人的身上都将见不到一丝亮色。帖春征询他们的意见，不让进入祖坟，那应该把彭忠良埋葬在哪儿呢？彭忠良的一个堂弟说，除了祖坟，爱埋哪埋哪，他们不管。那时候距离布告上所说的公审大会的时间还有三天。她想说的话被他们一次次堵截回去。

彭忠良被羁押在山神庙漆黑一片的后殿里，他不知道自己已经回到了故乡，猜想了几天也没有猜到自己是在哪里。

姐姐不知道帖春给彭忠良收尸后要把他埋葬到哪里，帖春自己其实也不知道，这件事带给她的茫然不像是一场铺天盖地的大雾，而更酷似一条让人一踏上去便不断迷失方向的林中小径。祖坟他肯定是进不去了，尽管那里还空着很多的位置，曾经也确有一个位置是属于他的，但现在已经不再属于他了。要埋他，只能选一个荒僻的地方，一个没有用也没有人去的地方。但是，她更担心的是，不知让不让收尸。

于是，她决定去找区长。让不让收尸，总得给一句话吧。让收就收，不让收就不收。

听说帖春要去找区长，姐姐吓得面无人色。

姐姐已被吓破了胆。除此之外，摊上这么一个妹夫，姐姐还觉得愤恨和无颜。姐姐本来在被服厂记账，管理着往来的账目，就是因为彭忠良的事，她已被调整到缝纫组去了，一双从前握笔，拿算盘的手，从此拿起了针线和剪刀，每日里穿针引线，坐在一扇光线昏暗的小窗户前，缝被子、做手套、赶制棉大衣。说是调整，工作需要，革命工作没有高低贵贱之分，可无论谁都明白是一次实实在在的下放甚至惩罚。厂长对姐姐说，不要怨厂里，要怨就怨你那个妹夫吧，只能怨他。又说，不要以为记账就比缝被子高级高贵，其实都一样。

与姐姐相比，帖春无论从哪个方面来说都不应该比姐姐更好，她所在的学校已将她辞退。张六如校长心情沉痛地给帖春摆事实、讲道理，以证明学校并不是容不下她，而实在是这一回无论如何都绕不过这个坎去，因为所涉及的并不是一个工作问题，而是一个原则性的问题，更是一个立场的问题、一个路线的问题。在这样的一些问题上面，没有人能够绕得过去，没有人能够走得通。侥幸、聪明、无畏，各种办法都不起作用，哪怕不怕苦，不惧死，都没有用。出了这样的事，就算学校里大家都不计较，都能够容忍——事实上这也是不可能的，不会存在那样一种可能，张校长特别指出——，但广大的学生和他们的家长也不会答应啊，他们能同意彭忠良的女人去教育他们的孩子们么？校长持续而空洞地咳嗽着，沙枣树的叶子哗哗地往下掉落着。你认为他们会答应么？会同意么？校长的目光像两只讨饭的空碗，可怜巴巴而又郑重其事地摆在帖春的面前，像是乞求她无论如何都要放一些东西在里面——给他。他在问帖春，但更像是在问自己。帖春说，不会，当然不会。

秧歌队从区政府前面的大路上离开，一路敲打着、摇摆着，向北边的一条房屋错落的街里慢慢地流淌过去，清脆纯一的鼓声从每一个人的心里划过。即使是遇上阴天，这样的鼓声也会让人觉得眼前阳光明媚，身边的世界祥和幸福。

帖春一边等区长，一边浏览着牌子上的各种通知，有一条通知是这样写的：凡持有旧币者，务于本月二十五日前……后面的字没有了。帖春想起自己也还有一些旧币，但很快她又想起，今天已经是二十八号了，这个通知一定已经贴出很久了。

秧歌队离去后，周围顿时变得寂静了下来，不仅能听到头顶上方传来的乌鸦的叫声，甚至连云彩撤退的声音也好像清晰可闻，至于牛的叫声，则更像是一支支黄铜的圆号，在平地上呜呜地吹响。帖春甚至觉得，这时候要是掉一根针，它也一定能发出比平时放大几倍的响声。她听见自己的心正一上一下地跳着，秧歌队在的那时候，它好像不存在一样，很多东西也都像是不存在一样。

区长一直没有在区政府附近出现，帖春最终等来的却是一位她过去在学校里的同事周士奇。周士奇如今也已离开了过去的学校，不过他不是被辞退，而是另有重用，现在区政府第三科工作。随着胜利的全面到来，这位秘密的党员，他的身份也已由昔日的地下正式转为地上，终于能够光明正大地开展工作了。用他自己的话说就是再也不需要像老鼠一样怕光了，再也不需要像蝙蝠或猫头鹰一样，在夜深人静的时候，别人都在睡觉的时候，再出来工作了。现在，他的脸上时常会呈现出一种历经磨难、终成正果后的幸运和坦然。很多年，在那风雨如晦的岁月里，没有人知道他的真正的身份，包括他的父母、亲人，都以为他就是一名会吹笛子，会拉胡琴，甚至还会像众多的女孩子一样会跳绳的有着天生的优伶秉性的音乐教师。那时候，时常能听到他的笛声和胡琴声，尤其是每当黄昏时分，夕阳西下，西天红云堆积，惆怅满天，晚霞海滩般绵延。当风琴响起来的时候，他的偏分头开始变得凌乱、不听话，整个校园里都环绕着风琴的声音，沙枣树静静地听着，初中部的月亮门像是浮在一个远离人间的清凉幽静的梦里……而现在，他再也不需要利用它们来掩护自己了。笛子、风琴、胡琴，从胜利的那一天起，他就再也没有摸过它们一下。

一切都像是在与过去诀别，他的头发也不再偏分，像大多数的干部一样，开始向后梳。前半生从始至终走的都是一着险棋，下到最后，对方输了，捂着脸离去。他能够存活下来，他更多地理解为是命运对他的一次格外的眷顾与垂青。

关于帖春被学校辞退一事，周士奇当然是知道的，这事在区政府里正经地讨论过，作为一名区委委员，周士奇也曾提出过自己的意见。有人曾指出，被辞退的不仅仅是一名教师，她同时还是一位诗人，一位女诗人。但大多数的人感到不解：诗人？还有这样的职业？具体是干什么的？对革命和建设有什么用么？写那种一行一行的怪浪费纸张的东西，所谓的诗，难道也能被称为工作或贡献么？他们不是有意要和她过不去，而实在是不能理解她所做的那种事情。她让他们大家想到了一种浮华、不踏实、不能被信赖的务虚的人，花枝招展，却不是一朵有芳香的真正的花，没有任何的作用和意义。这样的一种人，不工作也罢。

得知帖春站在这里是在等区长，周士奇劝她不要再等了，等到又一个日出日落，区长也不会出现。因为周士奇知道区长的行踪，昨天的公审大会一结束，区长就带人下乡征粮去了，没有十天半月是回不来的。有风刮来，帖春的头发被吹到脸前，一起来到她脸上的还有一层失望的阴影。她想到了刑场，大荒滩，已经做鬼整整一天的彭忠良。如果区长一直不回来，彭忠良就一直在那里趴着？好在天气已渐渐凉了。如果退回到一个月前，退回到炎热的盛夏……她不敢再往下想了。

周士奇点燃一支烟后，又抬起手看了看腕上的手表，他得和眼前这位昔日的同事告别了，不能再陪着她继续在这里站着了。一名几年前为他传递过情报的地下交通员，现在急需要周士奇站出来为他作证，证明他也是曾经出生入死地为革命做出过贡献的，眼下除了周士奇，再没有一个人能够证明他的真实身份，当年相关的几个人都已死了，只剩下一个周士奇还活着。那位交通员是在隔离室里，在一次又一次的痛苦的回忆和反省中，猛然想起周士奇的，当年那位梳着一个偏分头的音乐教员，乍一看，完全不像是一位自己的同志，倒更像是另一个阶级的人。是的，就是他！他第一次找到他的时候，他正站在一棵沙枣树下，呜呜咽咽地吹着一支笛子，不知是什么原因，硬是把笛子吹出了箫的声音……交通员的眼睛亮了起来，看到了自己的希望所在，不是一时一阵的希望，而是他后半生以至整个一生的希望。如果没有这么一个人站出来证明一下，那自己的一生都将会说不清道不明，什么都不是，永世不得翻身，万劫不复。无论你曾经做过什么，要是没有人能给你作证，所有好的都有可能不算数，剩下那些不好的、罪恶的、没有人愿意承担的，倒极有可能瓜熟蒂落地归于你的名下。

就要走了，周士奇规劝帖春，不要再为失去工作的事到处找人了，因为在他看来，这样的事完全没有希望，没有谁能做得了主，敢给她一份工作。周士奇不知道自己误解了帖春的来意，更不知道她其实早已不再想那件事了，因为她在他的眼里最主要的形象就是一个女人，别的都是其次。既然是一个女人，那她所做出的一切行为就都不难理解，原因就因为她是一个女人。女人，那是和男人完全不同的另一个物种，无论她们做出怎样的事情，都不会令人感到奇怪，都属于正常。

但是，当得知她找区长仅仅只是为了想给昨天死去的彭忠良收尸时，周士奇感到吃惊了。吃惊之余，又觉得她有点小题大做，是不是过于谨小慎微了。彭忠良已经受到了应有的惩处，可以说他现在已经完全自由了，彻底从这个世界上销了号，从此不再被记录在案，也不会再被缉拿。至于他的那具倒卧在大荒滩上的尸体，谁想去收都可以，更用不着请示区长批准，区长处理的都是大事。他看着眼前这位昔日的同事，心里涌起一阵复杂的感想，没想到她还对那个带给她们耻辱和灾难的人保持着一种情意。

一辆黄绿色的卡车在秧歌队不久前停留过的那条路上突然吼叫着停住，车厢打开，从车上滚下来几个麻袋，随同麻袋一起滚下来的还有一个五花大绑着的人。帖春看见那个人胸脯贴着地，像一条被突然甩到岸上的鱼一样，挣扎着想站起来。原以为要是没有他人的帮助，凭借他自身的力量，是无论如何也翻不起来的，但挣扎了几下后，就见那个人一个鲤鱼打挺，出人意料地直挺挺地站了起来。

连正要离去的周士奇也有些看呆了。

从前面的驾驶室里下来一个戴着军帽却穿着便装的人，一边打着手势，一边对站在车旁边的两个战士说话，表情和举止中有惊讶、有责怪，更有一种明显的先见之明。他的话还没有说完，那两个战士就从车上取下一副沉重的脚镣，一个持枪站着，另一个蹲在地上，给那个人锁上了。

周士奇看着那一切，什么也没说，却询问帖春最近有没有写诗，帖春摇摇头。周士奇说，能写就写一点儿吧，这么好的形势，正是需要你们这种人放声歌唱的时候。写好了，说不定会对你的个人前途有所改善呢。

他微笑着向她告辞，从容地行走在她的视线里。她希望他能更快一些，及时地从她的视野里走出，但他好像有意让自己走得更慢。后来，她不得不转过身去，闭上眼睛，单方面地令他消失。

三年了，她没有写过一个句子。

有一年秋天，她从一片坟地旁经过，听见坟地里有两个人正在谈论六音部抑扬格和五音部抑扬格，争论得十分激烈，当时她惊得说不出话来……她怀疑他们不是现实生活中的人。当天晚些时候，她办完事情后返回，当她再次从那一带经过的时候，还特别留意了一下，果然再没有看见那两个人。

二

在不算很长的一生里，曾无数次地借助于阶梯的格式，写下过自己的心声。马雅可夫斯基说：我骄傲，我自豪，因为我是苏联人——让全世界都羡慕吧！

没有人羡慕他。后来他选择自杀，不再骄傲，连自己也不再相信自己，羡慕自己。

三

子弹是从后脑上打进去的，已看不出打了几枪，但至少应该有两颗子弹钻了进去，从里向外翻出的血肉已经乌黑、变干，与头发模模糊糊地粘连凝结在一起。

从倒下的姿势上看，他们生前的最后一个姿势应该是跪在地上的。彭忠良脸朝下栽在地上，后面的臀部高耸着，猛一看，像是在磕头，在行一个古老而又繁缛的华夏大礼，唯一与礼仪相悖的是他那双仍然被反捆着的双手，证明他确实不是在行礼膜拜，而是在接受惩罚，写有他名字的亡命牌就扔在他的旁边。

十二具尸体已经有十具不见了，剩下的两具就包括彭忠良，另一具是早春馄饨馆的老板沈杰三。沈杰三是南方人，在这里没有亲戚，甫一看到他侧卧在距离彭忠良一米多远的地方，帖春的耳边立即便回响起他那热情爽朗的笑声。每次看到帖春从附近一带经过，沈杰三都要和她打招呼，他擀的馄饨皮要比道林纸薄得多，几乎接近于透明。隆冬时节的夜晚，帖春在回家的途中，有时会走进那个亮着一盏渔火一样灯光的小店，坐在擦得乌亮的小桌前，把手里的书放到桌子上，解下围巾，用嘴里的热气哈着手。不一会儿，沈杰三便会亲自捧来一碗上面撒着冬菜和虾米的热气腾腾的馄饨，红泥火炉温暖而安静地眨着眼睛。要是看到坐在桌子前的帖春忽然举起一个手指，沈杰三便知道她今天是饿坏了，很快又会送来一个外表烤得焦黄，内里夹着一层红糖或者芝麻酱的火烧。

一切都过去了，往昔永不再回来。

大荒滩上的杨树柳树从来都是七零八落的样子，从来没有成排成行的，大都是孤零零的一棵，最多最密的也不过是三五棵站在一起，从远处看，很像是几个人站在那里，正在商量一件什么事情。

现在，沈杰三身体侧弯着躺在地上，看上去像是干活儿累了，临时躺下来打一个盹。

帖春看了一眼沈杰三，然后去解彭忠良身上的绳子。绳子捆得有些太紧了，以至于彭忠良的一双手早已变得紫黑、肿胀。捆人的人深知捆绑的技巧和精髓所在，全是死疙瘩、铁一样坚硬的死结，使帖春好一会儿的努力都没有让它们松动半分，连一个短短的绳头都抽不出来。尽管大荒滩上的秋风在不断地吹着，但并不影响她额角上的汗水在不时地渗出。绳子太难解了，凭她一个人的力量和办法，她觉得就算一直不停地解，解到天黑，也未必就能松动一下。可是，又必须得想办法给他解开，总不能就这样让他被捆绑着入土吧？她开始后悔出来时忘了带一把剪刀，她没想过这事还会用得上剪刀。

又试着解了一会儿，绳子仍然没有任何变化，有变化的倒是她的一双手，有的指甲已经断裂，有泡不断地出现在她的手上。最终，她凭借一块瓦片，又磨又锯，终于割断了绳子。但是，让她没有想到的是，彭忠良的躯干却再也伸不直了。

就像一张你熟悉的被子，每天临睡前，你都要把它展开，第二天起来后再把它叠好，每天如此，你就养成了一种习惯，觉得把被子打开或折叠，都是一件再自然不过的顺理成章的事，那中间更不会存在什么困难。但是某一天，当你又像平常一样想把它一下展开时，突然发现它已经展不开了，不是一时展不开，而是永远都展不开了。既然展不开，那就再退回去，把它折叠好，可是，再想折叠也已无法进行，它成了一个死的东西，无论放大还是缩小，都已没有可能，一件在平时看来再平常不过的事，在瞬间已经凝固了，变得不再平常，变成了与以往完全不同的另外一个东西。

彭忠良也完全凝固了，既无法展开，又折叠不回去。在帖春的眼里，他已经不纯粹是彭忠良了，已变成了另外的一种东西。

她搬不动他，只能推着他移动，一点一点地把他移动到她随身带来的一块布上。布早已展开，平铺在有荒草支棱着的地上，四个角用石头压住，这样，她去挪动他的时候，风就不会把布刮跑了。

八岁的明生几乎帮不上什么忙，拖着一把儿童用的小铲子在寂静的荒地上走来走去。荒地上的蒲公英早已凋谢了，连蚂蚱和蝴蝶也没有了，只剩下一些长得像黑豆一样的又黑又硬的小虫子，伏在地上，许久都不动一下，完全就是一些僵死的壳，或者干脆就是一些由于口袋破了而被遗落在地上的豆子，无论如何也不大能称得上是一条命。因为，他用脚踩踏它们，它们也不叫，既不觉得痛，更不会嗖嗖地逃窜，只是随着人脚上的力量，把自己自然地揳入到土里。

他在荒地上跑着，耳边忽然好像听到一阵细细的蚂蚱的叫声，声音有些尖。他顿时来了精神，朝四处看着，想找出那叫声来自哪里。如果真的是一只蚂蚱，那应该是今年这个秋天里剩下的最后一只蚂蚱。同时代的所有认识或不认识的同类都死了，只有它还活着，只有它独自一个坚持到了最后，它的身上必定有一种了不起的别的同类所没有的东西，或者是一种特殊的经历，使它阴差阳错地活了下来。

整个大荒滩上只有她们母子两个人。

太阳又躲到云彩里去了，在厚厚的云彩里面，不知道它在干些什么。天地之间转眼就像是用黛青色刷了一遍。

他转动着小小的身体，竖起耳朵，用心地看着、听着，好一会儿再没有听见那蚂蚱的叫声，却听见母亲在叫他。母亲吩咐他，就用他手里的那把小铲子，把那块瘦长的木牌子埋起来。

他问母亲，要铲多少土才能把那块木牌子埋起来。

母亲正在弯着腰，两只手在那里用力，头也没顾上抬，只是大声地告诉他，埋到谁也看不见为止。

他心里想着那只顽强地剩下来的蚂蚱，猜测着它可能隐藏的地方，肯定不是一个太一般的地方，这也是它能够最后剩下来的一个原因吧，这也恐怕是它不同于别的那些蚂蚱的地方吧。要是一个普通的谁都能看见，谁都能找到的地方，它恐怕也活不到现在，早就随大流一起完了。

用手里的那把小铲子在地上一下一下地掘着，掘一会儿，然后抬起头看看，仔细地听听，听听那只蚂蚱又叫了没有。他最担心蚂蚱叫了，而他由于正在用力掘土没有听见，误了过去，那是他最怕看到也最不愿意发生的事。

他觉得已经铲了不少土了，可那块木牌子仍然没有被埋住，仍然有不少地方还露在外面，不用说谁也看不见，恰恰相反，只要是个人，只要一双眼睛没有毛病，谁都能看见。甚至就算是一个什么也看不见的瞎子，只要能摸索着走到这里，也一定能用脚踢到，或者用手里的拐杖碰到。瞎子会纳闷地说，咦，这是个什么东西。

母亲也没有告诉他这是个什么东西，没有说亡命牌一类的话，更没有向他细说这是用来做什么的，有什么用，谁插上它，谁的命就没有了。但那上面的一种不祥的去不掉的东西已经多少让他这个年龄的孩子感觉到了，感觉到不是一个好东西，不是一块正常的木牌子。上面并没有刀枪一类的东西，却让人觉得它与刀枪紧密相连，互为因果，与其他的事物倒没多少牵连。上面也没有血，却有一种看不见摸不着的鬼魂的气息。他看见一张脸在上面晃了一下后又不见了，不是一张熟悉的脸，是一张生人的脸。上面的几个黑字尽管写得有些乱七八糟，甚至缺胳膊少腿，但他还是认出来了。已经是小学二年级的学生了，不可能不认识那几个字，就是把学校里倒数第几名的那几个孩子叫来，相信他们也能认得，看一眼就能大致不差甚至准确地念出来。

有一阵工夫，母亲直起腰，一边用手撩着垂到脸前的头发，一边朝他这边打量着，看见那块瘦长的木牌子这么半天还没有被埋好，还有不少白白的东西露在外面，母亲忽然有些生气。她用一种让他感到很是陌生的像是气急败坏的声音大喊大叫，斥责他、教导他。他听懂了。明确的意思是要让他先在地上挖出一条小渠，小渠有多长呢，用不着太长，只要能把那块木牌子放进去就行了，就如同把刀插进刀鞘里的道理一样。然后把土均匀地埋在上面，土倒是需要埋得越多越好。

这以后，他就开始按母亲的吩咐去做。在地上开小渠，对他来说太不陌生了，他和周围一带的孩子们经常这样做。有时候，看见一支蚂蚁的队伍浩浩荡荡，千军万马地从一个地方出发，到另一个地方去，不用问，傻子也能看出来，很明显它们十有八九是要去打仗，是要去收拾别人，去侵略别人的地方；当然也有可能是凯旋，班师回朝。但不管它们是干什么的，他们都会在它们要经过的途中挖出一条一两寸深的小渠，说是渠，其实说是一条痕迹更为恰当。但是对于蚂蚁们来说，那就是一条突然裂开的情报上所没有提到的深不见底的大峡谷，或者万丈深渊。大队的蚂蚁们来到深渊边，不禁都倒吸一口凉气，光是往下看看，都看得头晕目眩、腿软骨酥。观望一阵，叹息一阵，最后不得不改变既定的行进方向，队头变队尾，改走另外的路线。

一条短短的小渠开出来了，他满意地看了一会儿，然后把那块瘦长的木牌子放进去，越看越觉得像是一个人或者一股眼生的煞气躺在里面。

刚把木牌子严严实实地埋好，听见母亲在那边叫他，叫他过去帮助推车。他拎着自己的小铲子跑过去，看见母亲像一匹辕马一样已经在前面拉起了那辆不知从哪里借来的板车，车上有一把铁锹和一把镢头，还有一个很大的用粗白布包裹起来的说方不方、说圆不圆的东西。母亲告诉他，他们要找一处向阳的荒地，最好是一处僻静的土崖，因为还要挖一个浅浅的洞，所以再没有比土崖更好更合适的地方了。不过，眼下最要紧的是要先离开大荒滩这个地方。母亲从没有告诉过他这个地方是刑场，有着太多的孤魂野鬼，也从没有刻意地渲染或强调过什么。她躬身拉起车，散乱的头发不时地飘到她的脸前。

在地势平坦的地方，母亲不需要他推车，他或者跟在车后面走，或者挥舞着手中的小铲子跑在车的前面，只有遇到上坡的时候，母亲才会让他在后面搭一把手。有一个人在后面推着，和没有一个人在后面推着，完全不一样，即使是像他这么大的一个孩子，本身没有多少力气，但只要在后面认真地用了力，那也明显是不一样的，在前面拉车的母亲会明显感到不像她一个人拉着那么吃力。

母亲也像世上千千万万个母亲一样心疼她的这个孩子，又对他充满感激，这么小就让他跟着自己出来做这种事。隔一会儿，她就会嘱咐他一次，不要完全站在车的后面推，身子最好往旁边偏离一点儿，这样，万一有的坎一下上不去，车往后倒退的时候，也不会把他碰倒，甚至直接碾在车下。

荒草在他们的身后和前方摇晃着、起伏着。

身后的大荒滩上，只剩下馄饨馆老板沈杰三一个人还在那里以一种打盹的姿势侧卧着，帖春拉着车，回过头去看了两次。不久，一种艰难的感觉紧紧地攫住了她；没有人相托，也没有人命令，但她清晰地觉得，替沈杰三收尸的任务已经不知不觉地不可避免地落到了她的头上了；如果她装聋作哑，会在她的心里迅速地竖起一个新的坟头，让她在此后的岁月里更加不得安宁。会的，一定会的。已经两天了，沈杰三还在这里悠闲地侧卧着，不管他是临时打盹，还是永久长眠，都不会再有人想起他，更不会有人关心他，来看看他睡醒了没有。他的这个盹打得也够长的了。

等找到一个合适的地方，把彭忠良埋了，回头再来管他吧。她想。

临走前，她捡来一些树枝和蒿草，盖在他的身上。

距离大荒滩二三里以外的一个倾圮多年的烽火台下，原以为是一块没人管的荒地，原以为把彭忠良埋在那里就算没事了，可她忘记了一个最基本的道理，荒地也是领土哪。一块地，敌对双方互相争夺，几易其手，血流成河，最终，胜利的一方拥有了它，终于能够控制并统治它了，却发现它并没有什么用，多少年就让它在那里荒着。但是，当有人想要觊觎她时，争夺与捍卫又会重新开始，重新血流成河。

原以为整条路上只有她们母子俩，外加车上一个不光彩的死人，可是，有人却看见她了。一个割草的人，一眼就看出她是在干什么，看见那尸体从刑场那边一路拉过来，拉车的人东看西瞧，一路上都在寻找着一个合适的安放地。

看见她的人立即放下自己的事，抄一条小路，飞快地去做了报告。

第二天一早，她还没有出门，就有人来了，好几只手都在啪啪地拍她的门。周围一带的邻居们都被那阵不间断的拍门声给拍出来了，有的端着水盆，有的斜披着衣服，有的手里拿着梳子，一边漫不经心地梳着头，一边观看着。

她开门出来，门扉在几个生人的面前发出一阵吱吱呜呜的像是极度羞怯的呻吟。她看见有三个人站在她的门外，其中有一个人还背着一支火枪。三个人，都来自一个名叫大月的村子。她不知道那个名叫大月的村子坐落在哪里，更不知道眼前这三个人是来做什么的。但是，来的这三个人，他们却觉得这些都不重要，你别管大月村还是小月村，别管那是一个什么样的村子，她位于何方，大小，好坏，人多人少，这些都不重要，可以说都与她没有相干。重要的是，与她相关的是，你只要把你头一天偷偷地埋在他们土地上的那个死人重新刨出来，拉走就行了，必须赶快拉走！至于再拉到哪里去，那他们就管不着也不再管了。听他们说出这样的事，她顿时就明白了，他们是专为此事来的，而且一下就找到了她这里。这时候她才发现自己又犯了一个错，那片看上去荒无人烟的土地并不是真的没人要没人管的，她原来也是有主的。他们笑她只知道书本里的东西，不知道书本以外的世界，世上哪有无主无归属的土地呢，要是那样的话，那世界还不乱成一锅粥？不过，她毕竟是个女人嘛。世界上的事，无论再奇怪，再不可思议，再颠三倒四，再不合情理，但只要是出自女人之手，那就统统不足为奇，再正常不过。

这三个人是代表他们全村人来的。埋葬死人，能随便找一个地方就埋么？即使是一个正常的人，那也得有一定的说法，有正常的渠道，有他相应的去处，不能随便看中一个地方就不负责任地胡乱把人塞进去。要是照那种埋法，整个世界就是一片坟地。更何况，眼前这个被偷偷地埋在他们土地上的人，是一个被钉在耻辱柱上的人，一个可耻的人，刚刚被执行了枪决。消息一传开，全村人都觉得他们的土地脏了，他们本身也全都脏了。现在活着的人，包括将来的子孙后代，都将不可避免地沾上那个人的晦气，世世代代都别想再好了。

他们要让她现在就跟他们走，在他们三个人的亲自见证和监督下，赶快把那具尸体挖出来。他们三个人都是村里的主要干部，尽管都信仰唯物主义，可是风水问题也不能一点儿不忌讳，一点儿都不考虑。人，无论有多高的信仰，但毕竟还是时时刻刻都生活在土地上的，没有哪一个人，没有哪一天能够离开土地到云里雾里去，这一点谁也无法改变。即使是死了，也还得依靠土地来遮掩、安放自己，直至最终被土地消化。

他们来找她，与她协商，完全是出于对她的尊重和同情，又念及她们孤儿寡母。事实上，有人一声不吭就侵害了他们的土地，他们完全用不着和任何人打招呼，只需要直接去动手把那个人挖出来就行了，没有什么好商量的。

话说到这种份上，她不再觉得他们是在有意刁难她了。早上一醒来，听见有喜鹊在外面的树上叫，不过，她并没有把这种事往自己的身上想，她知道喜鹊不是冲着她叫的，而是冲着别的人家，即使有喜事，那也是别人家的喜事。

她答应这就跟他们走，在他们的见证和监督下，把彭忠良的尸体刨出来、拉走。

那三个人中间，其中一个一条腿有些毛病，走起路来像是在不停地刨地一样的人建议她，应该准备一块油布带上，以防万一。因为，从处决那天算起，到今天已经有两三天过去了，尸体难保不会腐烂变质，有一块能够防水防渗漏的油布兜着，那就会大不一样，搬动和起运的时候也会更方便一些。

她觉得他们说得在理，返回屋里去取油布。一块杏黄色的油布，是多年以前彭忠良从外面买回来的，这些年一直铺在他们的被褥下面。现在，当她把它从被褥下面抽出来的时候，一瞬间似乎看到了它的真正的最终的作用。

她把它卷成一个细长的筒状，拿给他们看，他们都点了点头。

四

沿街两边的这些店铺，现在大多是集体所有制。鞋匠原来一个人带着两个徒弟，作为家庭作坊，也是那种最小的家庭作坊。后来，突然给他这里派来一位社长、一位办公室主任，另外还有两名工人。新派来的这四个人都对制鞋相当隔膜，只是在小的时候，在他们各自的家里，见过他们的母亲用锥子和麻绳一针一线地做鞋，此外再没有相关的知识和概念。至于做皮鞋，更是闻所未闻，完全没有见过，尽管四个人里有两个人都穿着皮鞋。好在大多数的时候只做布鞋，极少做皮鞋，除非是专门定做的。

这四个人到来后，鞋匠这个多少年来一直没有名字的小铺子开始有了自己的名字和招牌，一块长条的木牌子挂在门外——光明鞋业社。原来，在他们没来的那么些年里，鞋匠本人就是一块招牌，凡来这里做鞋买鞋的，都是冲着他来的。现在，鞋匠退到了木牌子的后面，担任主管技术的副社长。他们主要隶属于手工业管理局，不过，实际的情形是，第二轻工业局和商业局好像也都能管得了他们。常有人来他们这里传达各种指示和命令，急匆匆地到来，还没有来得及开口说话，首先就会被那道低矮狭小的门框碰了头。碰得厉害的，再开口传达指示或者命令时，竟有泪花在眼眶里闪闪烁烁。

社长每天出去开会，参加各种斗争和活动，回来后常常会带回来一些文件，立即把所有的人都召集起来传达一遍。如果正好那段时间里有人出去送货、取鞋样，那就要等他回来，再给他补一课。若是紧急文件，不能等的，就先给在场的人传达，有几个人算几个人。外出送货的人什么时候回来，再专门给他单独传达一遍。如果有人听过一遍后，还想再听第二遍，社长也不反对，多听一遍，只有好处，没有坏处。

有时候没有正式文件，只是口头上的指示，社长正要传达，忽然有戴袖章的人来叫他，社长就把口头指示先传达到办公室主任这一级，然后很快就随着来人一起在街上消失了。社长要让办公室主任先把口头指示的精神消化了、理解了，然后再反刍给大家。办公室主任立即把店里所有的人都召集起来，也正是以反刍的方式，向他们传达社长不久前从外面带回来的，他本人没有来得及传达的口头指示。

通常，即使没有这些硬性的任务，办公室主任每天也会拿一张报纸，或一本什么书，给众人念一段。正在裁皮子的，正在捋麻绳的，包括鞋匠本人，都必须得停下来，放下各自手里的事，坐到一起，严肃认真地听报纸或书本上的内容。办公室主任时常告诫大家，不管我们是做鞋的，还是做帽子的，还是做别的什么的，每天都要学习，因为人不学习就会落后，而落后就会犯错误。小错误害人害己，大错误亡党亡国，那就不可饶恕了。按照办公室主任的这种推理和逻辑，大家时常都会不知不觉地被惊出一身冷汗，有时甚至如五雷轰顶，都觉得不学习是无论如何都不行的，因为每个人可以说都危险极了，都有坠入深渊的可能，谁能保证自己不出问题？不止一个人在不断的反省和思索的过程中，无比惊愕地发现或意识到自己也许正处于犯罪的边缘地带，甚至一条腿已经迈出去了，还浑然不觉，还以为自己是一个天生的金刚不坏身。多亏了一次又一次的学习和被提醒，才能够悬崖勒马，没有跌下去。但是，一个人一时没有跌下去，并不等于永远不会跌下去，而要想一直都不跌下去，那就需要不断地学习。所以，大家都感谢这样的学习与被提醒，更感谢社长和办公室主任，说他们是自己的救命恩人或指路的明灯，也不为过呢。尤其是办公室主任，她用她那参加革命后通过勤学苦练才掌握到的一点仅有的文化知识和革命觉悟，吃力而又不屈不挠地给大家宣读并讲解着报纸上的内容、各个时期的主要精神。就冲人家这一点，他们也得放下手里的活儿，集中精力倾听并努力理解，力争做到。做鞋重要，还是学习重要？以前，在那黑暗而漫长的浑浑噩噩的制鞋岁月里，他们都以为只有做鞋才是他们生活中最重要的事，才是他们的本分，现在看起来，那真是极端的糊涂而又可怜，是完全不对的。

除了负责领导大家学习，这位办公室主任还兼任着会计和出纳的事务，每个人都得来她这里签字、盖章，然后才能领到自己的工资。他们的工资由劳动部门统一制定，不再像过去那样由鞋匠本人说了算。以前，鞋匠本人给两个徒弟发放薪水，根本没有什么工资表一类的东西。头三年，两个徒弟连薪水都没有，后来才慢慢有了的。通过学习，两个徒弟惊讶地发现他们好些年来其实是一直被师傅不声不响地剥削着、压榨着的，要不是上级给他们及时地派来了社长、办公室主任，他们真不知道自己还要继续被师傅剥削压榨多久呢。这种事不能细想，越想会越觉得憋闷、无辜、委屈、愤怒，真不知道那些年是怎么过来的。不过现在好了，那样的日子已经彻底一去不复返了，所以他们同时又感到庆幸，觉得命运也不算是太坏。现在，就连师傅本人也得要在工资表上签字画押后才能领到他自己的薪水呢，要是不签字画押，他就领不到。他们看见师傅神色凝重地签字，一张一张地数着属于他自己的那一份薪水。这样的一幅情景，在过去那些岁月里是完全无法想象的，或许永远也不会出现。雄鸡一唱天下白，受苦的人民翻了身。两个终年做鞋的徒弟以自己的切身感受，真切地体会到了这一巨大的变化。细溯起来，认真地回想并追究起来，别看原来师徒三人每天在一起干活儿，距离近得不能再近，甚至形同父子，但他们却完全不是一回事呢，而是分属于两条道路、两个不同的阶级。师傅明显属于剥削阶级，不，不是明显属于，而是绝对属于剥削阶级，是他们的对立面。对立面是什么？不就是敌人么？这么一想，他们两个人也被吓住了。不是说一日为师，终身为父么，他们懂得这个道理，怎么绕来绕去，他们师徒竟然变成了分属于两个阶级和两条道路的两个阵营？……真不敢想啊，事情原来竟会是这样的。好在没用多久，师傅也和他们两个一样了，来到了同一个阶级同一个阵营里，很多的事情就在这个过程中被悄悄地省略掉了，永远也不会再发生，再裂变，师傅的身家性命也得以保全。不过，就在那同时，另一些事情也在悄悄地发生着改变，两个徒弟渐渐地觉得自己也不再是从前的那两个人了，至于变成了两个什么样的人，他们自己一下也说不清，但可以肯定的是，有许多东西确已变了，再也不是原来的样子了。就像一件瓷器，从火里出来后，就再也回不到昔日的泥土时期了，终身终世，永不再是泥土。

两个徒弟是这样，作为师傅的鞋匠本人，也正处于一种发酵期。夜深人静的时候，他时常眨着眼睛，反复地，一遍又一遍地在想，到底发生了什么？自己的店铺不再由自己说了算？像他这样一个过去想给徒弟发多少薪水就发多少的人，一夜之间变成了一个去别人那里领取薪水的人，要是没带图章，或者对方不在，那就注定无法领取，空手来，再空手去。他是副社长，这不假，可是那又有什么用呢，就连上级派来的社长本人，不也还得要在工资表上签字盖章么。

面具一样的世界啊，一天一个模样，越来越变得让他感到生疏了，越来越让他感到难以支应了。在不到半个月的时间里，他的一双手在绱鞋的过程中被扎破四五次，这在以往那些岁月里是从来没有过的。血流出来，自己悄悄地擦了。他不敢声张，觉得丢脸、恼火。

每天天一黑，沿街两边的这些店铺便都关了门，整条街上只剩下两三家还亮着灯，其中有一家国营酱菜店、一家花圈店。到晚上八九点钟的时候，酱菜店里也黑了，从外面路过的人，不再能够通过敞开的门窗看到里面的黑色和棕色的酱菜，以及红色的腐乳。它的矮小的黑木门和绿油漆的窗户，与周边那些失去了人声和光亮的门窗一并进入了黑沉沉的梦乡。

那时候，整条街上只剩下花圈店一家还亮着灯，远远看去，像是茫茫大海上的一星渔火。灰白而黢青的灯光，猛一看，里面白亮白亮的，甚至还有些刺眼，但只要多停留一会儿，便会发现那灯光其实是很黯淡的，虚白、干硬。各种颜色的纸花，有的像碗那么大，有的很小，像是大衣上的一粒纽扣，一堆一堆的，一排一排的，都静静地开放在那种青白的光线里。

花圈店里共有五个人，就这五个人里，竟然还成立有工会，一个叫庞美玉的女人兼任着花圈店的工会主席。晚上七点钟以后，有三个人会下班回家。临走前，他们都站在店门口，每人手里拿一柄拂尘，在自己的身上拍打一阵。在外人看来，他们此举好像是在辞旧迎新，认真地掸去一天的晦气，但他们各自是不是这样想的，别人也不得而知。看他们的神情和样子，更像是长期以来养成的一种习惯，下班回家前，先清扫自己，尽量地把自己拾掇干净，然后以一副干净清白的面貌回到各自的家里。

能够每天下班回家的这三个人，属于店里的领导阶层，他们的生活像大多数人的生活一样，基本是规律的，他们有资格上下班。

尽管每天都在干着相信亡灵存在的事，但在理论上，他们都是无神论者、唯物主义者。

走了三个人，店里就只剩下两个人了，一个脸色苍白的年轻人，还有一个老头。老头有着一张树皮般的脸，目光浑浊，坐在一只凳子上，一边等着晚间上门的客人，一边坐在门口咝咝地抽着水烟。无论是谁，无论何时来，这个老头都在门口坐着。

那个脸色苍白的年轻人，坐在一排等待出售的花圈后面，这样一来，从外面进来的人就不大能够看得见他，这也许正是他选择那个位置的原因之一吧。等那三个人在门外一消失，脸色苍白的年轻人就来到一排花圈后面坐下，两腿并拢，形成一个平台，一只手伸到花圈后面的黑暗中摸索一阵，等那只手从黑暗里再次出来的时候，会有一块一尺多长、一尺多宽的木板被拎出来，在腿上支好，变成一个硬实的平面。接着，又像变戏法似的变出两三张十六开或三十二开的白纸，然后就低下头，把白纸放在那块木板上，开始秘密地写字。说他是秘密地写，一点儿也不是夸张，也丝毫没有冤屈他，因为他那副样子完全就像是在干一件见不得人的事。写一会儿，就会像在河边低头喝水的狐狸一样，抬起头警觉地朝门口看看，看见门口一片寂静，光线虚白，他就会继续低头写下去。一页纸不是只写一面，而是正反两面都要写满，密密麻麻的，连页边也不留。写完那几张纸以后，一转眼的工夫，他就不知把它们都藏到哪里去了，重新出现在那块木板上的是又拿出来的一两张白纸。

要是突然有人来买花圈，他就会把那块放在他腿上的木板藏到身下的一片暗影里，然后起身向来人介绍花圈和别的东西。要是没有人来，他就会一直埋头在那几张纸上写字。写一会儿，像是突然感受到了某种惊吓或提醒，抬起头，从两个花圈之间的缝隙处看看门口的动静，再看一眼一直坐在门口的那个老头，那目光说注视也行，说提防也许更为恰当。

从花圈店往南一两百米处，临街有一个圆形的凹进去的门洞，门洞很小，正常的人都得低头弯腰才能走进去，只有身材特别矮小的人才能够昂首挺胸地走进去。进去后，里面会豁然展开一个废弃的园子，园子大得令人吃惊，也颓败得令人吃惊，仿佛一幅一展开就哗哗地往下掉渣的旧画。里面有一些外边很少见到的奇怪的树木，有长满荒草的篮球场，一个水泥砌成的乒乓球台。还有一些结满蛛网的房子，有照相馆、禁闭室、临时会议室、曾经的食堂、警卫室……满园子的荒草，野猫在草里嗖嗖地穿行，或者大步流星地行走，花蝴蝶白蝴蝶在荒草上面轻飘飘地不知疲倦地飞着，像是已经飞了有几百几千年了。

五

黄油布终于派上了它最后的用场，将彭忠良滴水不漏地包裹了起来，足以证明他当年没有白买它。尽管他从外面的世界把它带回到自己的家里时，并没有想到过它的这一项用途，但从大月村的领土上被重新掘出，一直到不属于大月村管辖的另一块地上，这中间，它一直尽职尽责，仿佛铭记着当年的知遇之恩，一直把他包裹得严严实实。四个角上都系了绳子，往中间用力一抽，就是一个更大的死结。面部已开始腐化变质的彭忠良，想和那块他多年前买回来的黄油布再分开一下，也不能够了，它将一直承载并包容着他，去往另一个世界。

第二次埋葬彭忠良的那块荒地不属于大月村，但是却属于一个叫赤霞的地方，帖春又是在两天以后才得知消息的。不过这一次，赤霞的人并没有事先通知她，民兵们直接就把用黄油布包裹着的彭忠良的尸体刨了出来，先放到一条路边后，然后才派人告知了她。

来人背着一只筐子，扛着一把镢头，简短地说明情况后，带着帖春来到一条没有人烟的小路上，他用手指着远处的一堆东西让帖春看，然后就背着筐子，扛着镢头走了，说自己还要去山上刨甘草，就不亲自领她过去了。东西就是那一堆东西，反正她已经也看见了，何况它也不会自己飞走。

远远地，她又看见那块黄油布了。

很多年，她从来没有发现它像今天这样刺眼，在寂静无声的旷野里，它无比刺眼地呈现出一种与周围的环境大相径庭的家庭般的形象和色彩。尽管它的颜色和材料无一不是来自自然，但从它成为一张油布，一件家庭日用品的那一刻起，就已不再属于原来的阵营，经过被改造以后，成为一个全新的脱胎换骨的东西。她慢慢地朝它走去，渐渐地接近它，用曾经的多年的主人的身份唤它，接近它，提醒它，但它已变得警觉而陌生，早已不再是她所熟悉的那个东西，甚至有隐隐的凶残的怒吼声传到她的耳边……逼得她差一点说出“你不认识我了么”这样的话。

她终于来到它的旁边，停住，看着它，它周身呈现出一种严重的肝脏病变的颜色。又看看四周，四野无人，亦没有什么声响，只有忧愁和无助掠过她的衣衫，迅速地攀上她的面容，并把她的头发不时地掀动，撩起又放下，不像是爱抚，更像是戏弄或狎昵。又仿佛在讥笑她，如此广阔的世界，竟然找不到一个小坑，把一个人埋进去。她感觉到了这种来自身外世界的一点点友善也不包含的讥讽，哪怕只有一点点，她也会感到一种莫大的安慰和温暖，但是，就连一丝一毫也没有。于是，她对于彭忠良的怨恨，在一段时间的平静之后，又一次重新燃起，犹如冬日寒夜里的风，刮过萧瑟的街心，那萧瑟暝晦的街心即是她的心田。

彭忠良的尸体两次被掘出，使她确信这个广袤世界的每一小片土地都是有主的，它们可以几十年几百年地在那里荒芜着，无人探望和理睬，可以生虫害，可以出盐碱，可以起瘟疫。

她拉着那一堆黄油布包裹着的东西往回走，她已说服了自己，不再寄希望于任何一片土地，哪怕只有一片瓦那么大，也都有人管着呢。就算是彭姓的祖塚，他不也照样进不去么。

可是，最终也还得需要有一个地方把他放下吧，总不能就这样一直拉着他走来走去吧？

路过刑场——大荒滩的时候，她停住了。这一片地方，无疑姓公，但具体并不属于哪一个村庄和哪一条街道，而是归属于整个政权，谁执政，就是谁的。这样想的时候，她忽然听见她的心咚咚地跳了起来，身上的血开始往上涌。她快速而又不乏仔细地把周围一带的环境浏览了一遍。许多人在这里被执行枪决，但从来没有一个人最终埋在这里，那是因为他们都有地方可去，而包裹在黄油布里的彭忠良，他没有地方可去，哪里都不要他。

前两次，她头脑发热，总想着要带着彭忠良赶快离开这里，为什么从来没有想过这个地方呢？为什么非要离开这里呢？

这天晚上，她总算安葬了他。在刑场西北方向的一处不显眼的斜坡上，她挖出一个一米多深的坑，然后趁着夜色把那个黄油布包推了进去。她没有精力挖得更深。之后，和着汗水往里填土。不是好像，而完全就是在匆匆地埋葬一桩罪恶。坟头当然不能留，能做一些特殊的标志或记号么？她一边填土，一边想。但很快，这样的疑问也像地上的疏土一样被她铲平了。这是个问题么？按照常规来说，也许是，但在此时此地，又不再是个问题。坟头也好，标志也罢，都无一不意味着昭示和暴露，她相信用不了多久，他还会又一次被发掘出来。而这一次，后果也许要比前两次严重得多，从来没有人敢这样。更何况，对于一个没有人来凭吊或祭奠的亡灵来说，所谓的坟头或标志完全没有必要。

她尽量让那个已填进许多土的坑恢复原样，不至于被人看出来。几天，十几天以后，这片被动过的地方，就会又变得像当初一样。如果再假以时日，杂草乱生，连她本人也会认不出来，不知当初撬开的是哪一块地方。是的，她就是要遗忘，就是要认不出来，因为她不打算再到这里来。

我不来祭奠你，也没有人知道你埋在这里。她看着那个已经填平的坑，在心里说道。

已经被土覆盖，裹在那个黄油布包里的彭忠良仿佛动了一下，仿佛表示他不介意，仿佛在说，能埋进土里，不暴露在外面，就已经很知足了。

你介意不介意，也只能这样了。她把上面还带着完整的杂草的土皮重新铺在上面，被动过的地方恢复得和原来一样了。由于坑里多了一个彭忠良和一个陌生的黄油布包，坑里原来的那些土就再也回不去了，她把多余出来的那一部分土用铁锹向四周扬开。

有了连续几次的埋葬经验，当她用同样的方法再去埋葬馄饨馆老板沈杰三的时候，就明显地熟练多了，也省劲多了，不再像头一两次那么吃力和没有章法。费劲，用力过猛，与好的结果并不成比例，这是她最近以来才刚刚明白的一个道理。铺平最上面的一层土以后，她轻声对着土里的沈杰三说：

沈老板，没有人能让你魂归故里，一切只能靠你自己了。你要是有本事，你要是真的有灵，就变成一条蚯蚓，从土里慢慢地爬回你的南方老家去吧。

彭忠良、沈杰三，这两个曾经几十年在地面上直立行走过的人，在同一个晚上终于从地面上消失了。手持铁锹的女人，尽可能地不留下任何痕迹。新土经过短暂的风吹日晒后，很快就会改变容颜，要是夜里再能有一场小雨，那就更加理想了。

一切都像是从来都没有发生过一样。

八岁的明生还在家里等着她。她站在孩子的身边，闻着他身上的小动物般的气息，自言自语地低声说道：总算是把他们给埋了。

六

天一黑，街上的行人刹那间就变得稀少而零落，仿佛巨大磁铁下的铁屑，被纷纷吸走，偶尔有一个人打门外经过，看不清面目，没有姓名，没有来历，就只是一条黑乎乎的影子，一晃就过去了，完全不知道刚才过去的是谁，似乎也没有必要知道。不是么，比如刚刚过去的那个黑影是张三，那你又要怎么样呢？难道有什么话要对他说么？或者要把他如何呢？唯一的意义就在于知道他还活着，正走在回家的路上。

从午后到现在，没有人来买花圈，脸色苍白的年轻人是在等待与喜悦交相错综的复杂心情下度过这一个下午的。整个下午除了做了四十几朵碗大的花，再什么也没做，一下午就这样过去了，他觉得过得有些奢侈。他决定利用晚饭后的这一段难得的平静而又安宁的时光，再写上几页。几页如果不成，哪怕一页半页，甚至只有几行也行，那也是好的。每逢这样的时候，他那一向苍白无血的脸上总会不知不觉地浮现出一种罕见的明显掺进了幸福的红晕的光泽。

做出这个决定后，他开始变得有些不平静了，一想到那些在他的心里积压埋藏了许久的东西，将要通过他本人的修正和过滤，以一句句语言的形式流泻在纸上，他便有些不能自持。白天店里人多，根本不能进行这样的事情，只有晚饭后这样的时刻，有那么一小部分时间才属于他本人，只要他一关上想象中的门扉，任何人便都再进不来了，即使是一条可以随意伸缩的软体的虫子，一只像纸屑一样轻薄的飞蛾，也难以飞入。

激动中，他碰翻了一只糨糊桶，幸好里面是黏稠的糨糊，要是液体，这会儿一准已经流得满地都是了。透过面前两个花圈之间的空隙，他小心地瞄了一眼坐在门口的那个老头，老头靠着门框，坐在一只凳子上，头垂在胸前，像是睡着了。不，不是像是，应该就是睡着了，真的睡着了。因为就在不久前，年轻人还清晰地听到过几声浑浊无比的呼噜声，其间如同夹带着黏稠的泥沙和滚滚的碎石，一股一股地流放出来。他睡着了好啊，年轻人想，他睡着了，我就又能写上一会儿了。但愿他是真的睡着了，但愿他能睡得更长久一些，不要在中途突然醒过来。天黑了，店里也没有什么事了。

其实，年轻人这样想问题也有失公允，好像老头一睁开眼就会成为他的一个障碍，就要剥夺他的一切，而事实上却不是这样的。老头不睡觉的时候也从不干扰别人，大部分时间在门口坐着，看着从外面经过的人，看一会儿，闭一会儿眼。有时蹲在门口，敲敲打打地修理一个不能用的煤油炉子，或一只手电筒什么的。

几个彩色的纸人都靠墙站着，另外有两三个像是有着特别尊荣身份的，被放到了用几个木箱子摞起来的高处，几乎挨到了屋顶，用它们的那种细长或者极端溜圆的眼睛俯视着下面。

脸色苍白的年轻人轻手轻脚地在一排花圈后面的黑暗中小心地摸索了一阵，先摸到了他的那块一尺多长一尺多宽的木板，为了不惊醒坐在门口的那个老头，他把摸到手的木板紧紧地抱在自己的胸前。他的那种样子让人觉得，似乎一松手，那木板就会口无遮拦地说话，说出他的秘密，或者大声地叫喊。他怀抱着木板，低头搜寻，找了好一会儿，找到一堆软软的东西，也没看清是什么，有点儿像是木材公司昨天晚上拿来的一块需要在上面装饰白花的黑幔，就把手里的木板放了上去，木板放在那上面当然不会发出任何声音。两只手都腾空后，又弯着腰在花圈后面的黑暗中摸索，不一会儿，摸出两张比十六开小，但是又比三十二开大的白纸，白纸明显地被挤压过了，不再平展，几个角都受到了折叠。一张纸，棱角一坏了，看上去就不那么美观，不那么珍贵了。其中还有一张，中间明显地鼓起一棱，像是田地中间的一道高出地面的土垄。他不禁有些心疼地从嘴里发出轻轻的嗞的一声。是自己没放好，还是店里的其他人在搬东西的过程中使它们在暗中受到了挤压和折叠？他说不上来，总之应该是自己的过错。你要是把它们放好，安置妥当了，它们是不会受到损害的，不是么？就像一个人心里的秘密，都藏得深深的，别人再鲁莽，再乱七八糟，都不会碰到它们。藏得那么深、那么远，怎么可能轻易被人碰到呢。

为了不惊醒坐在门口的那个老头，他的每一个动作都是极其小心的，就连责备自己，也没有运用惯常的话语，而是在心里展开一幅自责甚至自戕式的图景。没有人能看到那幅图景，从生成到展开，再到最后谢落，始终只有他一个人在面对和目睹。

这个脸色苍白的年轻人，有生以来从未使用过一张正规的带格子的真正的稿纸，那样的一种在他看来不无奢侈的事情，他连想都不敢想。将来有那么一天，假如真的有一叠标准的空白的没有被人使用过的稿纸突然出现在他的面前，并宣告说该稿纸已经正式属于他了，他成了它的主人，他可以想怎么用就怎么用，想在上面写什么就可以写什么，他真不知道自己会怎样？第一感觉首先会被惊得猝不及防，惊吓、怀疑、纷乱、玩笑……在所有的感觉里，惊吓大于一切，之后是怀疑，无论怎么看都像是有人在和他开玩笑，用一叠上好的纸逗他开心。不过，他压根就不信，怎么会有那样的事呢，不会有的，当然不会。他明白这只是一次再普通不过的捉弄，人生在世，谁没有被捉弄过的时候呢，与真正的不幸比起来，那就像在你的身上轻轻地挠了两下，完全算得上是一次有趣的遭遇。

他想过了，真要是某一天玩笑般地有一叠那样的正规的纸来到自己的面前，不管是激动也好，紧张也罢，或者是局促不安，他首先要做的第一件事情，就是要把自己的那两只成天摆弄、触摸阴冥事物的手，认认真真地洗上若干遍，直到洗得心里没有一点阴影。肥皂肯定是少不了的，也许还得用上火碱。即使这样，也不敢随便地触摸，因为触摸的次数多了，再新再美的纸，也会不可避免地变得陈旧。面对和使用那样的纸张，他要承受许多别人无法了解无法体会到的压力。不敢大刀阔斧地用文字在上面狂奔、撒野，想写什么就写什么，更不能像无所事事的二流子一样在纸上闲逛、消磨，那怎么能行？绝不能！他要把最想写的，写在那上面。他有无数的事情要写，但先要拣那些如鲠在喉的，只有把它们先分批分段地倾吐出来，他才能够感到平静一些。

得感谢面前这一排不断被人买走，又不断地制作出来的花圈呢，好几年来，这些在外人看来的不祥之物，其实一直为他起着一种强大的安全屏障的作用，一声不响地保护着他、遮蔽着他，不知为他遮挡了多少真正的不祥不吉之事，常常如月光一样，把他与外界之间的所有的缺口全部盈满。每次一躲到它们的后面，在它们的无声无息的暗影里铺开纸张，拿起笔，他就会忘乎所以地觉得自己是这个世界上最幸福最安全的人，因为，他有一个除了他自己，任何人都无法进入的隐秘的世界。那世界，大小倒在其次，繁华与荒凉也不重要，重要的是不被入侵，不被践踏或蹂躏，那就是一个真正能用好字来形容或命名的世界。

什么是被入侵、被践踏、被蹂躏？大多数人其实对此并不清楚，即使正在经历，也往往没有意识，并不清楚自己正在经历什么。

在那种看似明亮，实则黯淡，有如瞳孔放大一般的光线里，他又在它们后面的暗影里坐下，拿起那块一尺见方的木板，放在早已并拢好的双腿上，接着又把两张纸在面前的木板上铺开、摊平。用他的那双熟悉纸张的手，轻轻地将纸上的折痕顺着纸的纹理抚平，把翘起来的部分按下去，把卷了边的地方撬起，然后再压平。有的地方刚压平，一放手就又卷起来了。他坐在黑暗中，闻着店里的那种一年到头都与死亡紧密相连的特殊的气息，心里不禁升起一丝柳絮般的烦恼。

有的人一来到店里，一进来就不住地抽动鼻子，表情异样，尽管嘴上有时不说什么，但意思已全部写在脸上。然后用怜悯或者惊异的目光看着他们这几个常年工作在这里的人。这几个人，不怕鬼，不避邪，也不在乎吉祥与否，是些什么人呢？是一些用特殊材料制成的人吧？是一些没办法的人吧？

脸色苍白的年轻人，幻想在未来的十年之内，能有一个自己的家。有了一个家，他就能像店里另外那三个人一样，到了下班的时间，回到自己的家里去，就可以不坐在花圈后面的暗影里写作了。房子有一间，有十来平方米就足够了，当然是一间别人曾经住过的旧房，不可能是一间崭新的新房。他在埋头写作，身边有一个属于他的女人，不妄想她有多漂亮、多美貌，只希望她洁净、善良，不粗野、不蛮横，有着普通女人的身材，有腰身，不是那种水瓮形的，皮肤要是再能细白一点，那就更好了，那就应该算是他心目中的好女人了。另外，最重要的，也是他最希望的，她的品质，如果他本人遭遇不测，她不会像猎犬一样带着人把他写好的东西搜出；如果他们有一个孩子，不管她将来再嫁与否，他希望那个孩子能够比较健康地存活下来，并长大成人。

纸上的折痕，纸张的不平整问题，他不再计较。一张纸，它平整不平整就那么重要么？重要的是在它的上面写下的东西。先写吧，写满了，将来保存它们的时候，不也还得要卷起来，甚至要折叠好几次么？现在把一张纸的平整问题看得那么重要，将来，很难说它会经历怎样的颠沛或蹂躏。这会儿要求它们美观、平整，又有什么意义呢？那一切，仿佛狼藉之前的精心修饰，暴风雨前夕的对于外表过分的在意和追求。

想明白这些以后，他不再难过。

只要把挡在前面的一个花圈稍微往旁边移动一点，花圈后面的原来的黑暗格局立即就会被打破，就像黎明前的曙光，很快就会有一小片青灰的亮光降临到他腿上的那块木板上。他不需要太多，有这一小片能把那几页纸照亮，就已经足够了。太多太亮了，反而会让他无所适从，仿佛置身于众目睽睽之下，他会像一个处于强烈光线下的雪人一样，逐渐变小，直至最后粉身碎骨，形销迹遁，那即是他追逐繁华的最终下场。

有人说，他们这里的每一件东西、每一张纸，都有不祥寄附在上面，如果把那谜一样的不祥展开，谜底就是：凶，或者大凶。他倒没觉得，别人无非是想说，他们这里到处都是鬼魂，随便踩一下哪里，或者碰一下哪里，都有可能触及一个死不瞑目的灵魂。他想，那怎么可能，谁的魂魄会像灰尘一样到处乱放？还有人以他本人为证据，以证明自己的判断和推测，年纪轻轻，脸白得像纸一样，一点儿血色都没有，身上的血都到哪里去了？这样的脸色，无论干革命还是搞建设，无论干什么，都会有问题。看看别的地方的那些年轻人，谁不是红光满面，热血沸腾的？结论是可怕的，甚至有些狰狞。不过，也有的时候，他正在静悄悄地写着，会忽然听到从身边不远处的地方悄然传来一声叹息，他停下笔，警觉而又茫然地朝四周看看，花圈后面直至库房的门前，那一片狭长混沌的黑暗中，并没有什么人出现，还是只有他一个人。他不知道那声叹息来自何方，不知是在对他，还是在慨叹它们自身。叹息过后，周围的一切又都重新归于寂静，蜘蛛仍在房梁上不声不响地做着自己的事情，悄悄地吊下来，又轻轻地绕上去，总也没个完的时候。各种颜色的纸花无声地挤在一起，不管有没有人注视或观赏，都保持着同一种面貌，即使到了被点燃的那一刻，也仍然和刚诞生的时候一模一样。

“一觉醒来后，他惊呆了。”他写道，“他环顾着四周的景色，低声说道，小林，你知道么，我又看到了那条一头挑着森林，一头挑着荒野，像一根快要折断的扁担一样的沙土路，蒲公英、矢车菊、紫蒿，都还像从前一样纷纷簇拥在它的两边，远处的紫云英上有蝴蝶在飞。唯一有变化的是路左边的那一大片梦一样的薰衣草，那是从前所没有的，我们在这条路上走过多次，印象中从未看见过它们。”

他停下笔，抬起头看着门口，外面的世界漆黑、混沌，没有一星灯火。

没有人在街上行走，也没有人上门来买花圈，这说明了什么？是否是一件值得令人高兴的好事呢？田主任说，这还用说么，这还用怀疑么，当然是一件好事，说明我们的人民活得健康、幸福，已百分之九十五地掌握了生活的秘诀和真谛，已经不大能够轻易地死去了，不再像过去那样动不动就送了命。我们这个店制作一些纪念用的物品，纯粹是为了为人民服务，丝毫不是为了经营什么，上级也从未给我们下达过这样的任务。上级只给我们下达过一个任务，那就是为人民服务，只有为人民服务。如果我们的人民能够永远活着，我们愿意赔光老本，那也是可喜可贺的。放眼当今世界，我们正在一天天好起来，敌人正在一天天烂下去。不客气地说，我们的人民已经有了那么一种长生不老的模样了，福如东海，寿比南山。而国内外的敌人，每天每月，每时每刻，都在不可避免地死去，生老病死，丧心病狂，他们终究也逃不出这样的规律。而我们的人民，不小心病了，依然像没病的时候一样，带病坚持工作，不需要专门抽出时间治病、调理，病就好了，病魔自己就仓皇逃窜了——逃窜到哪里去了？当然是逃窜到我们的敌人那里去了，除此之外，那还能再去哪里？药也没有吃，针也不需要打，工作也没有耽误一点，这是为什么呢？原因只有一个，就因为有马列主义毛泽东思想在武装着我们。敌人没有这些，所以，他们要是病了，只能等死，只有死路一条。

可是去年冬天，田主任得了一场重病，也差一点儿去见了阎王呢。不过，后来总算是挺过来了，毕竟真理是握在我们手里的。

不，田主任不是差一点去见了阎王，而是差一点见到马克思。一般老百姓死了，只能去见阎王，但是像田主任这样的干部，却是要去见马克思的。据田主任说，事实上他已经见到马克思了，但马克思对他说，你们的事业还没有完成，你怎么就提前溜出来了呢，想到我这里来躲清闲？那哪成呢！我不要你，你赶快回去吧，什么时候把工作做好了，什么时候你再来见我。他不甘心，又磨蹭了一会儿，看看还是不行，于是就顺原路又回来了。

这件事，这件自始至终都光线晦暗，但在某一瞬间却霞光万丈的事，田主任逢人就讲，不仅在单位里的小会上讲，甚至在外面的大会上也讲过。最初的题目就叫《我又回来了》，后来经过不断完善，变成《革命尚未成功，我又回来了》。

脸色苍白的年轻人，不大能吃得准真理能够战胜疾病，他心里的疑问像厚重乌黑的云层一样积压着。更何况，疝气严重的田主任的手里未必就真的握有真理，也更不大可能是真理的化身。他想，他的身上要是揣着真理，那很多人也都不会歪到哪里去。想是这么想的，但他从未把自己的想法说出来过。想他自己，长年累月生存在花圈店阴暗狭小的角落里，脸色苍白，表情木讷，有时惊恐，甚至不乏猥琐。这样的一个人，无论从他的嘴里说出什么来，都是没有用的，还不如一阵风。风还能把地上的尘土吹动，落叶卷起，而他却不能，无论如何都做不到。说一句话，能把地上的尘土和落叶卷起么？没有人会相信他所说的。当众人在说什么时，他只是一个听众，更多的时候，连听众也不是。

脸色苍白的年轻人，听着门口那个老头的老迈而沉稳的鼾声，那酣睡声，像极了自然的进程和季节的更替，它们一声一声地传来，使他感到一种莫大的安宁与平静，使他的苍白的脸色渐渐地有血色在回笼。这以后，他低下头，又继续在纸上写起来。

“老孟说，青草一发芽，一钻出地面，镇上的收鸡的、收麻黄的就来了，他们戴着窄边的帽子，眼睛干涸，手段却是没见过的残忍。太阳还没有升起，天地之间还隐隐发青的时候，就出现在了地平线上。”

他写道。

他记得，有一天，他正站在店门口，一边抖落着身上的白花花的纸屑，一边看着人来人往的街道。就在那时候，他突然看到了一个人——帖春，他顿时屏住了呼吸，连头上和肩膀上的白花花的纸屑也一时被他忘记了。帖春，诗人，女诗人，他早就知道她，并读过她的一本出版于至少六年前的只有七十二页的诗集，但迄今为止，加上这一次，他总共只见过她三次，前面两次距离更远，还不如这一次看得清楚。但是，只看了一眼，他就立即愣住了。他看到她穿得很不好，身上的东西不像是她这个人应该穿的。而且，最令他感到惊异的是，她不是在街上散步，行走，而是拉着一辆板车。

脸上苍白的年轻人，站在花圈店的门口，他渐渐地感到有些害怕和不安了。她这是要到哪里去？为什么会拉着一辆板车？板车是从哪里来的？应该不是她自己家里的。诗人的家里怎么会有板车，更何况是一位女诗人。她的生活里应该是书籍、音乐和精美的衣服，即使有一件笨重之物，那也应该是一架钢琴，而绝不是一辆板车。这样的板车，即使是生活贫困的最普通的劳动妇女，也并不是人人都拉的；能够扑下身蓬头垢面地拉它的，也只是少数不怕苦不怕累早已忘记了自己的性别的女人。

很久以来，这个脸色苍白的年轻人就希望这位女诗人能够停下来看他一眼，听他说几句话。至于他是谁，是干什么的，对她来说当然并不重要，他也并不打算把自己供职的地方告诉她，他怕把她吓着，担心她会一转身跑开。他只是想对她说，他有幸读过她的诗，一些美丽的句子他至今还清晰地铭记着。

另外，他还想对她说，不要因为那本薄薄的诗集只有七十二页而难过，真正的诗是不能够也不可以以页数的多少和薄厚来衡量的。如果每一个句子都有它自身所应有的作用，七十二页也能装下不少东西呢，比某些七百二十页的书更有价值和意义。

别的没有了，他想对她说的就是这些。

不，还有一句话，他还想对她说，那就是，能够与她生活在同一座小城里，他感到幸福而不孤苦，即使是每天坐在层层叠叠的花圈的阴影里，他的心里也时常会唱着歌。因为他知道，在不远处的另一条街上，住着一名会写诗的美丽女子，因为有她的存在，这座小城才不愚昧，不灰暗。

他目送着她，看见她没有停留，也没有与任何人说话、打招呼，肩上勒着绳子，拉着板车，消失在石板街以外的泥土路上。

七

“有一年冬天，下着雪，我在一个结了冰的大水瓮边跪了好几个时辰，我不记得是谁让我跪的了。”

“是师傅。”

“真的是他么？你可不要冤枉人？”

“你怎么了，你好像有点儿明知故问？这事连我都记得，你怎么会不记得呢。”

“主要是因为我从小受的苦太多了，多得都有些记不过来了，别人给了你气受，你把它们排起队来数，数着数着就数不过来了。”

“说得太严重了吧，你哪有那么多气？那次让你跪，也是因为你把吴贵仁的两双鞋给人家做坏了，要不是吴贵仁不依不饶，师傅也不会让你跪。”

“做坏两双鞋就要下跪么？革命者的气节哪里去了？”

“革命者？你说你是革命者？”

“怎么，不可以么？”

“不是不可以，是……你，我，我们都是做鞋的。”

“哼，就知道你会这样想。”

“不这样想，那又该怎样想呢？”

“我想了好多天了，现在形势这么好，咱们不能一点儿表现也没有吧？”

“表现？什么表现？”

"我记得好像有谁说过，革命不分先后，是不是?"

"是，我也听说过。"

"我觉得，既然革命可以不分先后，那么也就可以不必舍近求远，非得跑到大地方去才叫革命，在咱们这种地方，也一样能够革命。"

"那倒是，你说得对。"

"国玺，如果我说在咱们的身边就有一个革命的对象，你革还是不革?"

"咱们身边？谁?"

"你先别管是谁，也别把眼睛瞪得那么大，你只说你革不革吧?"

"革……吧。上个月，社长还说过我，说我应该振作起来，好像我不振作。"

"你当然算不上振作，社长说得对，你就是缺少一种上进的精神。"

"我把鞋做好，还不算上进么?"

"当然不行，那算什么？你得好好表现呢。我们不能像棋盘上的棋一样，人家的手指推一下，咱们才动一下，那样不行。"

"可是，如果棋子自己乱动，想走就走，想停就停，那还要下棋的人干什么?"

"奴性！天生的奴才！不想着自己走，就喜欢被人下。所以说我们不能当棋子，我们得主动站起来，狠狠地闹他一下。"

"……闹谁?"

"余吉庆。"

"师傅？咱们的师傅？……你叫师傅的名字?"

“我又得批评你，你这样说不对。严格地来说，他曾经是你我的师傅，那是因为咱们都愚昧无知又走投无路，不得不投身到他的门下。但是现在，已经不是了。我觉得他更像是另一条道路，另一个阶级的敌人。最近这些日子，通过不断的学习，我终于明白他才是我们身边最危险最万恶的敌人。国玺，难道不是么？你想想，以前那些年，你，我，我们一直受着他的剥削和压榨，而我们糊里糊涂，没有阶级观念和斗争意识，不仅看不到他的罪行，还时常对他心存感念呢。什么一日为师，终身为父，被人剥削了，还得感谢人，如果说这个世界上真有什么糊涂人的话，我觉得再没有比咱俩更糊涂的了。”

鞋匠的另一个徒弟，丁国玺，听到自己的师兄束茂才这样评价他们的师傅，并将起来革他的命，惊得好一会儿说不出话来。束茂才，好端端的，这是怎么了，怎么会想起要做这样的事？丁国玺感到自己不能够理解，也无法想得更明白一些。丁国玺比束茂才小三四岁，但是现在，丁国玺突然发现，他们两人之间的距离绝不是只有三四年那么一点点，而至少有三四十年，甚至三四百年的跨度。丁国玺被吓住了，这么长的距离，不知道是怎样产生出来的，是从什么时候开始延伸的？多年来，他们两个人与师傅如同父子，既然他们都像是师傅的孩子，那他们两人就是兄弟。没错，就像兄弟一样，甚至比周围某些人家的兄弟还要和睦，因为没有血缘会造就尊重与理解，造就分寸。可是现在，就是这个兄弟，却要猛然跃起，起来革命了，不上天，不入地，不走南，不闯北，革命无须舍近求远，就在自己的身边干，因为身边就有这么一个他认为是最危险最标准的对象……这个时候，师傅应该还蒙在鼓里呢。是啊，他怎么可能会想到有这一层呢？束茂才平时可是最听师傅的话了，与略显憨傻的丁国玺相比，東茂才无论从哪个方面来说，都应该是他们师徒三人中公认的大徒弟，虽然这事从来没有明确地公告过。

有人已经蘸着水，开始悄悄地磨刀了，丁国玺想。不，有可能早就已经磨好了，就亮闪闪地放在枕头下面，或者秘密地立在门后，随用随取。可师傅还完全不知道呢，一点点都不知道。丁国玺想，师傅哪一天要是突然知道了，一定也会像他丁国玺一样，惊得许久都说不出一句话来，除了惊愕还是惊愕，原因就是不知道发生了什么。

可他们还不知道，東茂才现在的恼怒和斗争的决心也是他人生中前所未有的。通过一轮又一轮的学习和受教育，当渐渐地明白自己此前那些年一直都处于受剥削受愚弄的可怜的地位时，他愤恨了！恼怒在他的心里从无到有，越长越大，在不算太长的一段时间内，以一种惊人的速度，迅速长大，并膨胀、成熟。其成长的步骤是这样的：先有了一个说不清道不明，但是却足够坚硬的内核，形状像是一个瘤子，接着便是愤怒的岩浆般的溶液，最终由一层坚硬如钢的表皮严密地包裹起来，成长为一个无法丈量的庞然大物——这个东西就在他的心里来回滚动。在频繁滚动的过程中，还不时地传出一种高危的咝咝声。那到底是个怎样的东西，连他本人一时也说不清。最初的最浅显的感觉就是在他的心里进驻了一个最严厉、最严重，又狰狞异常的怪物，说不速之客也不对，因为那差不多是由他本人，再加上一个时期以来的一些客观因素，直接培养并催生起来的，这样的一个东西，能够被称之为不速之客么？当然不能。就像女人们腹中的胎儿，从来没有人说他们是不速之客，因为你不努力，他们是不会有的，不会来的。他们是受到你们的频频的召唤和精心虔诚的培育才前来的，很难说他们就真的那么想来，那么愿意来，他们是被合成，被组织，被融合，被制造出来的。更有些时候，无论你怎样努力，怎样的精心和虔诚，到时候仍然没有人前来，没有任何东西进驻你的空洞般的身体和心田。

束茂才，就像一位热情好客的房东主人，敞开胸怀，伸出双手和全部的身心，接住了那个庞然大物的进驻者。

按照他的性格，这时候，想不斗争，想把师傅藏到阶级调和的廊檐之下，也已不可能了，已经由不得他了，更何况，他从未那样想过。他就是要把那个人从多少年的阴暗中拎出来，放置在最强烈的光线下，然后在大家的注视下，一页一页地翻看他的过去，看看他是一个怎样的人。庞然大物的进驻者被不小心培养、催生出来，它要求有一个结果，必须要有一个结果，它不能被无聊地戏耍，事情本身也不能无果而终，不了了之。

必须要有一个结果。那些天，束茂才每天都听见一个严厉的声音在说，声音犹如七月的雷电，不断地在他的头顶上方骤然炸响。在那一瞬间，大地上的山川河流、树木人影，全部被倏忽照亮。

到这时候，束茂才才猛然发现自己离开原地，离开过去，已经很远了。回头再看，师傅和师弟还在原地，远远地坐在那里，捋麻绳，量尺寸，一针一线地绱鞋。门外的社会令人吃惊地发生着变化和改变，日日都有新的古怪的东西冒出来，并开始全力运行，而他们好像两个行动不便的聋子，只注意到了眼前的那几双鞋。在他们的身边，还有一个位置是空着的，束茂才知道，那个位置是他的。

"我不回去了。"束茂才低声说。他像是说给自己的，又像是说给那两个人的。

像是在一场弥天的大雾里行走，大方向始终不是很清楚，但还是要走下去，因为他听见旁边有鼓励他的声音在不断地传来。要不要回去告诉他们一声，说自己不再回去了，让他们不要再等他了？他看到沿途的树上挂着社会的敌人，井里捞出时代的弃儿，像不懂事的小孩一样紧紧地攥着幼稚的拳头。

他看见穿红衣服的骄子正试图骑到穿黑衣服的身上，通红的武器一点一点地从衣襟下面，从无数看不见的地方生长出来。武器上有神经，有指挥全局的中枢神经，更有随风起伏，纷纷响应的各路末梢神经，还有突突暴跳的青筋，一应俱全。从树下往上仰望，两个小人儿，就像是一对木偶在打架。

他从树下走过，嘴边挂着一丝从前那些年从来都不曾有过的冷笑，那冷笑于他是陌生的，但又是无比振奋的。经过一轮又一轮的波浪式的学习和递进以后，他感到自己受到了来自时代的反复的捶打和漂洗，觉得自己已经觉醒了，不再是过去那个成天只知道绱鞋的束茂才了。是的，过去的那个愚笨的鞋店伙计已经不在了，尽管他的肉身还是原来那个伙计的肉身，还没有真正完成最后的剥离，但在精神上，早已分道扬镳了。一个被重新锻造过的束茂才已经走远，且越走越远。他脸朝上，五官之间的洼地里洋溢着时代的光泽，那也是他最担心的地方，担心或怀疑还有旧时代的黑水或污秽残留在上面。一种全新的快乐和幸福时常会咚咚地从后面撞击着他，推动着他，那可不是棋盘上的那种瞻前顾后的走法。由于成天都仰着脸，希望被暴晒，期望一切旧的东西被迅速晒干，纷纷剥离，自行逃走，所以他更有机会看到所有那些不合时宜的东西，每天都在头朝下坠落、瓦解，转眼不复存在。

他也担心他昔日的师弟丁国玺，忧虑他也会坠落，甚至在坠落的过程中完全粉碎、毁灭。他觉得他的这种担心和忧虑不仅有道理，而且还有着一大堆的根据。看丁国玺目前的情况，很有些不求上进的样子，而不求上进，不就是坠落的开始和准备阶段么？每次学习，丁师弟的眼睛总是死死地盯着放在他面前的学习材料，人坐在那里一动不动，只有束茂才知道他是在干什么。束茂才并没有把他知道的和看到的告诉社长，打丁师弟的小报告，而是在心里着急，替丁师弟感到危险和害怕。有时候，看见丁国玺戴着套袖，神情恍惚地站在鞋店的门口，不是在漫无目的地东张西望，就是在大口大口地喘着气，眼神无助，像是一条被捞到台阶上的鱼，像是一个即将就要被淹死的人。

束茂才对丁国玺说：

"国玺，别说我没提醒过你，没帮助过你。我邀请你和我一起斗争，并肩作战。"

"和你一起闹师傅？"

"将来别埋怨我，说我只顾自己向上，不管兄弟，没有在人生的最关键的时刻，及时地伸出手拉扯你一把。"

"你让我想想。"

这种人，都已经站在悬崖边上了，还要再想想？你好心拉扯他共同进步，他却毫不领情地挣脱你的手。从那时起，或许还要更早一些，束茂才就发现师傅、师弟，以及所有原来与他朝夕在一起的人，都变得越来越遥远了，他们灰暗而无声地坐在原地，手里做着几十年不变的事情，没有痛苦，也没有惊喜，大千世界在他们的眼里，就只是一只又一只的鞋；无论社会怎样变化，最终还是把一切都幻化、归结、还原为一只又一只的鞋的模样；一切的主义，阶级，政策，形势，风云变幻，都不及一双鞋能让他们更安心。这些没出息的人们啊，束茂才是再也不能与他们一起共事了，甚至连坐在一起随便说几句话，谈论一些事情，都已成为一件极其困难的事。到底是哪里出现了问题？束茂才也不是没有问过自己，但时至今日，还没有一个能让他感到满意的答案。

好在社长是支持束茂才的，束茂才的每一个变化和每一点进步都让社长感到惊喜。人是可以变化的，不管他曾经是一个怎样的人，世界上的确没有一成不变的事物，只要火候到了，顽石也会开口说话，感伤地流泪。这道理使社长本人也暗自吃惊不小。社长早就想把鞋店内部的阶级斗争的盖子揭开了，最初他刚一到任的时候，便敏锐地发现在这个小小的鞋店内部，存在着两个阶级，两条道路的斗争，表面上看温和、平静，什么样的精神都能够贯彻下去，甚至连一些鸡毛蒜皮的小矛盾都没有过，而实则却暗潮涌动。别的人可以麻木、糊涂，什么也看不见，但社长却不能，上级派他到这里来，不仅要求他在面对复杂形势时有一双洞若观火的火眼金睛，更要求他有铁一样的手段。社长在暗中观察着，有耐心地等待着，等待那个阶级的人像鱼儿一样自己跳出来，看清到底有几个，然后再开始收网。

可是，突然之间，束茂才扑棱棱跃出了水面。社长先是吃了一惊，仔细看过后，才发现这个人不是要捕捉的一个对象，而是一个可以借助和依靠的力量，尽管身上有可能带着那个阶级的烙印，却是一个天不亮就起身，前来弃暗投明的人。这个人在那边待得久了，他的出现和反击，可以使很多原来一直模糊不清的问题充分地暴露出来，露骨露肉，连脓带血，全部展现出来。真是太好了。

社长连续两个晚上与束茂才谈了话。对方表现出的那种强烈的渴望和激情，让社长在惊喜之余更有些始料不及。这条一心要奔赴光明的鱼儿，渴望摆脱从前他日夜生活过的那片水域，与之永远告别。

社长觉得时候可能已经到了，时机成熟了，该清算内部的敌人了。

锅里的东西熟了，就得把盖子揭开了。

八

最初的会议叫“揭摆会”，主要是揭历史，揭问题，摆事实，主要由鞋匠本人进行自查，查得不够深入的，由别人及时补充和修正。最了解鞋匠过去历史的，莫过于他的两个徒弟束茂才和丁国玺了，当然，其他的人也可以针对其现状提出问题。你是一个怎样的人，别人都是有眼睛的，都是能看到的，平时可以不说你，一多半的原因是因为没有必要，任由你展现和暴露，但等到了如今这样的会上，便不得不说了。

一开始，鞋匠极不成熟地脸红脖子粗地坐在那里，说自己什么问题也没有，还不时地往旁边的地上吐唾沫，表现出明显的轻蔑和抵触情绪。社长看在眼里，终于坐不住了。

“余吉庆同志，请你别再吐唾沫了好么？我们是在开一个十分严肃的会，希望你不要搞乡下女人们的那一套。你的嘴里到底有什么？”

听到社长这样说，鞋店里唯一的女性，鞋店的办公室主任仿佛是条件反射般地看了社长一眼。

“我们有问题，就不能藏着掖着。”社长说，“同志们给你提意见，是在帮你治病。”

“我没有病。”鞋匠说。他的脸涨得通红。他是在干活儿的时候被突然叫来开会的，来了才知道是这事。他的身上还系着那条他系了几十年的帆布围裙，他没以为是要开会，以为是临时有事叫他过来一下。“你给我说说，我有什么问题？”

“你看你，别着急么。”社长说，“这不是正在帮助你找么。你自己不愿意找，只能靠大家帮助你找。”

“找吧！”鞋匠说，“我看你们能找出什么来。我也正好想知道知道。”

“那不难，”社长说，“一会儿你就知道了。”

这时，一直坐在一旁的束茂才忽然举起一只手，说道：

“我来说两句——我先说一件小事。”

说完，用一种期待和默契的眼神看着社长，等待社长表态。社长用鼓励的表情看着束茂才，对他说：

“说吧，茂才同志，畅所欲言嘛。”

“这件事我忍了很久了，已经很多年了。”束茂才说，“本来我想算了，都这么多年过去了，还提它干什么。可是，通过前一段时间的学习，我意识到这事不能算。为什么呢？因为这事表面上看，是我一个人的事，而实际上呢，反映的是一个阶级的事。”

在场的所有的人都把脸转向束茂才。

“在我十四岁的那一年，”束茂才说，“因为白天干活儿过于劳累，夜里睡着以后，不小心在店里尿了一泡。第二天，余吉庆同志狠狠地打了我一顿。”

“哦，有这样的事?”社长问，“打得严重么?”

“要说严重，也不算多严重，至少没有打死。”束茂才说，“好几天不能走路。睡着以后，还常常会疼醒。醒来，看见外面的天还没亮，想到自己的经历和遭遇，就偷偷地哭。”

听到束茂才说出这样的话，鞋匠的嘴渐渐地张开，变成一个圆形，眼睛也瞪得溜圆。鞋匠不是惊讶于束茂才所说的事情本身，而是他不无骇异地注意到束茂才称呼他时的用语：师傅一词，已经被破天荒地不知不觉地去掉了，变成了余吉庆同志。

“老余，”社长说，“有这样的事么?”

“有，我是打过他。”鞋匠说，“不过你问问他，我是因为什么打他?”

“因为什么?”

“因为一捆布。”束茂才说，“我把那捆布给尿湿了。”

办公室主任突然插话，问道：“茂才同志有尿炕的毛病?”

“没有了。”束茂才的脸上倏忽变红，“现在已经好多了。”

“本来没有，也是在做学徒的期间被吓出来的，是吧?”

听到办公室主任这样的分析和判断，束茂才先是愣了一下，后来他慢慢地反复地咬着自己的嘴唇。这个女人，眼前的这个上级派来的女人，这个在讲完艰苦朴素的作风，等众人都散去以后，偷偷地拿出一小盒油，往自己的脸上抹一点的女人，是向着他的呀，在千方百计地向着他说话。他不能让她失望。于是，他大胆而又感激地面朝着她，点头说道：

“是。”

鞋匠瞪得溜圆的眼睛，张成一个黑洞般的嘴，忽然全部拉长，之后又都变得更圆。

社长对鞋匠说：“就因为这么一点儿事，你就狠狠地打他?”

“白天刚进回来的一批黑斜纹布，”鞋匠说，“不算太好，是给城防团做鞋用的，连一个黑夜还都没过，他就全给尿湿了，像大雨淋了一样。怎么交代人家？你说，我不打他我还等什么？就算是我的亲儿子，我也饶不了他。”

“等等！”社长忽然伸手制止道，“你刚才说什么？给哪里做鞋，城防团?”

“对，城防团，六十双鞋。”鞋匠说。

“城防团?”社长看着众人，又似陷入对往事的回忆之中。他说，“按照习惯，在我们这边，好像应该管他们叫白狗子吧?”

“没错，就是白狗子。”办公室主任说。

“别管白狗子黑狗子，人都得穿鞋，谁也不能不穿鞋吧？白狗子就不穿鞋么?”鞋匠说，“死人临走前，家人还得给他准备一双新鞋呢，何况是活人。你不能因为他们是敌人，就不让人家穿鞋，不允许人家穿鞋吧?”

“我不让他们穿鞋了么?”社长的脸忽然变白，“我敢不允许么？首先你这一关就过不了。你是只怕他们没有鞋穿，担心他们穿不上绫罗绸缎，西装革履。”

“城防团的人不穿绫罗绸缎，也不穿西装革履。”

“你可以给他们做嘛，做好了，让他们穿上，重新来打我们，来夺取我们的政权。”

“社长，你总得让人说话吧?”鞋匠说，“你不能不讲道理吧？一上来就给我戴帽子，我什么时候说要让他们来夺取政权?”

“我不讲道理?”社长看着众人，摊开两只手，问道，“让大家说说，我是一个不讲道理的人么？啊?”

社长的目光在除鞋匠之外的每一个人的脸上都停留了一会儿，被社长的目光访问过的人，每一个人都觉得社长是在单独向自己征求意见，并希望能有一个满意的答案。社长的目光里有尊重、有渴求、有希望，更需要被证明和肯定。于是，被访问过的每一个人，大家都摇了摇头，用他们各自的神情为社长做了最好最明白的证明。也许有人不讲道理，但那不是社长，社长从来都不是一个不讲道理的人。

“老余，”社长在得到大家的证明和肯定后，转身对鞋匠说，“你的阶级立场和感情，我也看出来了，对同志，对贫苦的小学徒，轻则辱骂，重则毒打；而对于敌人，说起为他们做鞋的事，则是充满感情，生怕他们穿不上。刚才，我不过是随口说了那么一句，你一上来就给我来了那么一下，说是迎头痛击，也不为过呢。”

鞋匠说：“我是在说事实。”

“你这样说，好像我说得不是事实，我在胡搅蛮缠。”社长说，“白狗子穿什么，我管不了那么多。但是，不管他们穿什么，他们终究还是覆灭了，你无论再多想给他们做鞋也不能够了。你的问题……”

“我有什么问题?”鞋匠说。他若有所思地想了一会儿后，突然冒出一句惊人之语：

“你非要说我有问题，那也是自从你来了以后，才有了问题的；在你来之前，我什么问题也没有。解放这座小城时，我也是做过贡献的，我做了二百双军鞋，还认捐了七百斤米。”

“那是你为了保住自己，不得不做的一件事。”

“你要是这么说，我也没啥可说的了。”

“你没有，我有。有一个问题，你必须要弄明白；我来这里，是上级派来的，不是我个人非要来的；如果没有上级的命令和指派，就凭你这个鸡毛小店，你用八抬大轿抬我也不来。”

“嫌小你上别处去。”

“同志们，”社长不再理睬鞋匠，转身对众人说，“事情的发展，已超出了我们最初的预计，斗争的形势开始变得严重和复杂起来了。我觉得，他并不是单纯对我个人有成见，而是对我们的整个政权充满敌意。我将把我们这里发生的情况逐级向上汇报，等待上级的指示。”

鉴于鞋匠的恶劣表现和拒不承认错误的顽抗态度，社长很快就对下一步的部署做出了及时相应的调整，即将前一阶段的“揭摆会”转变为纯粹的斗争会。

会议的格局也变了。

每次开会，鞋匠一个人坐在冬天生炉子的那个地方，基本属于中心位置，剩下的人的位置呈扇形，坐成一圈。鞋匠一个人代表一个阶级，当然是剥削阶级，其余的人，包括社长在内，都是同一条战线上的，是正义力量和真理的代表。如果从惩前毖后，治病救人这个意义上来说，鞋匠就像是一个病入膏肓的人，呈扇形坐着的众人则像是前来会诊的各路医生，围绕着面前这个几乎不可救药的人。唯一奇怪和不同的是，坐成扇形的各路医生并不是各抒己见，而是说着几乎相同的话。

“我来说两句吧。”又是束茂才，第一个举手发言。

“说！把心里的苦水都倒出来吧。”社长说。

“有一年，”束茂才说，“我整整干了一天的活儿，到晚上的时候，累得起都起不来了。那时候，我最大的愿望就是能够吃上一碗热乎乎的杂面条，我刚把自己的这个小小的愿望向余吉庆同志吐露出来，没想到立即招来的不是一碗面条，而是一顿白眼。他恶声恶气地对我说：‘今晚不吃面条，吃粽子。’之后，肯定还说了别的，我因为饥饿没有听清。”

“最终吃到面条了么？”社长问。

“没有。”

“知道你也没有。”社长有把握地说道，“这是完全可以预料，可以想到的，剥削阶级当然不会给你面条吃，杂面也是面哪！如果面条不是用面，而是用地上的土做的，那我倒相信你有可能吃到一碗面条。”

有人低声笑了起来。

“社长说得对。”束茂才说，“可是我年轻、幼稚、不懂事，当时并没有意识到对方是剥削阶级，还时常觉得是自己的长辈呢。”

“所以说，搞阶级斗争，难就难在这里。”社长说，“我们好多同志，都是唐僧转世，一辈子分不清人妖，辨不出敌我。只有当自己变成砧板上的一块肉，被放进笼里蒸的时候，才会醒悟，可那时候，醒悟过来也晚了。”

听着束茂才的揭发和社长的归纳、总结，鞋匠的脸上先是青紫色，在听到有人发笑时，很快又变得一片煞白。他久久地注视着正在与办公室主任低声交流的束茂才，这个越来越陌生的徒弟，难道真的是他从前的那个徒弟么？终于，他再也坐不住了，他要为自己说上几句。不说，他相信自己一定会憋死。

“茂才呀，”鞋匠说，“人活着，可以不要脸，也可以忘恩负义，可是不能连一点点良心也不给自己剩吧？”

“有理不在声高，”社长说，“有话好好说，不要一上来就骂人。”

“好，我不骂。”鞋匠朝社长这边匆匆地扫了一眼，很快又把目光落回到東茂才的身上。鞋匠对東茂才说：“我问问你，过端午，不吃粽子吃什么？凡是有条件的，谁家不吃粽子？你们的师娘，本来正在生病，没有精力起来包粽子，是我强迫她起来包的。想到有两个小徒弟，常年远离亲人，越是过节的时候，越是会忍不住想家，怎么反倒成了不是啦？”

这时，办公室主任要求发言，她说：

“当一个人不需要某种东西，而你又强行要把这个东西塞给他，强加于他的时候，那对他来说就是一种实实在在的迫害，至少也是一种折磨。”

“我给他塞什么了？”鞋匠脸色煞白地说道，“不就是让他吃个粽子么？你的意思是，我用粽子来迫害他？”

办公室主任不置可否地看着鞋匠，像是暂时偃旗息鼓了，又像是在积蓄力量，酝酿新一轮的通道。

“那可是上好的米。”鞋匠自顾自地说道，“老婆病着，不想起来，我把她骂起来，强迫她去包粽子。费了那么大劲，绕了那么大一个圈子，到头来竟然是为了迫害他，亏你们能想得出来！我要想迫害他，用什么办法不行，非得费那么大劲，贴上米，包成粽子来迫害他？”

“可事实是，東茂才同志当天晚上就病了，这是他刚刚亲口说的。”办公室主任终于又找到一条新的路径，“闹肚子，整个人昏迷不醒。”

“那是他吃了太多粽子的缘故。”鞋匠说着，冷笑了一下，“你们要是不信，可以问问在座的丁国玺，他知道他吃了多少。”

丁国玺低着头，猛一看像是睡着了，再仔细看，才知道他并没有睡着，而是在用手指玩弄着自己衣服上的一粒纽扣。他在等待有人来问他，找他核对当年的实情，那个过程使他仿佛浸泡在一池有毒的水里，心里发干，紧缩，虚汗上升。但等了一会儿，才发现并没有人当真来问他，他不禁松了一口气，先前那几个一直忙碌不休的手指像是放了假，突然闲了下来，完全不再记得不久前那粒被玩熟了的纽扣。

一只蝴蝶飞进来，在屋里上下飞舞着，它使会议出现了一阵短暂的间隙和断裂，包括社长和鞋匠在内，都抬起头，愣愣地看着它。最终，是办公室主任抓起一条毛巾，抽打着，追逐着，终于把它赶了出去。

蝴蝶一飞出去以后，会议又恢复了先前的秩序和气氛。

办公室主任把毛巾放回原处后说：

“刚才，那只蝴蝶飞进来之前，茂才同志向我反映，有好几年的时光，他是在一种饥饿或半饥饿的状态下度过的，我觉得这是一个问题。一个每天都有进项的鞋店，让人吃饱饭总还是一件不太困难的事。为什么会发生这种事呢？”

“这当然是一个问题。”社长说着，看着鞋匠。

“茂才，”鞋匠说，“哪次吃完饭以后，我没有问过你，问你吃饱了没有？每次你都说你吃饱了。我让你再吃点儿，你总是把头摇得像拨浪鼓似的，嘴也紧紧地闭着……”

束茂才说：“从我盛第一碗饭开始，一直到吃完，你一直都盯着，你那么盯着，谁还敢再吃？有时候想，去他妈的，厚着脸皮再吃一碗吧！再一想，算了，何必让他不高兴呢。自己饿一下午，总比整整一下午，整整一个晚上，看他的脸色要好得多。”

听到束茂才这样说，鞋匠像是被一下噎住了，瞠目结舌地看着对方。鞋匠脸上的肉不自觉地拉长了，深一道，浅一道，丑陋而杂乱的褶皱纷纷跳出来，不表示岁月的痕迹或生活的艰辛，只把一张脸变得像是一小块因时间仓促或手艺不精而未能熟好的皮子，这样的一张皮子，无论用来做什么都不成，很难派上什么用场。

好一会儿之后，他才缓过来，低声说道：

“我看你一眼也不成么？……有些时候，我也吃不饱呢。”

“好啦！”社长打断他们，“都不要再说了。”

“社长，”鞋匠说，“红旗农场的那五十双鞋不能再拖了，得赶快给人家做出来。”

“这件事你就不要再管了。”社长说，“一些大是大非的问题要是不弄清楚，做多少鞋也没有意义。鞋也是有阶级属性的，我们做什么鞋，做多少鞋，都并不重要，重要的是这些鞋做出来以后，将来要穿在谁的脚上，为谁服务的问题，这才是最重要的。”

“我明白你的意思，”鞋匠说，“不能为敌人服务。不让敌人穿鞋，不给他们鞋穿，让他们永远赤脚。”

“怎么，这难道有错么？”

“你说没错就没错吧。”

“不给他们鞋穿，那是小事。要照我的意思，根本不允许他们活着。只有所有的敌人都死绝了，我们才能永享太平。这就是我的理想。”

鞋匠低下头，不再作声。

“大家都看到了吧，”社长又说，“一说起不给敌人穿鞋，你们看他心疼的样子。这是一种什么性质的问题，还用我多说么？”

“事实是，我们正在一天天好起来，敌人正在一天天烂下去。”办公室主任说，“无论他们有没有鞋穿，他们终究逃脱不了覆灭的下场。”

“同志们，大家都看见了吧，”社长说，“与我们不是一个立场，不是一个阶级的敌对势力，是非常猖狂的。他一个人单枪匹马，面对我们一群人时，仍然表现出了足够的凶悍！我们还有什么理由心慈手软，睡大觉呢？”

有一个人在几次的会上一直没有发过言。有一天会后，他向社长反映了一个问题：有一次他去找身为副社长的鞋匠，鞋匠却表现得慌乱无比，在他进来之前好像刚刚把一个什么东西藏了起来，他当时就觉得有些不对。

社长问：“你怀疑他什么？”

“说不好，”那个人皱着眉头，边想边说，“有点像是在发报。”

“发报？”社长吃了一惊，“给谁？他的上级？”

那个人摇摇头。“至少应该不是给我们这边的上级。我们打下了江山，敌人转到了地下。现在是我们的天下，如果有事情需要反映，还用得着偷偷摸摸地发报么？”

九

十三岁的那一年，隆冬时节，在凄厉的北风声中，束茂才被一位亲戚领着来到鞋店，跟师傅学徒。十三岁的束茂才，耳朵冻得通红，手上裂着口子，上身穿着一件破旧的小羊皮袄，脚上是一双女式的布鞋，鞋面上竟然还有一些淡淡的小碎花。

师傅和师娘第一眼看见他那双有花的鞋，就都忍不住笑了起来。师娘对他说，三五天内，让你师傅专门给你做一双，鞋店的学徒穿女鞋，外人看见了会不好看呢。

第一次在师傅家里吃饭，不敢吃，连嘴都不敢张得太大，刚捉回来的小动物一样，一点一点地往嘴里送，最终只吃了半饱。

还不敢抬起头看人。师傅的锋利的锥子一样的目光，师娘的雪白的臂膀，都是他最怕看到的。

当然更不敢大声地说话。

两三年以后，又一个十二三岁的小学徒来到店里，师傅问他叫什么名字，小学徒说自己叫丁国玺。

丁国玺一来，束茂才忽然发现自己敢说话了，也敢抬起头看人了。

门外面的青石街上，每天都有人洒水、清扫，靠近临街屋檐下和门前的那一部分青石，是洁净的灰蓝色，街的中间部分隐隐发亮，有骑马的人从街上经过时，清脆的马蹄声会传遍整条街道，不过这样的时候并不多。更多的时候，人们是走着的，走在沿街两边人家的窗外，身影映在人家的窗户上。你正在屋里坐着，要是忽然有一个粗壮的黑影从眼前一闪飘过，不用担心，也不用出去看，外面一定有一个扛着梯子的人刚刚从街上过去，不然就是一个孩子骑在他父亲的肩上，正在出门或者回家的路上。

“国玺，护板上好没有？要下雨了，再拿一只桶，放在屋檐下，接雨水。”

阴晦的天色下，丁国玺听见师兄在喊。

槐杨树和丁香树的发冠高过了沿街两边人家的屋顶。一场小雨过后，整条青石街上都变得明亮而湿润。

社长推荐鞋匠参加了几次由区、县两级召开的更高级别更大规模的斗争会，其中有两次，鞋匠成为主角之一。最后一次，是被抬回来的，一路上他没有一点声音。

几场斗争会下来，鞋匠从精神到身体全面涣散，整个人仿佛只剩下了一张有温度的人皮，目光里不再有锋利，不再有锥子，混沌取代了一切。

从鞋匠的家里没有搜出什么太有价值的东西，社长怀疑精明的鞋匠早已把一切都销毁了。有一天，柬茂才忽然想起了什么，社长根据他提供的情况，立即派人打开了鞋匠家里的一面东墙，如同柬茂才所怀疑的那样，东墙里果然有夹层，并且从里面搜出两个黑木匣子。一开始众人都如获至宝，但等打开那两个黑木匣子以后，才看到里面是空的，什么也没有。他把两个空匣子放在墙里干什么呢？社长问众人，众人都摇头。

鞋匠不知道外面所发生的一切。整个隔离期间，在一间黑洞般的屋子里，鞋匠开始怀疑已经过往的那几十年的时光，包括那条比熟悉自己的身体还要熟悉的青石街，怀疑那一切是否真的存在过。

可是，他又在怀疑中想起了柬茂才，十三岁的柬茂才被人领到他的面前，冻得瑟瑟发抖，就像在昨天。

他想做最后一双鞋。家人托丁国玺给他送来了麻绳、布和一双现成的鞋底。

一个春雨霏霏的夜晚，鞋匠没有做鞋，而是用那缕麻绳结束了自己的一生。

漫天的杨花柳絮，脸色苍白的年轻人站在店门口，用手摘着身上的白花花的纸屑，刚摘下一些，很快就又有类似的东西又落了上来。就在那时候，他的眼前忽然一亮，他又看到了那位他所崇敬的诗人，看见她领着一个八九岁的孩子，往城南的街上走去，在临街的一个向里凹进去的门前，消失了。

原载于《上海文学》二〇一二年第三期

雨下了七八天

一

才八月份，就已经这么冷了？

主要是因为下雨的缘故，要是不下雨，没这么冷。

你们这地方，不下雨就刮风。

刮风没这么冷。

这雨算是连阴住了，明天也不一定能晴了。

我最怕连阴雨了。小时候有一次，我妈领着我们几个去一个亲戚家，正好碰上了连阴雨，好几天都走不了。我们那时还小，不懂事，每天在房檐下跑来跑去，接雨水，淋得湿漉漉的。我妈的心里简直麻烦死了，也像那天气一样，泥淋叉糊，想走又走不了，一两天以后，亲戚也逐渐有些不耐烦了。有一天，雨还没有停，但是已经小了很多了，是那种沙沙的小雨，我们这里的人叫细麻绳雨。我妈一看是那种雨，就立刻领着我们上路了。我记得很清楚，刚一离开亲戚的家，我妈就长长地出了一口气。

下雨天留客天嘛，老天爷不让你们走。

住在别人家里那种难受，长大了才能体会到，小时候根本不懂。

海龙同志，当干部有几年了？

七八年了。

哦，那也不算短了。一开始就是主任？

哪能呢，当过副组长，组长，民兵排长，连长，团支部书记，支委，副主任，该走的路一步也没少。

也是一步一步走过来的，很好。

也就是这么过来的。

村里的人们对我们是什么态度？

欢迎，都很欢迎呢。

恐怕不全是欢迎吧？那天我往河边走，有一个女人正好要开门出来，一看见我，马上就像见了鬼一样，又转身缩回去了。就凭那一下，我就知道这村里并不太平，也不全是一条心。

是谁家的女人，这么不懂事？

我也不太清楚，大眼睛，梳着两条辫子。

女人们，就那样，她们的反应也不能说明啥。一秒钟前，她们还死心塌地地喜欢白的，一秒钟以后，又真心实意地迷上了黑的，这中间的变化，谁能说清楚？恐怕连她们自己也说不清。这世上，有她们，吵闹、麻烦，没她们，好像又不行。不过，大多数的人还是欢迎的。

不欢迎也没办法。先告诉你一声，会计的问题已经查清了。

真的有问题？

那还能有假么。头几次问他，他嘴硬得像鸭子的嘴一样，你还记得么？

记得。大概有多少呢？

初步查出来，就有四百多，还有零头。

啊，那么多？他把我们大家都蒙蔽了。真不知道他是怎么干的。

当然，那么多钱，他也并不是一下拿走的，今天十块，明天五块，日积月累，还愁不会越来越多么。

怪不得呢。

他当会计有几年了？

说起来比我还早呢，有十来年了。

这么长时间，那还惊讶么，稀罕么，一座山也能掏空了，说不定还有没查到的呢。

郭部长，那接下来准备……

先派人把他看起来，免得他狗急跳墙。再继续查一查，我总觉得还有问题，没这么简单。

那他的家人，用不用也派人瞭哨着？

先看看再说，还没到那一步。

一开始他还很积极地帮着查别人，提供别人的线索呢，真没想到头一个闹住的就是他。

斗争的复杂性和严酷性也就在这里。我常告诫大家要擦亮眼睛，提高警惕，好多人还以为我是在老生常谈。

这世上还是糊涂人更多一些。

截至目前，像他这样的还不少。

啊，那也就是说，每个村里都有？

你是怎么算账的，有的村里还不止一个呢。

拔出萝卜带出泥，这才刚开始呢，可有好戏看了。

不要胡说，这是戏么？就说你们村里，难道就只是会计一个人有问题嘛，绝不可能。

雨好像又大了。

这天气冷飕飕的，中午饭要是有点辣椒就好了。

辣椒有。要不喝点酒吧？

倒是真想喝两口，可是下午还有事呢。

那晚上喝？

晚上不是还要开会嘛。

少喝点儿。

还是算了吧，让大家闻到酒气不太好。

他把一条空口袋的一头折成一个三角形，然后往头上一套，就等于是一件简易的雨衣了，只是这样的雨衣管不了前面与下半截，只能遮挡住头和后背，村里的人们都用这种办法防雨，满村里也没有几个有雨伞的。

走了不一会儿，脸上就溅满了水，胸前也早已湿了一大片。

郭部长他们就住在原来的地主老财的一个大院子里，前面有长长的雨廊，院子里有两三条青砖的小路，好多的砖都已经破损得很厉害了。

走出去很远了，他却好像还能听到郭部长在那道长长的雨廊里慢慢地走着，抽着烟，皱着眉头。郭部长有疝气，可是他完全不懂，不仅不懂，连听也没听说过呢。啥叫疝气？要不是郭部长来下乡，很有可能永远也不会知道世界上还有这么一种病呢。不过，也仅仅就是听说了那么一个名字，真正是怎样的一种毛病，在人身上的哪一个地方，还是什么都不清楚。

他抬起头朝阴晦的空中看看，却不料从鼻子上溅下来的水，顺着嘴角流进了嘴里。

太阳像是跟人们结了仇，再也不出来了。

路过一户人家的时候，他推开门走了进去，门前哗哗地流着水，水里漂着草棍、鸡毛。

堂屋的门开着，一个女人弯着腰，背对着门口的方向，不知在干什么。他喊了一声，女人回过头来。

晌午做饭的时候，多炝点儿辣椒。他说。

女人直起腰看着他，似乎要说什么，他一挥手，打断了她。

别计较这种事情，他说。让他们吃得满意了，你们家忠发也会平安无事呢。

他咋就不平安了？女人直挺挺地看着他。

他伸出一只手在湿漉漉的脸上抹了一下。三两句话看来和这个女人也说不清，他倒是真想把她拖出来，狠狠地在雨地里揍上一顿，满村里全是这种连一句正经的话也听不懂的糊涂女人，眼前这个女人还算是众人公认的有见识有头脑的精明女人呢，却原来也是个空名声。他知道她刚才想说什么，无非是想说炝辣椒费油，炝一回辣椒费的油，足够他们一家人吃一个月的。唉，好像全世界的不够成的女人都嫁到一个村里来了，脸白有什么用，腰细有什么用，能说会道又有什么用，该糊涂的时候还不是照样糊涂。

小四正在门外堆起一溜土，想把从院子里流出来的水堵住，他从魏家店的山墙那边刚一拐过来，小四就看见他了。小四手里拿着一把小铲子，对他说：

那个镶金牙的大爷又来了。

培仁？他心里咯噔了一下。

他看看聚在门口的水，心里的火呼地冒出一股。还嫌院子里的水不多，还想再憋回去？他伸手在小四的脖颈上打了一下，接着又夺过小四手里的那把小铲子，几下就把小四辛苦了好半天才堆起来的那一溜土铲平了。口子一扒开，聚集在门口的水哗哗地朝街上走去。出水口的水则发出一阵阵呼呼的响声，就是猪饿了以后满院子乱走时的那种叫声。

培仁把他的一只手按住，不让他动，他用另一只手把培仁推开。

是一点儿黄米面，大约有二三升，还有一小铁桶胡麻油，都是培仁从后草地拿来的。

他说培仁，你拿这些干啥!。

培仁说，好不容易来一趟，总不能空着手来吧？难道亲戚们之间也不让来往了？本来还想拿只鸡呢，不好拿，怕路上一不小心飞了。

他说，你怎么没赶头牛来。

培仁说，没有么，要有我就赶来了。

他和培仁是表兄弟，但是印象中相互之间却从来也没有叫过哥哥弟弟什么的，从小到大都是直呼其名。培仁他们家在后草地，来回一趟差不多得有十几二十多天，一路上会十分的辛苦。可是这半年多来，培仁这已经是第二次来了。培仁嘴上说是来走动，来看他，可是他总觉得事情有些不对。既然是想看他，几个月前不是刚看过么，这怎么就又来了？再说，他有什么好看的？小的时候还能在一起要，现在……他本想对他说说村里的事情，可一转念，又把要说的话咽了回去。说什么，说他天旋地转？说会计本来指手画脚，眼看就要立功了，却不料他本人率先浮出了水面？告诉培仁没事不要到处瞎出溜？

培仁说，来一趟，路上就得走十来天，要是事先在家里把鸡杀了，一两天就坏了。带着活的呢，每天还得专门停下来喂它，不喂肯定还是个死。

他说，哪有在半路上喂鸡的。

培仁说，所以也就没拿。

他说，培仁这形势你还敢到处乱跑？

培仁却说，啥形势？

他说，难道你们那儿啥事也没有？

培仁说也有。

他说，这里可是紧得很。

培仁说，那儿松一些，不像你们这儿神经烂五的。

他说培仁，这种话以后少说，最好永远也不要说。

培仁说，我也就是在你面前说说，以后不说就是了。

培仁越是这样说，他却越觉得培仁是故作轻松，装着像没事人一样，实际还不知道是怎样的一回事呢。他总觉得事情绝对没有那么简单，这中间不知还包藏着什么呢。他一边和培仁说着话，一边暗暗地留意着培仁的种种表现和反应。培仁嘴里的金牙有时会一闪一闪的，原来那么多年都没觉得，这时却让他觉得是那么的刺眼，不舒服。

想着想着，他忽然吓了一跳：培仁一定是碰上什么事了！不然不能这么不辞劳苦地一趟一趟往外跑，好像是在躲避什么呢。

是的，一定是在躲避什么。

从后草地到他们这里，来回一趟二十多天，要不是有了要紧的事，谁愿意那么来回跑呢？以他对培仁的了解，他很知道培仁并不是一个多么勤谨多么愿意吃苦的人，这样想来，事情好像也就十分明了了。狗日的培仁，肯定是有了事了。

可是，有事了就往这边跑么？为什么，就因为是亲戚？

他本想对培仁说，我也是一个泥菩萨呢，却始终没有说出来。凭什么说自己是一个泥菩萨，现在不是还好好的么？至少眼下还不是。郭部长把最机密的事情也都告诉他，说明并没有拿他当外人，在当初决定对会计展开秘密调查的时候，他也是全村里第一个知道那秘密的人。除了他，谁还能有那样的待遇？那能叫泥菩萨么，泥菩萨能提前知道那种事么？记得会计当天还来串过门，一看见会计进来，他吓了一跳，脑子里随即就响起一阵房倒屋塌的声音。之后，他把自己的嘴封锁得严严实实，有关那方面的事情半个字也没有说过，还不断地把话题往别的方面引。说起村里的一个叫三春的女人，说起邻村的一个把热窝头藏到裤裆里，把自己烫出伤疤的叫高举的男人，甚至还把会计逗得哈哈大笑。

然而，培仁却好像什么都不知道一样，也不管他心里在转悠些啥。看见院子西边的那个鸡窝已经歪斜得很厉害了，几乎快要塌了，培仁就对他说，垒鸡窝的事就交给我吧，你就不用管了，你去忙你的。

他说，等天晴了再说吧。

培仁却没有听他的。自那以后，就把原来的那个旧的推倒了，开始砌新的。雨时下时停，下得很大的时候，培仁就坐在门里面抽烟、看雨。只要一停上一会儿，甚至蒙蒙细雨的时候，就出去干活儿。石头、泥，都是湿的。拆下来的那一堆旧东西把院子里变得更加泥泞，人从外面回来，或者要出去的时候，都会走进泥里。鞋上一沾了泥，女人的脸色就有些不太好看。不过，当看到一个新的鸡窝的时候，慢慢地又会晴朗起来。

鸡窝盖好以后，培仁又对他说，我再给你盖一个兔窝吧。

他说，兔窝就算了，不要盖了，兔子也没有，盖那干啥。

培仁说，有了兔窝，就会有兔子的。

就在鸡窝的旁边，挨着鸡窝，又盖了一个兔窝，中间的那堵墙，是兔子和鸡两家共用的。

兔窝比鸡窝稍微复杂一些，复杂之处就在于兔窝里面的后墙不能够用石头砌死，以便于将来打洞。当然，那个洞不需要人来打，兔子自己就会打。兔子觉得自己快要生了，就开始给自己在后墙下打一个洞，等到真正要生产的时候，洞也就提前打好了。培仁解释说，兔子生小兔子的时候，是不会当着人的面生的，更不想让人看见，必须得到后墙下的那个洞里去生。以后，喂奶、抚育，就都在那个洞里，像它们一家的卧室。只有等到小兔子会走了，才会领出来。好几个小的，丁零咣啷，摇摇晃晃地跟在母亲的身后，有的连眼睛还没睁开呢。

趁培仁在院子里嚓嚓地铲泥的时候，女人鬼鬼祟祟地把他拉到堂屋里的黑暗处，用手指指外面，悄声问他：

你没问问他啥时候走？

他说，那种话哪能问出口。

女人说，那他就这么住着呀，不走了？

他说，肯定要走，人家也有家呢。

女人说，你就问问他怕啥。

他说，我不问，我问不出口。

女人说，家里住着这么个人，真是麻烦死了。你一天到晚不在家，你当然不麻烦。

他说，人家给你干活儿的时候你咋就不麻烦？习惯了就好了。

女人说，谁用他干？他不干也行，那鸡窝又塌不了。

他说，你别忘了，我们是表兄弟，他那么大老远来了，也不容易，你就不能将就一下么。对他好一点，起码不要在他面前摔摔打打的。

女人说，我对他不好么？今年他头一回来了，我对他咋样？马上给他烙饼，炒鸡蛋。问题是不到半年，他这已经是第二回来了，这咋就没完了呢。

他本想说，根据他的观察，培仁很可能是碰上什么麻烦事了，可是又怕说出来后女人会忍不住乱想，甚至出去到外面乱说。那样一来，说不定会引起更大的麻烦。有些麻烦不是你能想象得了的，更不是一个人的能力能掌握控制得了的。人能轻而易举地把麻烦招来，可是并不等于也能把麻烦再轻而易举地送走。女人们，最容易坏事了。而一旦真的有了事，她们又根本解决不了，只会呜呜地哭，要不然就上吊、跳井。

听见培仁在外面用铁锹奋力地铲泥、擢水，他看了女人一眼。

二

锅底被勺子刮得吱吱地响，听上去除了刺耳，还叫人觉得牙根发酸。

看着刘连梅把最后一点粥也刮进了饭盒里，福林端起饭盒喝了一口，嘴里顿时就被一股浓浓的铁锈味充满了。这以后，他看了刘连梅一眼，把饭盒里的粥倒进两个空碗里，把另外两碗粥倒进饭盒里，盖上了盖子。

刘连梅说，你这倒腾啥？

福林说，那两碗有铁锈味呢。

火上烤着一个窝头一个馒头，刘连梅隔一会儿翻一下。

刘连梅对福林说，铁锈味怕啥。

福林说，当然不怕，铁锈味喝了也死不了人。

刘连梅说，那你还倒来倒去，好像我做得不对。

福林说，他关在那个黑房子里，再喝上两碗有铁锈味的粥，你就不怕他心里一麻烦，上了吊？

刘连梅说，有铁锈味就要上吊？那村里每天不知要死多少人呢。

福林说，我说的是人的一种心情，咱们在外面，就算是饭里全是铁锈味，吃了也不会多想，更不会麻烦。他在那里面，你能拦住他不乱想，不麻烦？

刘连梅没再说话，拿起那个已经烤得焦黄的馒头，用嘴吹了吹上面的灰。接着又把那个窝头也拿出来，在手里拍了拍，然后放在一起，用一块笼布包了起来。

福林就站在灶火前，把那两碗有铁锈味的粥喝了，拿上饭盒就要走。

一村里的人都知道了。

刘连梅轻声说道，她这话像是在自言自语，却又像是对福林说的。

福林拿着饭盒正要出门，听见这话以后果然就站住了，他回过头，看着刘连梅。

刘连梅对福林说，你去了，要是能有机会说上话，你就问问他，那些钱在哪？

福林无比吃惊地看着刘连梅，说，连你也不知道？

刘连梅说，知道还问啥。

福林站在门口，一只脚在门里，一只在门外，门上的半截帘子在他的脸前飘来飘去，他不得不用另一只没有拿饭盒的手把它挡开。可是，刚挡开，脸上就又觉得很痒，帘子又擦着他的脸动来动去，他一伸手，把它抓住，握在手里。

刘连梅说，等没人的时候再问，悄悄地问。要是旁边有人，就不要问了。

福林没说话，却低头看了一眼手里的饭盒。

王汉兵家后墙上的那一段马头墙眼看就要塌了，已经露出一副龇牙咧嘴的样子。这会儿，从屋顶上流下来的雨水在马头墙那里突然分成两股，一股贴着后墙唰唰地流到街上，另一股流进那道大嘴一样的裂缝里以后就不见了。

福林手里拿着饭盒，抬起头，有些痴迷地望着那段龇牙咧嘴的马头墙。

福林记得，晴天的时候，他曾看见不断地有鸟从那里飞进飞出。而且福林还相信，那里面住了不止一窝鸟。

后墙上黑绿黑绿的，爬满了毛茸茸的苔藓。

福林想，那股水流到了哪里呢？那么多水都流进去了，总得有个出处吧，总得有个放的地方吧？

黄鼠、瞎貉，甚至獾，都住在河边的洞里，要是往里面不断地灌水，用不了多久，它们就会纷纷跑出来，如果不跑出来，就都得被淹死，除非在人往它们的窝里灌水的时候，它们正好不在家。

不过，就算有幸躲过一劫，等再回来的时候，那个被大水灌过的家也不能再住了。

水流进去那么多，王汉兵一家人会不会也像黄鼠或獾一样突然从里面跑出来？

黑房子只是里面黑，外面并不黑，因为没有上过油漆，门窗甚至比周围别的那些房子看上去更新一些。黄白的木头本色，上面裸露着很多褐色或黑色的疤结。

当年，村里曾经要把这间房作为会计和保管的办公室，让他们在里面记账、算账，没想到会计死活都不愿意，说宁可坐在大街上甚至房顶上算账，也绝不进那里面去。

为什么死活都不愿意进去？原因很简单，就因为那里面曾经先后吊死过三个人，谁也不愿意进去。前两个像福林这样的孩子们完全不知道他们是谁，福林他们这么大的孩子们只知道后面吊死的那个女的，因为她是四明的大姐。不过，真正有没有见过她，福林记得也并不是很清楚了，好像没见过，也又好像见过。几个孩子在四明他们家门口玩火，有一只洁白的手曾经在他们的头顶上拍过，那是谁的手？还有一个修长的身影有时忽然从外面回来，或者又突然离去，那又是谁？难道不是那个大姐？

福林站在门外，听见屋里有一个声音在说：

是会计的儿子。

来干什么？另一个声音说。

是来送饭的。先前的那个声音说。

这时，出现了第三个声音，有些沙哑：

就是，得让人家吃饭，他现在还不能死。

饭当然要吃，问题是能不能让他们父子见面，这得想一下。

哦！另外两个声音像是同时都惊呼了一声。

从屋檐上流下来的水把门前的地上冲得坑坑洼洼的，落在人的脸上甚至还有些疼。福林离开门前，站到屋檐下，这样一来，感觉就像站到了一长扇帘子的后面。这样一来，躲雨倒好像成了一个不太明显的方面，如果有人从远处走来，会以为他是在观赏雨里的景色。

他把手里的饭盒贴到腿上，腿上立刻感觉到一种温热，他放心了，饭还没有凉了。

不远处，张元荣家的房顶上像是在冒烟，福林吓了一跳。仔细再一看，才发现并不是烟，而是从房顶上溅起来的雾。

与张元荣家房顶上的那种烟一样的雾形成明显对比的，是宋守财的那一大片黑瓦的屋顶，像是很早以前从半空中落下来的一大片漆黑的翅膀，无声无息地趴在地上。平时看着还像个房顶，一阴天，一下雨就好像贴到了地上。福林知道，就在那片黑色的翅膀一样的旧瓦下面，有很多绕来绕去的拐角和不能住人的空房子，在其中的一间半露天的空房子里，有一具空棺材，上面的红颜色早已变得淡红，甚至灰白。有一天，他们正在那个很少有人经过的过道里下“狼吃羊”的棋，忽然看见有一缕乱蓬蓬的黑头发在一个拐角上飘了一下。紧接着，是一个女人的一张虚浮松弛的灰白的脸，从墙后面露出来。

福林——

雨里忽然有人叫他，福林看见是小学的葛志远老师。葛志远老师披着一件奇怪的雨衣，一看就是用化肥袋子改造成的没有袖子的那一种。葛志远老师问福林站在这里干什么，福林的两只脚轮流着在屋檐下跺了几下，觉得说不出口。

福林问葛志远老师要去哪，葛志远老师说：

我妈，出去拾柴火，跌了一跤。

福林说，这天气出去拾柴火？

葛志远唉了一声，急急忙忙地在雨里走了，在他的脚边，福林看见溅起的泥水上下翻飞，像是一垄被犁开的土。而葛志远的两条腿，无疑就是那犋行进中的犁。

旁边的那扇门开了，裴永会从里面走出来，对福林说：

把饭给我吧，我给他拿进去。

福林说，我不能进去？

你哪能进去！裴永会说。人家不让进。

福林把饭盒交给裴永会，看着裴永会拿出钥匙，打开了那间黑房子的门。他本想趁机往里面看一下，看看爹怎么样了，然而裴永会却像一只敏捷的黄鼠狼一样，刺溜一下就钻进去了，并随手带上了门，福林什么也没有看见。很快，裴永会又从里面出来了，又锁了门。

放心吧，给了。裴永会对福林说。

福林没有说话，一边看着裴永会，一边忍不住瞟了一眼那扇门。

你也回去吧。裴永会对福林说。我出来的时候，他已经吃开了。

福林说，我等他吃完，把饭盒拿回去。

裴永会看看福林，没再说什么，弯下腰把屋檐下的一块半头砖捡起来，扔到远处，又回到旁边的那个屋里去了。

福林一个人站在屋檐下，听见黑房子里静悄悄的，一点儿声音也没有。

和他想的一样呢，果然得事先留一手，不事先准备一下还真不行。

从家里临出来之前，福林趴在堂屋的一块盖板上，偷偷地写了一个手指那么宽的小纸条，上面只有一行字：

爹，妈让我问问你，那些钱到底在哪？

写完以后，他把那张小纸条揉成一个黄豆那么大的小纸团，然后塞进那个窝头里，从外面一点儿也看不出来。按照他对爹的了解，如果有一个窝头和一个馒头都放在他的面前，爹一定是先吃窝头，最后才吃那个馒头，所以福林才决定把那个小纸团塞到窝头里，只要他一掰开，就会看到。除此以外，福林还有一个考虑，万一他心里麻烦，吃完窝头以后就再不想吃别的了呢，或者不舍得吃那个馒头呢？纸条如果塞到馒头里，不仅很有可能看不到，甚至说不定会招来新的危险和麻烦。

所以，福林觉得，无论是哪种情况，把纸条塞到馒头里都是不对的，只能放到窝头里。

屋檐下阴冷阴冷的，福林站一会儿，又走一会儿，又不时地瞟一眼那间黑房子。按照时间来判断，他相信爹这会儿已经看到他写的那个小纸条了。

远处，有一个人赶着牛，慢慢地从雨里走过。

三

开完会的时候，已经是半夜了，他和郭部长握了手，然后摸着黑回家。

雨停了一会儿。

有月亮，但是地上却一点儿亮光也没有，到处都黑洞洞的。临走前，看门的史银柱老人让他提着马灯回去，他没有提。在自己从小到大生活了这么多年的村子里行走，还用得着提一盏灯么，他相信自己闭着眼睛也能走回去。要是不能，那倒是奇了怪了，不用别人笑话，自己也会羞死。还干部呢，开完会连家也找不回去，那叫什么干部。

他走着，有时会抬头看看天上，星星很多，有的密密麻麻地挤在一起，有的却离得很远，独自亮着，像是地上的那些独门独户的人家。他想，星星说不定也以类聚，也以群分呢，甚至也存在着左中右呢。有红色的星星，革命的星星，一定也存在着黑色的星星，反动的星星、有问题的星星。有几颗谁也不挨，孤零零地坐在那里，一看就有问题。

其中有一颗星星，他觉得很像是培仁呢，心里藏着事，却又对谁也不说，只是自己一个人在那里来回忽闪，一天一天地闷着，甚至暗中抽搐着。是不敢说，不想说，还是不能说？他不知道。只要他不开口，别人谁也很难知道。

快到前面的一个小十字路口的时候，忽然眼前唰地一跳，看见一个白乎乎的东西正在那个小十字路口上摇晃，有一个水桶那么高，那么粗……再仔细一看，却并不是在摇晃，更像是在一起一落地转动，好像中间有一根轴，在带着它转动。啊，不对，也并不是在转动，而是在一蹦一跳地往前走。

他很大声地喊了一声，问是谁，对面没有答应，却更像是被他吓着了，摇摇晃晃地掉头朝小十字路口北边的一条巷子里跑去。

于是，他也开始跑起来，在后面追赶。黑漆漆的巷子里，那一团白游动得很快，等他也跑进巷子里以后，却不见了。

他前后看看，最终在一户人家的门外停了下来。他确信，那个白色的东西就是在眼前这扇门前消失了的。

之后他吃了一惊：杨跃海家？

等他回到家里的时候，先前的星星和月亮又都不见了，雨又下了起来。

他听见放在院子里的一个簸箕和两只水桶被雨敲打得咚咚作响，他想找到它们，挪开一下地方，却又看不见它们在哪里，只听见它们像小鼓一样暗暗地敲着。

他走进院子西边的耳房里，想看看培仁睡了没有。听见有轻微的鼾声传来，就想培仁可能已经睡着了。让他没有想到的是，他刚走到炕前，睡在黑暗中的培仁忽然一个鲤鱼打挺翻了起来，并发出一阵低沉的却又不无惊恐的怒吼。也就在那同时，他感到自己的两个手指被培仁的一只手紧紧地攥住了。

培仁的那只手像是一把老虎钳子，他试着抽了一下，却没有把自己的那两个手指抽出来。

培仁，是我！他说。

然而培仁却好像完全没有听见，仍然紧紧地攥着他的两个手指，似乎比一开始还要更紧一些。

他说，培仁，快放开我的手。

喊也喊过了，说也说过了，不仅没有放开，黑暗中忽然响起嘎巴的一声。很快，他就感到了一种钻心的疼痛，他也忍不住惨叫了一声。

培仁，你把我的手扭断了！

他后面的这句话像是让坐在炕上的培仁一下清醒了过来，立刻就松开了手，随即又把放在灶台上的灯点着了。

灯一亮了，他捂着自己的那两个手指，首先看见培仁坐在炕上，脸色惨白，又如死灰，一副死里逃生的样子。

扭疼你了吧？我没想到是你。培仁大口地喘着气说。

他说，除了我，还能有谁。

疼痛使他咬着牙，嘴里不时地发出阵阵吸吸溜溜的咝咝的声音。他来到灯下，仔细地察看那两个手指。培仁也凑过来说，我看看。说着，想伸手摸，他不由得往后缩了一下。他对培仁说，不能摸，疼死了。

培仁说，先抹点儿紫药水吧。

说着，就去炕里面翻他带来的那个包，听见里面传来一阵乱七八糟的声音。不一会儿，就找出一小瓶紫药水来。

来，我给你抹上。培仁说。

看见培仁拧开瓶盖，他把手指伸给培仁。

你出门还带着这个？他对培仁说。他觉得这事多少有些奇怪。

培仁听了他的话，似乎想笑，却又没有笑出来，只是咧了咧嘴角。一边往他的手指上涂药水，一边很有些漫不经心地说，出门在外，谁知道会碰到什么情况呢，万一有用呢？你看，这不就用上了么。

涂了药水以后，两个手指却依然像火烧一般。他心里担心是不是断了，不过也没好意思当着培仁的面说出来，那会让培仁以为他是要成心弄断他的手指呢。兄弟之间，断没有那种可能，尤其是他和培仁，从小就要好，连往那方面想一下都不应该不能够呢。

他对培仁说，你手上的劲可真够大的。

培仁说，我也吓了一跳。

这时，他忽然注意到一个现象：培仁的身上穿得整整齐齐，只差没戴帽子。

于是，他有些吃惊地问培仁，你睡觉不脱衣裳？

培仁凄然地笑了一下，说，忘了。

他说，有啥不放心的，在我这里就和在你家里一样。

培仁说，真的是忘了。一开始躺着，没想要睡，后来不知咋稀里糊涂地就睡着了。

他说培仁，你心里要是有啥麻烦事就说出来，别憋着。

培仁说，没有，要有，我还能不和你说么。

他说，我总觉得你有些紧张。

培仁说，我只是近来常做噩梦。

他说，都是些什么样的噩梦？

培仁说，也没啥，都是些乱七八糟的东西。有时候被吓醒，觉得身上绷得又紧又硬，还有的时候醒过来身上一点点力气也没有了。

他说，那更得好好休息，以后睡觉要把衣裳脱了。

听着外面沥沥拉拉的雨，培仁不由自主地叹了一口气。

培仁说，这连阴雨下的人真是麻烦。好像我每回一来了就要下雨。

他说，你是龙王么，每回都带着雨来。

培仁说，可惜不是！真要是，那就好了，哪儿天旱了，我就去一趟。

他说，那你可就值钱了。

培仁说，你还记得咱们小的那时候么，有一次，也是下连阴雨，下了七八天，哪哪儿都是水，都是湿的。睡梦中听见有人喊：走啦，走啦！推开墙上那个月亮形的圆窗户一看，有人盖着红花的被子，睡在咱们的廊檐下，下面垫着木板和石头……

他说，我记得，二姐两口子打架，水缸里忽然蹦出好几个绿莹莹的蛤蟆。院子里水汪汪的，门口盘着蛇，舌头柳叶一样，粉白粉白的，小眼睛黑亮黑亮的，像玫瑰花的籽。

培仁说，你说的那都是一种表面现象，背后真实的情况其实是……

他说，还有背后的情况？

培仁说，你到底比我小几岁，有好多事情你那时还不懂。

培仁扭脸看了一下身后的窗户，黑暗中窗外仍然不时地传来那种暗暗的敲小鼓的声音，咚……咚咚……咚咚咚咚……

培仁说，我就是在那时候，听见人们悄悄地说，咱们那个家要败落了。

原以为睡上一觉就好了，手就不疼了，可是没想到第二天醒来一看，两个手指肿得又粗又亮，还十分的沉重，明显觉得比别的那几个手指要沉重得多。看上去也很吓人，似乎稍微触碰一下，就会有无数透明的脓和血奔流出来，而等那些东西流完以后，整整齐齐的两个手指也将完全不复存在。

他其实是被疼醒的。

那时候天还没亮，他睁开眼，看见外面还黑洞洞的。

没有听见下雨的声音，他怀疑雨是不是在后半夜的时候停了。爬起来一看，看见屋檐下还在滴水，才知道雨并没有停，原来一直都在下着。

真正是一种钻心的疼痛，他不知道该用一种怎样的言语来形容和描述那种痛。他闭着眼睛，两条腿却不由自主地在炕上蹬来蹬去，放平了不是，抬起来也不对，任何一种姿势和动作都不能把那种钻心的疼痛从他的身上转移走。

他侧身躺了一会儿，觉得疼得更厉害了，于是又平躺着。平躺了没多久，还是觉得不行，又翻了一个身，脸朝下趴着。那只手既不敢放到被子里，也不敢放到脸前，怕一不小心碰撞了，只能单独把它举出去，伸到枕头的外面，这样就能保证它不被别的东西碰着。

想起昨夜的事，忽然觉得有好多的事情好像完全想不明白，也很有些看不大懂。他刚走到炕前，其实既没有开口说话，也没有发出别的什么太大的声音，培仁竟忽然就被惊动了，发疯一样地扑起来，完全就是一副要拼命的样子。

而且整整齐齐地穿着衣裳。

他觉得培仁的那种样子一定不是专门冲着他来的，没有理由和道理嘛。再说，他也知道培仁对他的感情，多少年的兄弟了。想来想去，他觉得培仁的那种样子只能是一种面对危险时的正常的反应——当一种突如其来的危险破门而入的时候，培仁那样做难道不对么？难道不应该有那样的反应么？当然，也有可能是一种培仁提防了好几年的一直徘徊在他身边的危险？不管是什么，那样做其实都是对的。

是的，就应该那样，突然扑起来，一招制胜。

手指上的疼痛使得他的两条腿又在炕上不知不觉地蹬来蹬去。

不久以后，他的那种烦躁难挨的窸窸窣窣的动静就引起了睡在旁边的女人的注意。

女人闭着眼睛问他，你在做啥，抽筋了？

听见女人醒了，他忽然吓了一跳。

女人睁开眼睛，看着他。

他本来不打算告诉她，可是后来咬了咬牙，觉得这事也不可能一直瞒下去，就对她说了。

他说，手疼得厉害，睡不着。

女人这时还并未引起注意，懒懒地说，手咋了？

他想了一下，告诉女人说，昨夜和培仁掰手腕，不小心扭着了。

女人说，真行，真有出息！你们多大的两个人了，还干那种事情。

他说，小时候我们经常掰，比谁的劲儿大。

女人哼了一声，上半身爬起来。他嘴里咝咝地响了两声，有些害怕地对女人说，不要挨我，别过来！

听见他这样说，女人反倒来了兴趣。她干脆坐起来，抓住他的一条胳膊就要看他的手，一眼就看到了他的那两个肿胀的手指，顿时惊叫了一声：呀！都已经成了这样了，颜色都变了，都已经黑紫了！

他想把自己的那只手撤回来，可是被女人死死地抓着。他对女人说，别蝎蝎螫螫的，那是紫药水。

女人说，紫药水？哪来的紫药水？谁给你抹的？

他说，培仁的，他随身带着的。

女人撇了一下嘴说，还有紫药水？他带的东西可真够全的。

听见女人这样说，他说，还有啥？

女人说，好像还有一根一丈多长的绳子。

他说，你看见了？

女人说，没看见我能胡说他么。

培仁带着那么长一根绳子干什么呢？他想。既然带了，那就说明他一定有他的考虑，谁出门能不带一些东西，任何人的包里很可能都乱七八糟。不过，培仁带着的那些东西也多少有些古怪，女人提到的那根一丈多长的绳子他倒觉得没什么，他奇怪的却是昨夜拿出来的那瓶紫药水。培仁为什么要带着一瓶紫药水出来呢？而他本人，从来也没有带着那种东西出过门呢，平时就连见都很少见到呢。

看着他那两个吓人的手指，再加上平日对培仁的种种不满，女人很快就培植起一种仇恨。她说，这个挨刀的，咋能把人扭成这样？他这是不想让你活呢。

他说，别胡说，他也不是专门的，不小心么。小的时候，我有一回还差一点把他的腿弄断呢，可是心里清清楚楚的，一点儿那个意思也没有。

你没有，他有。女人说。

他说，行啦，培仁是个啥样的人，我比你知道。

女人说，他出门带着紫药水和绳子，就没安好心。

他说，照你这么说，他出门带着紫药水，就是为了把别人弄伤，然后再给人抹一点儿紫药水？那他图啥呢？他的紫药水多得没地方放了？你觉得这么说有人信么？你给我说说，你要是能给我说出个道理来，我就服了你。没道理么。

我也一下说不上来，反正总觉得他有些不对。女人的声音比一开始的时候小了很多。

他人生地不熟，总不能去到处乱走，到处吆喝吧。他说。

女人说，我说的还不是那个意思。

他说，那你的意思是……

女人说，我也说不清，总觉得他有鬼。你见过谁出门还带着紫药水？

女人忽然不小心碰了一下他的那只手，他疼得咝咝地吸了几口凉气。

后来要起来的时候，他却发现已经不能自己给自己穿衣服了，一只手无论如何也做不了那些事，尤其是裤子，完全没办法穿上。这样一来，女人不得不帮他穿衣服。女人跪在炕上，先帮他把裤子穿上，接着又让他站起来，一边给他提裤子，系紧裤带，一边对他说，你真有本事，又从头活回去了，连裤子也不会穿了，我好像成了你妈。他直挺挺地站着，总觉得身上哪儿有些不对，脸上痒，耳朵后面也有些痒，衣服穿得不舒服，很别扭，和平时不一样。那时候，他忽然想起了那些缺少了一个手，甚至两条胳膊都没有了的人，不能不从心里敬佩他们，真不知道他们平时都是怎样生活的。

穿好衣服以后，女人告诉了他一个让他有些吃惊的消息：家里好几个地方长出了蘑菇。

女人领着他看，果然，好几个墙角里的景象都让他吃惊，甚至两口缸之间也有。在那些幽暗暗的地方，一丛丛、一簇簇的蘑菇小伞一样支棱着、摇晃着，苍白、陌生，阴阴的、冷冷的，叫人看了有些隐隐的说不清道不明的害怕和不祥，像是一些颤颤巍巍的病恹恹的人，再看却又像是一群手拉着手的小孩，悄无声息地出现在他的家里。他感到头皮有些紧。

女人问他，这不能吃吧？

他心里一惊，说，当然不能，这还用问么，吃了就死定了。

女人又说，猪也不能吃吧？

他说，人都不能吃，猪哪能吃！猪和人不一样么。

女人唠唠叨叨地说，天要是还不晴，再这么连阴下去，再这么哗哗地下下去，说不定柜子后面也能长出树来。

他吩咐女人，吃完饭，就赶快把墙角里和缸后面的那些小蘑菇都铲出去，不要到处乱扔，要挖个坑埋起来。随便扔出去，会被那些不懂事的小孩捡起来吃了，猪和鸡碰上了也会吃。

一看到他那两个肿胀得又粗又亮的手指，就连一向身经百战、见多识广的郭部长也不由得吃了一惊。

郭部长说，这是怎么回事，一晚上没见，怎么就成了这样？

他嘴里咝咝地吸溜了一下，说，不小心扭着了。

郭部长疑惑地看着他，说，干什么能扭成这样？

他苦笑了一下，打算把这事蒙混过去。

然而郭部长却不依不饶，继续追问他，是谁把你扭成这样的？别人，还是你自己？

他说，我自己。

郭部长说，到底是一件什么事？

他说，家里的门轴坏了，想把门卸下来修一下，结果没端牢，门砸下来，手就被压住了。

郭部长说，怎么不小心一点呢。

他看着郭部长，耳边却暗暗地听见那两个手指好像在叫唤。

郭部长说，你这样会影响工作，咱们的人手本来就不够。

他说，不会影响，我这就去找贾本正给我看看，上点药。

贾本正正在屋檐下喂鸡。

院子里全是水，水下面是滑溜溜的淤泥，从大门口通向屋门口，每隔一尺左右垫着一块砖。当他跳舞一样踩着那些砖摇摇晃晃地过来的时候，手里拿着一根小棍子的贾本正吃了一惊，几只鸡好像也受到了惊吓，拍着翅膀，咕咕地叫着。其中有一只，不吃东西，孤零零地站在一根柱子旁边，翻着白眼。

昨夜抹上去的紫药水已经大部分变黑。当他把那两个又肿又黑的手指伸到贾本正的面前时，贾本正也愣了一下。随即就警告他，再不看就来不及了。

贾本正洗了手，先用一点儿酒精给他抹了一遍，然后涂上一种凉凉的药膏，再用纱布包好。贾本正还建议他使用一根绷带，把那只手吊起来，他说不用了。他可不想把自己弄得像个伤兵似的，郭部长要是看见了，一定会更不高兴，会以为他趁机偷懒，逃避斗争，自己给自己放假。他只想让手尽快地好起来。

贾本正对他说，头上要是再缠上两圈，你看上去就更像个有功之臣了。

这个死医生，经常拿病人取乐。去年，牛宝生找他看病，他竟建议牛宝生每天晚上用一碗冷水浸泡睾丸，每次不少于一小时。牛宝生后来对人们说，夏天和秋天的时候还好说，冬天哇实在是冷得受不了，浑身直哆嗦，完全招架不住。

临走前，贾本正叮嘱他，今天或者明天，再来一趟，他要给他放放里面的脓和血。

他平端着那只包了白纱布的手，像不久前来的时候一样，又跳舞般地踩着院子里的那一溜湿滑的砖头，摇摇晃晃地走了。

四

福林说，我是不是有一个在军队里当官的舅老爷？

刘连梅说，有，有一个。

福林说，有多大？

刘连梅说，不知道，只知道挺大。

福林说，是军长么？有军长那么大么？

刘连梅说，差不多吧。军长有多大？

福林说，很大，管着好几万人和很多的武器，管着很多的师长旅长团长。团长在咱们一般人眼里已经不小了吧，可要是在他们军长的眼里，很可能啥也不是。

刘连梅说，那没问题，那他最低也是个军长。

福林吃惊地说，最低也是个军长？

刘连梅说，听你姥姥说，家里除了警卫员、司机和秘书以外，还有一个炊事班。

听刘连梅这样说，福林很是认真地想了一会儿。后来他皱着眉头对刘连梅说，姥姥也是在瞎说吧？再大的官儿，家里也不可能专门有一个炊事班。

刘连梅说，你姥姥就是这么说的。

福林说，知道了，不管多大，反正肯定是一个大家伙，就是村里人们常说的那种大圪蛋。你知道么，在军棋里，军长也经常横冲直撞，谁也不怕，不过就怕碰上炸弹、地雷和司令，这三个东西，只要碰上任何一个，他都得完蛋！前两个能把他炸死，而司令直接能把他吃掉。把他吃了，司令还好好地活着，还能继续吃别的。

刘连梅说，炸弹，地雷，谁碰上也活不了。

福林说，所以，一般情况下，如果工兵完成不了起地雷、毁炸弹的任务，那就只能由排长、连长、营长甚至团长们去舍身干了，总不能让军长和司令去出马吧。他们被炸，纯粹是由于自己不小心，或者是因为敌方蓄谋已久、目标明确的追杀。

刘连梅说，也说不定他就是个司令呢。

福林说，司令？那就更厉害了，那就更好了。

刘连梅说，你咋想起这事？

福林说，我想，咱们应该去找找他。

刘连梅说，好好的，一点儿来由也没有，去找人家干啥？

福林说，还好好的？我爹都进去了，那还能叫好好的？

刘连梅说，你爹进去，和人家有啥关系？

福林说，那咋能没关系，去找找他，让他想办法把爹救出来。

刘连梅一听就撇嘴。刘连梅撇着嘴说，别妄想了，人家根本不会管的。你去了，连面儿也见不上。

福林说，你咋知道不管？咱们和他不是亲戚么？

刘连梅说，亲戚算个啥，一点儿用也没有。

福林说，真的不管？

刘连梅说，肯定不管，因为你连人都见不着。那年，你姥姥领着我和你二姨去了，住了十几天，连个人影子也没见过。把我们安排在一个招待所里，每天吃的倒是挺好，可是后来就越来越住不下去了。你姥姥觉得越来越难受、麻烦，说，这有啥意思，咱们回吧。就回来了。临走时，有人给我们拿来一提包东西，有饼干，有糖果，还有奶粉，都是没见过的。

福林眼睛瞪得圆圆的，嘴也大张着，过了好半天才说，这么说来，你也从来都没有见过那个人？

刘连梅说，没见过，那去哪儿见去。

福林说，连见都没见过，那还叫啥亲戚。

刘连梅说，可说起来就是亲戚。不，也不是说起来，确确实实就是，不然我们拿回来的那些东西是从哪来的？外人谁给我们？

听见一阵嗨嗨的叹息声，接着又听见一阵哧哧的像是车轱辘撒气的声音，刘连梅就知道福林已经彻底泄气了，不再像不久前那样坐卧不宁了。这之前，他甚至已经找出了一双七成新的鞋，准备穿着它上路了。帽子也有两顶，一顶正经的帽子，另一顶是草帽。刘连梅一开始看见他到处翻腾，不知道他要干什么，原来竟是为了这事。现在，一切的计划和希望全都落空了，就像雨地里的那些亮晶晶的水泡，漂着漂着就都灭了。

福林低着头对刘连梅说，这一条路也走不通，那就真的没办法了，一点儿办法也没有了。

刘连梅说，你原来以为这也算是一条路？

福林说，那当然，还以为是一条亮堂堂的路呢。

刘连梅说，那是因为你不早和我说，自己在那儿憋龙、翻腾。你要是早和我说了，我就会告诉你不行，趁早别那么想，想也白想。

福林说，这事对他来说，其实就是一句话的事，或者写一个纸条就行了。可是对我们来说，那就要比上天还要难。

刘连梅说，关键是，你就算是去了，也别想见到人。

福林说，人活着真麻烦。

刘连梅说，你姥姥常说，活一天，就多受一天的罪。

福林说，天好像也漏了，下起来就没完了。这下了有几天了？好像有一个月了。

刘连梅说，四天了。

像是有一只手，在慢慢地不动声色地往回捏合，赶羊一样把一些人和事情往一起赶，往一个地方聚拢、埋葬。雨里的村子就在那种看不见的捏合和驱赶中不断地收缩、变小，无论怎么看都没有平时那么大，甚至有越收缩越小的迹象。整个村子都像是因为受潮而在缩水，街道变短，巷子变窄，很多湿淋淋的房屋又皱又矮。

就连人也突然都变得很小。在一条巷子的深处，有一个看上去身高只有二三尺的人正在家门前疏通水道，旁边放着一桶石灰。疏通水道的那个人，明显是一个成年人，可看了一会儿，却又实在想不出是谁，会变得那么小。

福林戴着草帽站在村口，通往外界的路上一个人也没有，既没有村里的人出去，也看不到外面的人进来。路上水汪汪，明晃晃的。

往日的地平线也不见了。

福林有一种站在天边的感觉。

送了几天饭，果然一次也没有看见过爹，每次那扇门都像变魔术一样突然裂开了一个缝，但是很快就又关上了，里面则黑漆漆的，从来都悄无声息，好像根本就没有人。当然有人，福林想，真要是没有人，他每天送来的那些饭都到哪里去了？谁吃了？福林觉得，爹看过他第一次送饭时塞在窝头里的那个纸条以后，一定有话说，也一定应该有其他的消息想要带给家里人。每次裴永会把空饭盒从里面拿出来交给他以后，福林在回去的路上总要认真地检查好几遍，从饭盒的里面到外面，再到上下，前后左右，看得眼睛都酸了，可还是什么也没有。一个人，黑乎乎地坐在那里面，没有人和他说话，什么也不知道，时辰很可能也早就错乱了，昼夜颠倒，外面即使天塌了也听不见，就真的没有什么话想要带出来，传递给家人？福林不信。有时回到家里以后，看见刘连梅不在，他就一个人反复地检查和研究那个饭盒，总觉得应该能在上面发现或者找到点儿什么。

不是他不细心，检查得不够仔细，但是确确实实，连哪怕是一点点的蛛丝马迹也没有。或许，他真的没有什么话要说？

倒是裴永会有一次无意中不小心说漏了一件事。裴永会说，等雨一停，天晴了，县里就会来人把会计接走。

这消息既在刘连梅的估计当中，也更在福林的预料中，所以福林在刚一听到的那时候，也并没觉得有多吃惊，因为那只是一个迟早的问题，只是不知道早会早到什么时候，迟又会迟到哪一天。现在，听裴永会那么一说，总算是知道了，那就是以雨停了或者天晴了为界限。

为什么非要等到雨停了或者天晴了？他这就不知道了。

一个穿着土黄色雨衣的人，忽然出现在冷冷清清的村口。转了好几个来回以后，福林才终于看见了雨帽下面的那张脸，他吃了一惊——

竟然是村里的副主任杨跃海。

福林相信，杨跃海肯定也看见他了，因为整个村口只有福林一个人孤零零地站在那里。但是从杨跃海的那种样子上来看，又好像完全什么也没看见一样。既然没看见，杨跃海当然也就没有过来和他说话，也不可能和他开口说话。

福林想，这就对啦，他的眼里没有人，你让他和谁说话去？整个村口冷冷清清，空空荡荡，一个人也没有，他就是再想说话，也没有一个能说的对象。

这样一想过之后，福林的心里就不难过了，因为起初他以为杨跃海是怕会计的事情连累到他自己，所以才不跟福林说话的。但是后来，越看越不像，福林就不难过了。福林对自己说，不是那么回事，他好像真的什么也没看见。

杨跃海的那种样子，很像是丢了一个什么东西，专门出来寻找的。在福林看来，杨跃海的心里这会儿只装着他的那个丢了的东西，那个东西把杨跃海的心里塞得满满的，堵得严严实实的，所以他才会看不见除那以外的任何别的人和东西。杨跃海走走停停，有时东张西望，伸长脖子朝前面瞭一眼，忽然又回过头，看看身后。

会是一个什么东西呢？福林想。

钱？手表？一串钥匙？

从杨跃海寻找的那种神情和样子上来看，福林觉得，杨跃海要寻找的那个东西应该很小，最起码不应该是一个人，也不大像是一个大件的东西，因为要是找人，就不应该是那种找法，找一个大件的东西，也不应该是那种找法。明显是在地上仔细地搜寻，而地上又并没有躺着人，是不是？就算他要找的那个人就在地上躺着，一眼就可以看见，根本不需要那么去寻觅。杨跃海更像是在找一窝蚂蚁。

后来，杨跃海就不再找了，虚虚飘飘地在下着小雨的村口走了几个来回。有时站住，朝远处的那条水汪汪的路上望着。

最近距离的一次，杨跃海几乎是擦着福林的肩膀走过去的，连福林都吓了一跳，甚至想往旁边躲一下，但是杨跃海仍然没有注意到他，轻飘飘地就走过去了。在与杨跃海的身体发生交集的那一刹那，福林闻到了一种混合着锯末、衣物、病情、糖水、尿臊、脑油以及酸菜和动物皮毛的气息，顿时就愣住了。在所有那些林林总总的气味里，最令福林感到惊心的莫过于那种浓浓的锯末味，一种刚刚才在锯子下面产生出来的十分新鲜的木头的气味。在福林的习惯和印象当中，锯末味通常不仅仅是一种气味，更是一条看不见的线索，而那线索的另一端，必然连接着一具簇新的棺材，一具刚刚做好，甚至还没有来得及上油漆的棺材。

福林忽然觉得自己的脸上有些硬。

雨湿淋淋地下着。冷冷清清的村口，好像一瞬间变成了一个同样冷清而阴郁的戏台，台下的观众却只有福林一个人。就像戏台上的某一个角色，依照事先的安排和需要，杨跃海有时走的是一种明显的弓背路，给人一种舍近求远的感觉，让人觉得他是在故意绕远，故意拖延时间，甚至有意地挥霍和浪费着什么。与此同时，却又给人一种呆傻憨直，四六不分的印象，至少在福林看来就是那样的。

看着在他的视线里飘来飘去的杨跃海，福林的心里忽然升起一种不祥的感觉：眼前的这个杨跃海，难道快要死了？

尽管杨跃海远远地走着，可是福林一不小心又闻到了那种浓浓的新鲜锯末的气味，再大再漫长的雨也遮盖不住它们。福林当然知道，锯末味不仅仅是一种锯末味，更是一条看不见的线索，线索拐弯抹角，忽隐忽现，最后直接通向一具刚刚做好的棺材，棺材旁边锯子刨子一类的工具还没有来得及收拾。好多人还没有看见那口还没有上油漆的白茬棺材，因为它并不存在，但是福林觉得自己已经提前看见了。

杨跃海突然离开村口，脚下带着泥，开始往回家的方向走。

福林在后面跟着，中间大约有一丈或者七八尺的距离。

走着走着，听见一只公鸡在打鸣，不知在哪个方向。走在前面的杨跃海突然回过头来，福林没有防备，吓了一跳，脚下一滑，差一点扑倒。雨里，杨跃海的那张脸上像是笑了一下，脖子有些弯曲，歪斜在肩膀上。

这一回，看杨跃海的那种样子，倒像是真的看见了他。

福林站到一棵老榆树的后面，没有再继续往前去，他觉得自己有些害怕杨跃海的那种弯曲的椭圆形的笑容，杨跃海不像是在用脸笑，而是在用一边的一个肩膀在笑，那一团椭圆形的笑容就窝在那里。不过，怕归怕，却一直目送着杨跃海回了家。

杨跃海直直地走进他平时回家常走的那条巷子里，这以后再没有回过一下头，再没有朝后看。福林看见他在家门口站了一下，然后就推门进去了。

他还能找见家，知道自己住在哪儿。福林想。

杨跃海回去后不久，一个穿白衣服的女人忽然出现在杨跃海的家门外。

福林揉了揉眼睛，觉得奇怪极了，因为他完全没看见那个女人是从哪个方向来的，突然就出现在了杨跃海的家门外，更像是从地底下冒出来的，或者是从雨里垂直下来的。

可以肯定的是，是一个福林从来都没有见过的陌生的女人。

一闪身，那个女人就像一朵云彩一样飘进去了。

刘连梅说，你也看见了？

听见刘连梅这样说，福林愣了一下。那就是说，还有别人也看见过？

刘连梅说，村里好几个人都见过。

福林说，那是谁？

刘连梅摇摇头说，谁也不是。

谁也不是？怎么可能谁也不是，总得是个谁吧？福林说。

刘连梅说，是后山上的一只狐狸。

后山上的一只狐狸？福林笑了。真能瞎说。

他们瞎说，你就瞎听。刘连梅说。

福林说，我还是不信，明明是一个人。

刘连梅说，不信最好，心里也干净些，省得让那些乱七八糟的东西占着。

福林说，你早就知道？

刘连梅说，我没见过，我也是听他们周围的人们说的。

福林说，杨跃海家周围的人们？

那种事，只有离得近了，才有机会碰上。刘连梅说。离得八丈远，到哪儿碰去？成心去撞也撞不见。

福林说，他们怎么知道她是狐狸？而且还是后山上的？

刘连梅说，在后山上的时候，一直到进了村里，一直都是四条腿，只有等到了他的家门口的时候，才会变成两条腿。

福林说，我一直都盯着他们那条巷子，我敢发誓没看见一个四条腿的东西，也没有看见两条腿的。杨跃海才回去一会儿，她就出现了，不知是从哪儿出来的。

刘连梅说，脸形也是狐狸的脸形，一张脸，尖尖的，瘦瘦的。

福林说，她背朝着这边，我没看见她的脸。

能让你看见，那它还有啥本事。刘连梅说。

不过，杨跃海倒是肯定不对了。福林说，我觉得那个人活不了多长了，能活过这个秋天去么？我看够呛。

刘连梅说，听你翠兰姨姨说，今年刚打春的那时候，杨跃海就不对了，只是没人注意到罢了。

福林吃惊地说，那时候就不对了？

刘连梅说，一个人坐着，小声地唱歌，唱着唱着，就笑了。然后又害羞，脸上唰唰地流着泪，明显是在和另一个人纠缠，可是旁边又没有人，只有他一个人。

他小声地唱的是啥？福林忽然觉得自己想起了什么。

刘连梅说，那倒不知道。

是不是这么唱的——福林说着，也小声地唱了起来：

人人那个都说哎……
沂蒙山……好……

不知道，我又没听他唱过。刘连梅说。

和他纠缠的那个人，别人都看不见，只有他自己能看见。福林说，很可能就是那个穿白衣服的女人。

你还记得他有个兄弟么？

他兄弟？记得，我就是想起了那个人，好像叫杨……

杨逾海。

五

蛤蟆来了，蛇也来了，都堵在门口，不出事才怪呢。

睡梦中，他听见培仁在说。

究竟发生了什么事，让培仁的一张圆脸变成了长脸？

没有人告诉他，亲戚们也全都不理他，各做着各的事情。四个舅舅已把行李捆好，马在门外咴咴地叫着，嘴里喷着热气。他们当中的老四已去世多年，他的那一双平时总是清洗得干净雪白的网球鞋时常在暗夜里疾走如飞，上面是一张年轻的朝气勃发的脸，星星在头顶上面跟着他走。青石板上钉银钉，他们把黑夜里的天比喻成洁净辽阔的青石板。黑暗中，他笑了，嘴里的白牙一闪一闪的。老一辈人其实也很有他们的意思。

二姐说，我不去了，你们去吧。

大姐说，不是说好了的么。

二姐说，忽然不想去了。

大姐说，尽是些这种人。

二姐对四姐说，胆子不小，在我们面前，你也敢当四姐？好好想想，你才活了几年？

路突然断了，崖口那一带白森森的，像一张大张着的嘴，岩石层层叠叠。站在下面，能看见崖上的红黄蓝三种颜色的野花开得正艳。

晚上开会，杨跃海是最后一个到的。

一张黑漆漆黄蜡蜡的脸，从外面一进来，和谁也没有说话、打招呼，就近找了一个靠近窗户的位置坐下了。

从外面的窗台上不时地有雨和着泥点溅进来，但是杨跃海完全无动于衷，就像什么也没看见一样。消瘦使他的两个颧骨变得很高、很尖，在整个那一张脸上，只有那两个又高又尖的颧骨上有一些亮光，就像两个被星星照亮的高地。

一定是连郭部长也觉察到了一些什么，因而，郭部长破例问道，跃海同志，身体不舒服么？是病了么？

杨跃海回答说，没有，挺好的。

郭部长说，好，那咱们就开会。

……

夜里十点多的时候，众人开始发言。坐在一条长条凳子上的张忠发起身出去上茅房，板凳突然倾斜、翘起，坐在板凳另一头的史明义像一个玩跷跷板的孩子，猝不及防地跌坐在地上，众人都笑了。在那浑浊黏稠的笑声里，只有杨跃海没有笑。

杨跃海也没有说话，一句话也没有说过。

也因此，郭部长不得不点他的名：跃海同志，你也说说。

杨跃海像是被人刚刚从梦中叫醒一样，愣愣怔怔地望着坐在桌子后面的人，屋里缭绕的烟雾又使他好像置身于一场漫天翻卷的云雾之中。在那浓稠的云雾里，他看不清任何的方向，因而不敢随意行动，担心自己走失，不再能够回来。他又看看周围，发现竟然有很多张无比生疏的从未见过的脸，排列或者隐没在那漫天的云雾里。

杨跃海小声地说，我没有。

郭部长说，你没有什么？

意见。

你对什么没有意见？能不能把话连起来说，说完整了？

我对你们没有意见。

“你们”是谁？还是不清楚，怎么又出来个意见？

不，不是你们，是我们……我是说，我完全同意大家说的。

那你说说，大家都说什么了？

有一天，小四告诉他说，镶金牙的那个大爷，睡觉的时候，枕头下面压着刀呢。

他吃惊地说，是啥样的刀？他哪来的？

小四说，是咱们家的切菜刀。

切菜刀？

那也就是说，每天临睡前，培仁都要偷偷地去把白天做饭用的切菜刀拿回他自己住的那间耳房里，压到枕头下面，等到天亮以后再重新放回去。

他看看小四，发现小四也正在看着他。他问小四，你怕那个大爷么？小四还是看着他，没有说怕，也没有说不怕。他说小四，不要怕，那个大爷是个好人，骨子里是好的，根子上也是好的，只是看上去好像不太像个好人，可人哪能光看表面呢，对不对？不过，就算表面上看上去有多不好，也不会不好到哪里去。小四像是被他说糊涂了，愣愣地看着他，愣愣地听着。小四的一只手插在口袋里。小四有一把小匕首，不知是从哪里来的，平时一没事的时候，就在石头上磨，磨啊磨，却总也磨不亮。只是在刀刃上那里有一线亮亮的白色，距离小四心目中的那种整体上的雪亮锋利还差着十万八千里呢。

他说小四，你完全用不着怕那个大爷，他其实是个非常胆小的人呢，他自己也怕得不行。

听见他这样说，小四用一双黑亮黑亮的眼睛望着他，小四的那种眼神多像是一条清亮的小溪啊，一下就弯弯曲曲地领着他回到了从前。有树荫，有狗，黄艳艳的金针箭一样长在园子里，深红色的玫瑰花从来都是以垄论，以片计，没听说过以一枝两枝、十枝八枝来计算。他说，他从小就胆子小，甚至可以说一点点胆子也没有。想上树，可一旦到了树上就再也不敢动了，坐在树杈上哇哇地哭，把住在树上的喜鹊都吓得不敢回窝。到了房顶上也还是个哭，坐在高高的屋脊上，以为自己到了天上，以为再也回不去了。

仿佛也是这样的一个黄昏，世界只是没有眼前这样的泥泞和潮湿，西边的夕阳前一个钟头还黄灿灿的，不知什么时候却又红得叫人害怕。就在那种红蒙蒙的光线里，他听到一个声音鬼声鬼气地叫着：

“华章！华章……”

他确信那是培仁的声音，也觉得亲眼看见培仁趴在窗户的外面，一张脸朝着窗户的方向，窗户都是长方形的木格，上面糊着麻纸，可是培仁却死活都不承认。培仁还伸出自己的一双绿莹莹的手作为证明，说他那时正在山冈上割草。

黄泥的院子里静极了，一个人也没有。

糊着麻纸的窗户，里面看不见外面，外面也看不见里面。

有一天，又听见有人叫华章，忽然有人答应了。他一看，梳着两条短辫子，穿着翻领的衣裳，雪白的衣领干净得晃眼。

他回到家里，却意外地发现没有看见培仁。

他问女人，培仁呢，培仁去哪了？

女人说，好像走了，他的那些东西也都不见了。

走了？他有些不信。说也没说一声就走了？

女人说，他也该走了。他不该走么？你好像还有些舍不得。

他说，我不是那个意思。我的意思是，至少也应该说一声，打个招呼。

女人说，那我哪知道，那你得问他去。

他说，你知道他走？啥时候走的？

女人说，好像天还不亮的那时候。

他说，你听见了？

女人说，我听见门响了一下。

他说，那你怎么不和我说？

女人说，谁知道他是要走？我还以为他是去茅房。他去一趟茅房，我也把你弄醒，告诉你？告诉你他刚尿完？

他说，问题是他不是去茅房，他走了。

女人说，问题是我根本不知道他要走，只以为他出去一下，完了还要回来。

话说到这里，忽然像是打了一个结，鼓起或者说出现了一个很大的疙瘩，再也说不下去了。他张口结舌地看着女人，好一会儿说不出话来。

过了好一阵以后，他也终于没再说什么，只是轻轻地唉了一声。

院子里又是水汪汪的，好像水又憋住了，走不了了。他怀疑又是小四干的，但是小四对天发誓说，这一回绝对不是他干的。

他看了看院墙下的水道，拿一根棍子伸进去捅了捅，好像里面也并没有堵住。

缸里的一点红小豆不知什么时候发了芽，女人把它们从有了绿毛的缸里倒出来，晾在一个簸箕里。女人有些心疼，又很生气，她坐在门口，簸箕放在腿上，借着外面的那种黢青的亮光，一边把那些白白的小芽摘去，一边看着湿淋淋的天气。

他也站在屋檐下，觉得心里也像这眼前的天气一样，泥泞极了。贾本正让他去给自己的那两个手指放脓、放血，可是郭部长却让他哪儿也不要去，就在家里等着，一会儿有人来叫他，然后一起去一趟公社。他当时也是多了一句嘴，问去公社干什么。郭部长稍微显得有点儿失望和烦躁地说，让一件事情暂时有一点儿机密性难道不好么？为什么非要提前把锅盖揭开？那并不好，因为里面的东西还没有完全熟了。听见郭部长那样说，他简直后悔死了，恨不能给自己两个耳光，后悔不该多那一句嘴。同时也觉得有些羞臊，脸上和心里都有些挂不住。他在心里骂自己，也问自己，打听那些干什么？好好的多那一句嘴干什么，一时半刻不说话难道会死么，会过不去么？叫干什么就干什么就行了，他往东边指，你就往东边走，他朝西边指，你就再返回来，往刚才相反的方向走，偏偏要多那一句嘴。没问题，郭部长一定会在心里小看他，不用很多，就那一句，他觉得自己在郭部长的眼里就已经像一把秕糠或者一根鸡毛一样不值钱了。而那一切，谁也怨不着，要怨也只能怨自己，完全是由于自己嘴淡的结果。他总算是明白什么叫祸从口出了，尽管他这还完全不算是什么祸。是的，没错，很多人倒霉，就与他们各自的那张破嘴不无关系，有时甚至是唯一的原因。

回家的路上，他是冒着雨回来的。村子里一个人也没有，地上又泥又滑，突然，他真的打了自己一个耳光。可是，后来走着走着，他很快就意识到刚才的那个耳光纯粹是白打了。因为他发现自己的那种爱打听事情的毛病又犯了，又在心里抬起了头，他觉得，去公社应该和村里两个人的材料有关。

按照他的估计，他觉得，如果他猜得没错，其中一份材料应该是杨跃海的材料。

回到家里以后，他首先问女人，墙角里和水缸后面的那些蘑菇都弄出去没有。女人告诉他，都撮出去了，也都埋了。

可是，还没容他喘一口气，很快，女人就又告诉他说，后墙根那里又长出了新的。

不用去看，他也能想出它们的那种样子，一丛丛，一簇簇，阴阴的，冷冷的，打着小白伞，诡诡秘秘地站在那里，像一群病人，又像极了一群手拉着手的小孩。

他说，再撮出去，再埋了。

后来，一扭脸，看见西边的那间静悄悄的耳房，他就忽然想起了黄夜离去，不辞而别的培仁。

他说培仁，招呼也不打，这等于是偷着跑了。

女人拣着豆子，头也没抬地说，你放心，过不了多久，他就又来了。

他看着那种碎纷纷的圪糁雨，说，这一回你可想错了，培仁再也不会来了。

女人似乎吃了一惊，说，谁说的？

他说，我说的。

女人不以为然地说，我不信。

他说，不信你就等着看吧。

女人说，他要是真的不再来了，我给他烧高香，天天给他烧。

他说，你也不用那样，那不是在咒他么？他是个活人，承受不了别人给他烧香。

六

杨逾海……福林当然记得。

那时候福林还是一个小学生，每天一放学，回家拿上筐子或者篮子，口袋里装一块干粮，就往树林里或者山上跑，去给猪和兔子拔草。

那时候杨跃海已经成家，搬出来住了，但是他的父母和他的兄弟杨逾海仍然还住在半山腰上。黄土墙围起来的一个长方形的院子，房顶上长满了草，夏秋两季是绿色和白色的草，冬天是黄色和黑色的草，没有人知道那个院子里有几间房。在福林他们那一茬孩子年幼的记忆里，每隔一些日子，半山腰上就会抬出一具棺材，说是杨逾海的爹死了。再过一些日子，半山腰上又抬出一具棺材，说是杨逾海的妈死了。以后，陆陆续续的还有棺材出现在半山腰上，说是他们的大爷死了。所有那些人，他们活着的时候是什么样子的，福林他们却从来也没有见过。那个院子里的人，他们真正见过的只有杨逾海。

后来，半山腰上的那个院子里，就剩下杨逾海一个人了。

福林他们一群孩子在山上拔草的时候，曾经讨论过一个问题，那就是杨逾海一个人住在那个院子里，会不会害怕？他们讨论了差不多有半个夏天，最后得出的结论是，杨逾海当然不会害怕，因为他有枪，因为他是年轻的民兵排长。无论什么样的妖魔鬼怪，只要听到枪响，都会被吓跑。真正觉得害怕的倒是他们那些孩子，经常相互威胁，要把谁推下杨逾海他们那个院子里去。不过，也就是在嘴上吓唬一下，从来也没有人真的被推下去过，因为他们能隐约地模模糊糊地感到那样做将会带来的某种后果。

后来，半山腰上的那片长满了杂草的房顶上就很少再有烟冒起来了。

再后来，年轻的杨逾海就病了，连枪也拿不动了。

有太阳的时候，天气暖和的时候，杨逾海就会出现在半山腰上，黄土的院墙上有一扇小门，年轻的杨逾海就坐在门槛上，满头的头发黑森森的，野草一样，受惊般地站立着，衰弱无力地望着山下的河水和河对面的人家。看见昔日的战友们提着糨糊桶到处刷标语，画白圈，背着枪巡逻，拿着绳子捆人，趴在西山上的洼地里练习射击。

逾海——

他听见有一个声音在叫他，他想看看是谁，先用一只手撑住地，后来两只手都用上了，还是不管用，站不起来。努力了半天，甚至头使劲地往前伸，往下低，上半身和下半身快要折叠起来了，却最终也还是没能站起来。

有一天，几个孩子出现在半山腰上，在从他的身边经过时，看见他坐在门槛上，两只手捂着脸，小声地唱着。在他的身后，他们看见了那个像是从来都没有人烟的寂静得快要洇出水来，快要诞生出无数身影的院子。

一个金光闪闪的黄昏，黄土墙也像是镀了金。有人看见半山腰上的那扇小门开了，一个穿红衣服的年轻女人从里面出来，去下面的河里提了一点水，很快就又回去了。

又有一天，一个早起的人看见她穿过房顶上的露水和杂草，朝后山走去。

从那以后，杨逾海再也没有出来过。

福林记得，杨逾海最后一次出来是躺着出来的，半山腰上出现了一具薄薄的甚至看上去有些轻飘飘的棺材，躺在里面的杨逾海据说已经瘦得没有什么重量，像一捆干草，甚至更有人说是像一堆从木板上刨下来的刨花。不过，不管是干草也好，刨花也罢，既然是死了，那一定也是闭着眼睛的。

好几年以后的一天，福林在镇上等一个人，不知从什么地方忽然传来一阵歌声，曲调是那样的熟悉却又遥远……他一下就听出来了，一下就把它从一个很深很远的地方捞了起来。是的，就是那个调，就是杨逾海曾经坐在家门口小声地唱过的那支歌。

杨逾海唱着那支歌走了。现在，杨跃海又在唱着？

刘连梅对福林说，看见就当没看见，听见也就当没听见，少操那种心。咱们哪有资格去管别人？自己的事还顾不过来呢。

福林说，我没管。

刘连梅说，也不要出去说。

福林说，我和谁也没说过。

嘴上虽然这样说，但是在心里，福林却听见那不无悲伤的曲调又在反复地响起，不断地地传来，小声地一遍又一遍地唱着，声音却是陌生的，既不是弟弟杨逾海的，也不是哥哥杨跃海的。到了后来，已完全不再是任何人的声音，就只是那样的一种曲调，低低地，若有若无地隐现着，存在着。福林被暗中牵引着，有一阵觉得自己很像是一只山羊，一会儿被牵着过河，又一会儿上山，以至于刘连梅对他说的某些话，他完全没有听见。

刘连梅说，这雨下的，已经忘了太阳是啥样的了。一点儿音讯也没有。

福林没有听见，呆呆地站在炕前，脸朝着窗户的方向，像是在等待一个什么人或一件什么事的到来。

刘连梅又说，这世上真的有我们看不见的东西哩。

这一回福林听见了。他说，绝对有。

哧——哧——

绝对是锯子的声音！

锯子吃进木头里，来来回回地锯着，不很轻松地走着，似乎已经锯了很久了。好半天以后，又传来叮叮当当的斧子和凿子的声音。

福林睡了一会儿，被那哧哧的声音和叮叮当当的砍凿声突然惊醒，坐了起来。刘连梅不在，家里的光线像是一个晚上。

雨还在下着。他以为天黑了，该去送饭去了，可是刘连梅不在，饭还没做。

他披了一块雨布，起身出去寻找刘连梅。

让他没有想到的是，虽然是阴雨天，外面却没有家里那么黑。他站在街门外愣了一会儿，听见雨落在他披着的雨布上，敲打出阵阵嘭嘭的响声。也许天还早，真的还不到做晚饭的时候？所以刘连梅还没回来。

街上没有人，只有一只被淋得湿漉漉的小狗，躲在于成万家的后墙下，认真地舔舐着自己身上的那些能够得着的地方，两条前腿，后腿，一部分后背。于成万家的后墙，保留着一道一尺多宽的后檐，还常有人站在那下面避雨。有一阵子，处于忙碌中的小狗忽然看见了站在不远处的福林，立即停了下来，很是关注地望着。望了一会儿，看见这边的这个人没有什么明显的动静，也没有要打它的意图，才又放心地低下头去，把一条细细的比麻秆粗不了多少的前腿放到脸前，重新舔了起来。

福林又看看许多人家的屋顶，想判断一下是不是到了该做饭的时候，可是，他看到的却是有的烟囱里冒着烟，有的没有烟，这样的发现也更没有告诉他什么。

叮——当——

不知从什么地方，突然又传来了那种叮当声。

是的，就是那声音，就是不久前让他从睡梦中忽然惊醒的那种叮叮当当的响声……福林身上一激灵，像似有一股冷水顺着他的领口灌了进去。循着那声音传来的方向，踩着满地的泥水，他慢慢地一路找寻过去。刚走到一条巷子的口上，他就站住了。

看见了，看见了！声音果然就是从那里开始的。雨地里搭起一个棚子，上面盖着席子、帆布和麻袋，下面有几条板凳，两个木匠正在里面忙活，拿锯子锯一会儿，接着又操起斧子砍一会儿。福林走过去，看见做活儿的并不是村里的木匠黄四仁，也不是与黄四仁有仇的关喜，而是两个非常面生的人，一个三四十岁，一看就是师傅，另一个还十分稚嫩的明显就是那个人的徒弟。那时候，大锯已经用过，像一个完成了任务的人一样躺在一边，几块锯好的木板摞在一起。福林看见那个三四十岁的木匠拿着一把中号的锯子，正在板凳上哧哧地锯一块木头，两个耳朵上各别着一支烟。甚至那个稚嫩的小徒弟的耳朵上也夹着一支烟，在棚子里蹿来蹿去。一锅胶正在旁边的炉子上慢慢地熬着、炖着，棕黄色的胶像糖稀一样冒着泡。稚嫩的小徒弟不时地过去搅动几下。

师傅停住锯子，拿起一块横板，闭住一只眼睛，打量了一下后，又把那块横板放到板凳上，用一只脚踩住，一边下锯子，一边说，你舅舅当初领你来的时候，还说你老实，没胆子，把你说成个听话的孩子。你真的没胆子么？

小徒弟假装没听见，却又不想让师傅觉得他没听见，他把两块已经弹过墨线的木板摞起来，小心地放在距离师傅不远的地方，然后挠了挠头。

你胆子比我还大呢。师傅说。你舅舅根本不了解你，也有可能他一开始就是在骗我。

徒弟对师傅说，我说不，她非不听，还说我要是不同意，她就要喊人，还说要在大喇叭上广播，把您的名字和我的名字都广播出来……我一想，就害怕了，那么一广播，咱们两个人不就都完了么？我完了不要紧，关键是还连累了师傅，让师傅以后咋做人。

这么说，你还是为了我？我还得谢谢你？师傅说。

我又没说让您谢。徒弟说。

你就让她广播去，我就不信她敢广播，她难道就不怕丢人么？她比咱们更怕丢脸。

您这话要是早跟我说，我心里就有底了，就不会上她的当了。

闹了半天，这倒成了我的不是了？

您没不是，是我的不是，我以后保证再不那样了。

你不知道深浅，你知道她公公是谁？

谁？

手里有枪呢。他要是知道他儿媳妇和你有这事，一枪就把你崩了。

听见锅里的胶啪地响了一声，小徒弟赶快跑过去，拿起锅边的那根棍子，使劲地搅了几下。接着，又把锅端起来，看了看炉子里的火，问师傅要不要再加点劈柴。师傅指了一下地上的几个小木块，徒弟就把那几个小木块放进了炉子里，然后又把胶锅坐在上面。

你其实早就学坏了。师傅对小徒弟说。你看看你，耳朵上别着纸烟，流里流气的样子。坏女人看见你那样，就会主动找你，就像苍蝇看见臭肉，拦都拦不住。鱼找鱼虾找虾么。

听见师傅这样说，小徒弟赶快把耳朵上别着的那根烟取下来，放到师傅旁边的那个板凳上。这会儿，他好像有点儿后悔自己当初没有把它及时地抽掉。

师傅锯完一块木板后，一抬头，忽然看见了站在棚子边上的福林，顿时吃了一惊，顿时觉得刚才的那一番话很可能被这个人听去了不少，顿时就又有些气恼。他点着一支烟，狠狠地吸了两口以后，对那个小徒弟说，都说你机灵，机灵个狗屎！这么半天了，有人来了也不知道说一声？你哪怕咳嗽一声也行呀。

徒弟抬起头，看看师傅，接着又看看站在棚子边上的那个披着一块雨布的人。光顾着在棚子里蹿来蹿去地乱跑了，光顾着听师傅数落了，竟完全不知道棚子边上什么时候站了一个人。这时，他不禁有些仇恨地一双眼睛像锥子一样地又看了那个人一眼。

眼前这一师一徒，他们是在制作一具棺材，虽然还没有最后成形，但是几个部分已经完成了，一看就能明白。其实，刚一闻到那种浓浓的木头味、浓浓的锯末味，福林就知道他们在干什么了。福林还知道，在那浓浓的木头味的后面，十有八九躺卧着的是一具棺材。

福林问那个做师傅的，给谁家做的？

木匠可能还在刚才的气恼之中，没有说话，只是朝着临街的那个门瞥了一眼。

直到这时，福林好像才恍然意识到他们是在杨跃海的门外。

福林吃惊地问，杨跃海死了？

木匠淡淡地回答说，不死谁做这。

刘连梅不知什么时候已经回来了，正在做饭，水盆里泡着两个有泥的萝卜。她本来正在洗萝卜，却忽然听见有一只喜鹊那么大的鸟，甚至好像比喜鹊还要大一些，从外面的树上掉下来摔死了。那时候她心里一亮，放下萝卜，戴了一顶草帽出去寻找。她心里想的是，那么大的一只鸟，差不多相当于多半只鸡，是被风雨打下来的，又不是病死的，肉应该能吃。可惜的是，找了几个来回，都没有找见，地上除了泥就是水。有一阵子，她怀疑已经有人在她出来之前捡走了。可是，她朝四周看看，又没有看见任何一个人，连一个影子都没有。

福林回来的时候，刘连梅已经把切好的萝卜煮到了锅里。在弥漫的水汽里，她的两根头发也在她不经意之间掉到了锅里。

福林取下披在身上的雨布，在门口用力抖了几下，然后挂到了门上。

福林有些神秘地对刘连梅说，杨跃海已经死了。

刘连梅哦了一声。

福林说，有两个从来没见过面的木匠正在给他做棺材呢。

刘连梅说，我前晌的时候就已经听说了。

福林说，那我咋不知道？我是才看见的。

刘连梅说，我以为你早就知道了。

福林说，我原以为他最起码还能再坚持两三个月，没想到这么快就完了。

刘连梅说，那能由得了他，他肯定也不愿意死。

福林说，他一定是小声地唱着那支歌走了的。

刘连梅说，你听谁说的？

福林说，我猜的。

刘连梅把锅盖揭开，屋里顿时变得白茫茫的，他们两个人都被湮没在那种湿漉漉的雾气里。刘连梅脸朝下，看着锅里。

福林说，我实在是闹不清他们是咋想的，做棺材，既没让黄四仁做，也没叫关喜做，而是两个谁也不认得的外地人。

刘连梅说，这还闹不清？很简单，要是让黄四仁做，就会得罪关喜；要是让关喜做，就会得罪黄四仁，干脆谁也别做，就找两个不认识的人，就没事了。

听刘连梅这样说，福林觉得很有道理，他刚要点头，却忽然又感到事情并没有刘连梅说的那么简单。他反倒以为，这么一来，杨跃海家其实是把黄四仁和关喜两个人同时都得罪了，不是么？那两个人，难道都会很高兴？听福林这么一说，刘连梅忽然又觉得这也很在理。

福林说，我爹在那里面，一定不知道杨跃海已经死了。这种事，他们一定不会告诉他。

刘连梅说，知道不知道那还不一样。

福林说，那能一样？大不一样。他要是知道杨跃海已经死了，就会对自己有信心，就会发现他还不是这个世界上最惨的，还有人比他更可怜，更垫底。

刘连梅说，你是说杨跃海？

福林说，对，不是么，和杨跃海一比，他起码现在还活着。

刘连梅在白雾里说，要说也对，人和人比，不能比好的，只能比不好的。要是比好的，会越比越觉得没法活，那就只能比谁不好，找那些不如你的人去比。你觉得你已经到了十八层地狱了，可是一低头，发现你的脚底下还有人，正在虫子一样在那儿挣扎、抽搐。那时候你就会想，咦，还有人不如我呢。和那个虫子一样的人一比，你也可以说是人上人呢。

我就是这个意思。福林说，我就是想让他知道，他的脚底下还有杨跃海呢，还有不少像杨跃海那样的人呢。

他要是不那么想呢？刘连梅说。

他为啥不那么想？正常人都会那么想。

天就在他们说话的那个过程中终于黑了，一黑下来以后，明显感觉比白天的时候更冷了一些。还刮了一会儿风，挂在窗户外面的两根绳子，一串干辣椒和几根编得像辫子一样的艾条，在风里飘扬起来，干辣椒的声音尤其吵闹，哗啦哗啦地响着。

刘连梅关窗户的时候，望了一眼黑沉沉的夜色，在屋里灯光的映照下，她看见雨是斜着飘进来的，就像从黑暗的天上缓缓地降下来的一面斜坡，快要落地时突然分裂出无数的头绪，然后各自行动，深入到地上的千家万户。

福林送饭回来，在黑洞洞的村子里走着，虽然很多的窗户里面都有灯，但那点分散的零星的亮光，对于整个村子的黑暗却完全于事无补，好几次他都不小心走到水里。那时候他脚下带着泥水，脸前萦绕着冰冷的风雨和无边无际的漆黑，边走边想，这个世界真是黑暗啊，如果太阳一直都不再出来，那将会是一个怎样的人间？

而在六七月的地里，弯着腰，手里握着锄头或者镰刀的那时候，他曾诅咒过那炎炎的烈日，对于满世界的光辉仇恨极了，一心只想着逃离和永不再相见。

每一条街巷都是黑的，只有杨跃海门外的那个棚子里亮着一盏灯，还有一堆火，照亮了少半条巷子。杨跃海的棺材已经成形，此刻正虎视眈眈地蹲伏在棚子里，大头冲着巷口，那两个亲手制作了它的木匠早已消失不见。

一个影子一样的人正在那簇新的棺材边蠕动、涂抹。

每次来叫门，都没有人在家。你到哪里去了？

七

杨跃海停在一块门板上，脸上苫着一张白麻纸。

他把那张白麻纸揭起来，看了一下杨跃海的脸，然后又重新苫好。

有传言说，有一只乌鸦，不断地飞来，停留在杨跃海的脸前，想啄他的脸。刚赶走不久，过一会儿就又来了。甚至还说有老鹰也来了，在院子上空一遍又一遍地盘旋、徘徊，飞得最低的时候，已经接近于门框，只是因为两个翅膀过于阔大而无法飞进屋里。老鹰长着两道飘拂的雪白的长寿眉，一双枭雄的眼睛，敢于和任何人对视。而人，却禁不住那样的对视，两三个回合以后，一分钟不到，便会首先败下阵来。

与此同时，还有人听见后山上传来欢乐喜庆的鼓乐声，说杨跃海已在那里成亲。

不过，无论人们说什么，自从看过杨跃海的那张脸以后，有一点他是放心了，那就是杨跃海的脸上还是很平整的，虽然颜色看上去很不好，却并没有被乌鸦啄过的痕迹，更没有像有些人说的那样已被吃得坑坑洼洼，像一块被开垦过的土地。

是的，一切都是谣传，他也愿意相信那一切都不过是谣传。至于说杨跃海已在后山成亲，他更是不信。那个来无影去无踪的女人，敢来和他见一面么?

然而，光他不信似乎没有什么用，因为他阻挡不住别的人不信，尤其是杨跃海的女人，她死活不肯为杨跃海戴孝，那就是一个最好最坚决的证明。这个平时不显山不露水，甚至连话也很少的女人，此时此刻的表现却像是经过了多少年的深思熟虑，表现出一种多年忍辱负重后的幡然悔悟、弃旧图新。不仅不肯为她死去的男人戴孝，反而更像是故意对抗一般，贴身穿了一件十分鲜艳的衬衫，尽管外面还有一件灰蓝色的罩衣，但无论是谁，一眼就能看到她里面穿着的那件异常鲜艳的衬衫。

不说别人，首先是他自己，刚一来了的时候，第一眼看到杨跃海的女人贴身穿着的那件鲜艳的衬衫，就顿时感到十分的刺眼和难过，甚至有些生气。所以，一开始的时候，他确实是用一种领导和村里的当家人的口吻和她说话的。其实他最初的目的和打算并不是这样的，而是一种真正的慰问和安抚，一来向共事多年的杨跃海告别、哀悼，二来看望一下他的家人。可是，一踏进这个白花花的院子，眼前这个女人的那种表现，很快就打乱了他所有的方寸。

真不像话！他首先在心里评价了一下这个女人。此时此刻，如果让他给这个女人下一个定义、做一个鉴定，他一定会这么说。

那时候杨跃海的女人刚送走一位前来吊唁的老太太，从门口返回来的时候，他注意到她的头发竟也梳得十分的光洁。

于是他开门见山地说，跃海家的，你咋能让自己穿成这样？你这不对，你不能穿成这样。

杨跃海的女人说，那我应该穿成啥样？

他说，跃海才死，你是他的女人，你得给他戴孝。

女人冷冷地看了他一眼，然后把脸扭到一边。

那冷冷地一瞥，让他在心里不由得后退了一步。跟着，就说出了下面的话。不戴就不戴吧，那起码你也不能让自己穿得这么艳。他说。

女人像是望着颓败的院墙，还是没有理他。

有好衣裳啥时候不能穿，非得在这时候穿？他说，人们会笑话你的。

我还怕人笑话么，已经笑话了那么多年了。女人说。

他说，你这是说的哪里的话，谁笑话过你？没有人笑话过你。

听见他这话，女人仿佛冷笑了一声。

他说，外面的人们说的那些乱七八糟的话你也信？他们想说啥就让他们说去。跃海现在就这么实实在在地躺在你的面前，这总是事实吧？

女人说，无非就是一个尸首。

他说，人死了谁不是一个尸首。

女人说，我守着一个尸首有啥意义？他的魂早就跑了，早就不在这个家里了。

他说，看你说的，他能跑到哪去，他这不是就在你的眼前么。

女人说，我不稀罕。

他摇摇头，觉得简直和这个女人没法再继续说下去。这么多年来，自以为对很多人都很了解，这其中也包括杨跃海的这个女人，却没想到完全不是那么回事。现在看起来，不少人，不仅根本谈不上了解，而且连多少知道一点也算不上，甚至完全就是一些表面上熟识的陌生人，不是么？就比如眼前这个女人，认识这么多年了，你可曾想到过她是一块貌不惊人的牛皮糖，一块难啃的骨头，一潭内里复杂幽暗的隐藏着不知多少秘密的深水？没有，从来也没有那么想过，只以为她就是一个普普通通的女人，和大多数的女人没有什么两样，可是，事实却并不是那样的呢。

他说，跃海家的，这么多年了，我好像今天才真正认识你呢。

女人淡淡地说，认识了就好。是不是觉得迟了点儿？

他说，那你跟我说说，跃海在你的眼里，到底是一个怎样的人？

女人说，我不想再提他。

一个面生的年轻人，很可能是杨跃海家或者女人家的什么亲戚，袖口上系着一根用来辟邪的红布条，来向杨跃海的女人询问，雇来的那个吹鼓手班子，吹拉弹唱的，一共是七个人，每个人究竟给他们多少纸烟，一人两盒还是三盒？杨跃海的女人说，看看别人家都是咋给的，不要多也不要少，平时他们吹一场是多少，就给多少。

已经得到了指令，却还不走，还在跟前站着。

杨跃海的女人问他，还有啥？

袖口上系着红布条的年轻人有些吞吞吐吐地说，去打墓的人回来了，说在墓地里发现了蛇，不是一条，而是好几条。另外，阴阳先生说应该停灵七天，而不是他们一开始计划的五天。这样一来，原定的五天内要用的很多东西，包括吃的，就都不够了，还得去买。

杨跃海的女人说，就五天，别听他的。

袖口上系着红布条的年轻人有些张口结舌地看着女人。

他在旁边赶紧说，跃海家的，这事可得要听阴阳的，不能乱来。

女人很坚决地说，就五天，最多五天。

他说，五天或者七天，这事对于杨跃海来说，其实一点儿也不重要，反正他已经啥也不知道了，就算是一天或者一个月，对他来说也是一样的。关键是活着的人，要有什么不好，也只能是对活着的人不好。跃海家的，难道你就不为你自己和孩子们想想么？

也许是他的话起了一点儿作用，再加上又有好几个人都过来劝说，七嘴八舌，杨跃海的女人终于同意了七天。

人们散去以后，杨跃海的女人忽然对他说，我这已经够忍让的了，要按我一开始的意思，只停三天，三天头上就打发出去。

这话真的让他吃惊不小，使他不由得又多看了这个女人两眼。以前那么多年，怎么就从来没发现呢，眼皮子底下竟然还有这么一个女人，比很多的男人还要有主意，心也硬得令人诧异，自从他来了，自始至终就没见她掉过一滴泪，脸上也更没有一点点的悲戚之色。真的是忽略了！这样看来，人一辈子不知要忽略多少的人和事。

他说，你真的相信人们说的，跃海这会儿正在后山吹吹打打地成亲，入洞房?

女人说，我信。

他说，这都是迷信，是人们在胡说八道。

女人说，你是干部，你可以不信，也不能信，我也没让你信。

他说，你也不能信。

女人又冷笑了一下，说，你管好你自己就行了，你还能管别人心里想啥。

女人又叫来那个袖口上系红布条的年轻人，让拿一盒烟给他，他没要。系红布条的年轻人竟然趁他不注意，把一盒烟硬塞到他的上衣口袋里，他发觉了，很生气地掏出来，又还给了他。年轻人愣住了，很不解地看着他。

几个吹鼓手已经在门外的那个棚子里坐好，坐成一排，开始调试乐器。两把，也可能是三把黄铜的唢呐，突然哇哇地响了两声。

他起身来到燃着香烛，停放着杨跃海的那块门板前，鞠了一个躬，然后就走了。

满村里都回荡着唢呐悲伤的声音。

他顺路先回到家里，女人不在。他想睡一会儿，可是唢呐的声音很快就又追了过来，先是在院子里飘荡，绕来绕去，从空中降落到了树上，后来又像喇叭线似的从树上拉到了窗户外面，接着便从窗户上跳进来，就像是明目张胆地在他的耳边吹奏。

他用一块毯子蒙住头，明显觉得似乎是隔绝了一会儿，整个世界也黑洞洞、静悄悄的，好像就剩下他一个人了，只有他本人的呼吸声。他从毯子上闻到了黑暗和憋屈，闻到了一种混合着家庭和社会的难闻的气味。那时候他感到自己弯曲得很厉害，先是像一张弓，如果在两头挂上线，绷紧了，说不定能射出去很远的一箭。后又觉得什么也不是，就是田野里的一个僵硬的虫子。

然而，却真的有一箭不知什么时候早已射了出去，射中了杨跃海。杨跃海坐在村口的防洪坝上，挽起裤腿让他看他膝盖上的伤口和瘀青，——那瘀青，像极了阴雨连绵的天空和大地。接着，杨跃海又把一只手绕到背后，轻轻地捶打着自己的腰，像是自我介绍一般，微笑着对他说，腰也不行了。

又说，各种功能也都完了。

他说，不能吧，哪有那么严重？谦虚得过了，其实也是一种骄傲呢。杨跃海同志多年来一贯谦虚、谨慎，其实他的身体并没有什么太大的问题和毛病。

杨跃海说，有什么证据？

他说，能背着一个人奔跑，那还不能说明一些问题？

听他这样说，杨跃海慢慢地把刚才挽起的裤腿放下来，突然转身朝后山上跑去。他在后面紧紧地追赶。眼看前面的杨跃海越跑越快，跑得就剩下一个头了。

他追到山顶，然后看见山那边地势低缓，开始下降，变得像一片开阔的原野，有一个人甩动着两只绿莹莹的手，正在前面慢慢地走着。他蓦然发现这山并不是每天都能看见的东山，而是远在千里之外的昔日的那座开满野花的山冈——

他忽然看见培仁了。

他说培仁，你怎么在这里？

培仁用两只绿莹莹的手捂着自己的脸，低声说，我不想别的，无非就是想平平安安地过完这一生，可是就连这也做不到。

他刚想说能做到，刚想拍一下培仁的肩膀，手抬起来，却落空了。

不久，小四放学回来，在堂屋里翻腾了一阵，找到一块冷硬的干粮，来到他的面前，一边吃着，一边看着他。小四问他，你病了么？

他说没有。

小四说，那你咋躺着，还盖着毯子？

他说，我就不能躺一会儿么。

小四说，能是能，可看上去有些奇怪哩。

他瞪了小四一眼，可是在心里，又不得不承认小四说得也很有道理。不要说小四觉得奇怪，即使是他本人，这么大白天地躺着，也越想越觉得奇怪和别扭。

小四吃着干粮，在地上转了几个圈，说，满村里都是死人味儿。

他说，不要胡说。

小四说，不是我说的，是我们老师说的。

他说，哪个老师？

小四说，邱老师。

他说，邱德瑜？我就知道是他，狗嘴里吐不出象牙来！一贯不好好教书，总是阴阳怪气的。上课的时候，咋能想起讲这个？这也是你们的课文？

窗户上突然黑了一下，像是有一只鹰落了下来，贴着窗户站着。紧接着，就听见七板的那个山羊嗓子在外面叫他，说郭部长让他赶快去一趟。

临走前，他嘱咐小四，不要出去到处乱跑，也不要在门口堆土，他要是回来的时候，看见把院子里又憋的全是水，他饶不了他。

手好些了么？

好多了。听贾本正说，明天或者后天，就不用再包纱布了。

叫你来，是因为又出了一件事——

又出了一件事？啥事？

会计死了。

死啦？咋死的？

自己上吊死了。

吊死了？吊死的？

你能不能坐下，别这么来回走。

好。吊死了？哎哟！

坐下，怎么又起来了？

上吊首先得有绳子，他哪来的绳子？谁给他的绳子？

好，问得好！和我最初的时候想的一样。实际的情况是，并没有人给他送绳子，是他自己把裤子撕成布条条，编了编，变成了一根绳子。

那意思是他现在没穿着裤子？

没有。

唉，这个人，连脸也不要了。

命都不要了，还要什么脸。

这是啥时候的事？

现在还不好说。大约一个多小时前，裴永会开门进去的时候，发现已经吊死了。裴永会和我分析，很可能吃完中午饭以后就吊上去了，因为人早就冰凉了。

对，要是才死了一会儿，身上起码应该还有点儿热气。

没想到是这么一个人，心胸也太狭窄了。

我知道他，心从来就没有大过。念书的时候，有一个老师骂过他，他直到现在还记着，你看看多吓人。哪个人念书的时候没让老师骂过、打过，谁还记那事？偏偏他就忘不了。

这样的人，没有这个事，在别的事情上也会一样想不开。

那现在应该怎么做？

你去通知他们家里人吧，让他们抬回去吧。

好。

噢，对啦，来的时候，让他们最好带上一块油布，包裹一下。人虽然死了，可一路上再淋得湿淋淋的也不太好。

好，我这就去。

刚出来的时候，一抬头，好像看见天上有几颗星星，在东山顶那一带一闪一闪的。后来仔细再一看，根本没有。雨湿淋淋地下着，哪有什么星星。

整个村子里都泥泞极了，幸好他穿的是一双半高腰的雨靴。

会计的家，他再熟悉不过。门开着，有灯，但是不知为什么家里却昏昏暗暗的，他走进去的时候，刘连梅正蹲在一个橱柜前，一只胳膊伸进去，好像在掏着什么。他咳嗽了一声，刘连梅一回头，看见是他，立刻站了起来。

好稀罕！你怎么有工夫来了？刘连梅说。

他说，不稀罕吧。

确实也不能算稀罕，以前，他是这个家里的常客，会计也常去他家里。他问刘连梅在忙什么，刘连梅说她正在给会计收拾冬天的衣服，棉袄、棉裤，还有一双棉鞋。

你不说我也知道，这个冬天肯定回不来了。刘连梅对他说。

他看着刘连梅，心里揪扯着，不知该如何开口。

刘连梅还向他打听冬天的时候，监狱里有没有火，因为她不知道应不应该把会计平时常穿的那件羊皮袄也一并带上。福林忽然过来，让他抽烟。他看了一眼，竟然不是会计平时抽的水烟，而是一盒纸烟。

福林拎起一个饭盒，对他说，龙叔，您坐着，我去送饭。

听见福林这样说，他忽然站起来，一下堵到门口，有些气急败坏地对福林，也对着刘连梅说，行了，不用去送了！让他回来吃吧。

原载于《长江文艺》二〇一六年第八期

乌

九月的后半个月，地里已经空了，冷风再来的时候，已一日比一日密，一次比一次硬，完全没有了前些日子的那种稀疏、松软和和颜悦色，仿佛回去吃了铁，又披了甲，重新出来了，一路呜呜咽咽地过来。原先还有高粱和玉米拦着它们，现在，那些树木一样的长秆子的庄稼都不在了，所以它们想去哪里就去哪里，想刮谁就刮谁，用死人一样的很凉很硬的手摸人们的脸，使劲地吹掉那些头上的帽子或头巾，再迷住人们的眼，看他们不住地用手揉眼睛，从嘴里往出吐沙子。有时，它们会在一个地方停下来，叫几声，然后摇身一变，变成一个雾蒙蒙的口袋一样的旋风，从平地往上面拔。在往上拔的时候，会露出里面的一些白色的纸钱和麦秸。

早晚两头的时候，父亲已穿起了棉衣，要是白日里的天气不好，晌午和晚上一样，就一整天穿在身上，不再脱下来了。里面的棉花尽管是旧的，但与单衣夹袄比起来，还是有很大的不同。身上有棉花贴着，人就会忘记冷，在外面流连的时间不知不觉就会长一些。只有看见那些在这样的天气里还穿着裙子，光着两条腿的女子，父亲才会战栗一下，听到嘴里的牙如几颗小石子一样在暗中格格作响，醉了似的起落。不是他自己挺不住了，而是替她们觉得冷。看到她们在风中像鸟一样，会让他想起他的女儿。

梅梅最后一次回来就是那样的。他觉得她冷，但她说不冷。

别人谁也没有他那样的耐心，不像他那样每天都要在村口站上很久。如果从远处去看，如果正好再有一群乌鸦在他的上面哇哇地叫，父亲就会给人一种不是人的印象。他孤零零地一个人站在那里，一动不动，真的不像是一个人。经常会有人以为那是一棵被火烧黑的，又烧去了所有枝丫的树，黑黑的，瘦长瘦长地生长在那里，残存在那里。

父亲朝那条通往城里的路上望着。

应该能看到几段旧城墙，墙那边并不是城，只是一个很小的镇。有雾的天气里，那几段旧墙和一些高大的树就在雾里凸现。从路上走来，猛一看，那墙和树都被架空在雾里，似乎还在慢慢地动，又软得像青纱一样。旧墙下有黄牛和黑牛在吃草，听声音像是几个人在生着吃菜，瘦伶伶的白山羊像孩子一样在附近一带跑来跑去。

黄昏时分，别的地方还红亮红亮的时候，那里先就黑了，刮来的风又冷又硬，景色乌青乌青的，萧瑟得愁人。

所有这一切，站在他现在的位置上是看不见的，须得把眼前那条路都走完，到了路的尽头，才能看到一些，那也是一种影影绰绰的情景，说不上有多么真切，要是正好遇上又起了雾，那就更模糊了，周围和眼前的一切都变得像一个梦。雾里水蒙蒙的，似乎藏着大片大片的明亮的水，墙里的那个镇子仿佛也全部浸到了水里，镇上的房子和人都在慢慢地晃，房顶上的烟囱也在动，一跳一跳地往上蹿，几条不长的小街游来游去，看上去软得像是煮在水里的鱼。

在那个梳妆盒一样的小镇上，父亲认识一位姓韩的铁匠和一位姓马的木匠，还有一位说书的宋先生，父亲对他也很熟，但那个宋先生却从来不认识他，手里的扇子一摇，只能想起一些穿金戴银的古人和血迹斑斑的旧事。

韩铁匠臂力过人，除了会打造周围人们使用的各种农具，还会翻砂、铸造。打一把菜刀、匕首，一会儿工夫就完了，而且连刀刃也开出来了。还会打大刀，就是武工队和游击队使用的那种能够直接用来砍头的大刀。冬天的黄昏里，常有人用手托着热气腾腾的羊腰子和羊鞭，推开铁匠铺的门走进来，在青黄的炉火边烧烤。小徒弟把风箱拉得呼呼直响。韩铁匠有时也会放下手中的锤子，坐下来一起吃，一边喝酒，一边咬着烤得金黄的吱吱啦啦的东西。常说，要是日本人再打进来，他有可能会成为最忙的一个人。他想用那亮闪闪的大刀把镇子上的人，以及周围各个乡村的人们全都武装起来，包括他的同母异父的兄弟马木匠。马木匠擅做门窗、柜子和棺材，此外，他还喜欢用杂木制作各种动物和飞禽，他的院子里常站着一些颜色黄白的木马、木牛，看上去和真的牛马一模一样，真的牛马和飞禽也时常有那种一动不动的时候，还有木鹤、木猪、木鸽子和木鸡。有人说，木匠的木狗会摇尾巴、吐舌头，急了还会汪汪地叫，木鸽子、木麻雀和木鹰会在晴朗的天气里在距离房顶很高的空中飞翔、盘旋，父亲没有见过。父亲虽然没有见过那种情景，但他很愿意相信那一切都是真的，不是人们瞎说。

铁匠铺的斜对面有一个花圈店，花圈店的房子比周围所有的房子都要低，又低又矮，是向地下凹进去的，像是一个窨子，深凹了好几尺，看上去陷得极深，再也拔不起来了。在那个低矮，阴暗潮湿的店铺里，人的活动范围很小，大部分的地方都让花圈占满了。里面有两个白头翁、一个中年女人，负责收钱。中年女人的胸脯像一座草木丰茂的向阳的山冈，看上去肥沃，丰饶，温暖，热情洋溢，两个乳房大得让人吃惊，让人目瞪口呆，哑口无言。只要她在，那店里就不至于太昏暗，太阴冷。他们相互之间很少说话，都在埋头裁纸，上颜色，做花圈，做一对一对的童男女。在天愿为比翼鸟，在地愿为连理枝。所有的童男女都长得差不多，都是细眉、红脸蛋。也有白脸的，不过并不多。街面上的纸价一涨，店里的两个主事的白头翁首先就会灵验地感到牙痛、偏头痛，出去小便一次，需要好长时间，滴滴答答地总也没完，完全处于一种意犹未尽的等待之中，觉得快完了完了，刚刚系好裤子，猛觉得里面一热，又是不经意的一股或几滴，完全是在预料和计划之外的。这事让他们伤透了脑子，但又没有任何办法，只能一天一天地将就着。中年女人也知道两个白头翁的毛病，她常把他们去小便称作输液，一看见他们垂头丧气地回来，她会情不自禁地喜上眉梢。在这个悄无声息的店里，她从来不需要建立什么安全感或防线一类东西，倒是常有那种闷得很难受的时候，盼着能够放开声音大喊大叫一番。

花圈店里除了他们三个，还有一个脸色苍白的年轻人。年轻人一整天都在店里专心地扎花圈、做纸人。店里没人的时候，年轻人就一个人埋头写书，写了厚厚的几大本，放在身后的一个纸箱子里。隔几个月，镇上的邮递员就会站在外面喊他，邮递员从不进店里来，每次都只站在街上喊。年轻人从里面弯着腰出来，接过邮递员递给他的几个看上去十分沉重的牛皮纸信封，本来就十分苍白的脸色会变得更加惨白。

那次，父亲去给梅梅买花圈，天快黑了，低矮的花圈店里悄无声息，显得比平日的时候更加昏暗。别的人都走了，店里只剩下那个年轻人一个人还在，不知道他是在专心地扎纸花，还是在埋头写字，直到听见有人在外面敲门，才从一个角落里站了起来。隔着玻璃，父亲看见年轻人的脸白得像一张纸，像是店里扎花圈用的那种白纸。

买完花圈后，父亲忽然感到胸前憋得有些厉害，觉得很想对人说几句话，随便什么人都行。于是，就对那个年轻人说：

“我的女儿死了，我是来给她买花圈的。”

年轻人愣了一下，抬起头看着父亲。

店里的各种颜色的纸花一半被灯的亮光照着，另一半沉睡在灯影里，有的好像已经开败了，看上去灰灰的、软软的，没有力气，没有光泽；有的好像正在开，正在一点一点地从小变大，变得像碗一样大，盆一样大。有一种亮晶晶的蓝纸，不停地在灯影里一闪一闪的，让人看了觉得身上发冷，脸上也木木的。

好一会儿，父亲才听见那个年轻人用一种十分嘶哑的声音低声问道：

“她还很年轻吧?”

“年轻，”父亲说，“也就是你这个岁数。”

“我已经不年轻了，三十多了。”

“那也还小哩。”父亲说。

年轻人的脸上没有一点儿血色，站在那里想了一会儿，然后弯腰从放在地上的一个大筐子里捡出十几朵扎好的小白花，来到父亲买的那个花圈前面，小心地一朵一朵地往上面插着一边插着，一边又好像是在自言自语地说：

“我写的东西他们都不要，都嫌里面有死人气，有鬼魂。”

父亲听了一惊。又听到靠在胸前的那个花圈发出一阵阵轻微的簌簌声，似乎有许多干枯的树叶正在往下落。

“你每天趴在那里就是在写死人？”

“我没有写过死人，我写的都是活人，有很多还是生活得很幸福很快乐的人。”

父亲的嘴张了几下，又闭上了。

临走的时候，年轻人又从那个筐子里捧了一大捧小白花，装进一个袋子里，把袋子装得满满的，让父亲带走。

“我不认识你的女儿，可我为她感到难过，她叫什么？”

“叫梅梅。”

“梅梅？”

“时候不早了，你也睡吧，别再写了。”

街上没有人，只有父亲一个人扛着花圈在走，风把那些大小不等的纸花吹得呜呜直响。一些用有光纸做成的桃形的叶片不断地被风刮到父亲的脸上，发出啪啪的响声，像是在打父亲的脸。

父亲感到凉极了。

整条街上只有一盏路灯亮着，如同一只熬红的眼睛。

走了一会儿，父亲停下来，把花圈横在前面，回头去看，看见那个低矮的店铺里还亮着灯。

那些日子以来，母亲几乎没有出过门，一直病着，她已无法再为父亲拾掇他的衣裳，父亲每次出门，母亲都像嘱咐一个不懂事的孩子一样嘱咐父亲，不要把衣裳弄脏了，脏了没人能给你拆洗，尤其是棉衣。有了这样的告诫和嘱咐以后，父亲无论走到哪里都规规矩矩、老老实实的，从来不敢乱动，也是怕真的把衣裳弄脏了，回去后没法向她交代：她的身体病了，但她的眼睛还好好的，并没有病，两只耳朵还像从前的时候一样灵，人躺在屋里，能听到他什么时候回来，脚步声从外面一直延伸进院子里。然后消失。有时是那辆自行车的声音。过一会儿，院子里会响起父亲用两只手拍打衣服的声音，用笤帚在身上到处扫。有时扫着扫着突然停下来，然后再听不到一丝声音那种时候，她就疑心他的衣裳的某一个地方一定是脏了，或者完全坏了，疑心他正在采取某些笨拙而又徒劳的补救办法，她在屋里问他，是不是脏了？父亲总是大声而又坚决地矢口否认说没有脏，一点儿都没有脏，只是落了些浮土，又朝屋里抱怨，说她诬陷他，对她不信任。

那些日子里，村里和村外的杏花都开了，房前屋后，墙头外面，水井旁边，到处都能看到一树一树的雪一样的白花，香气四溢袭人，父亲每次从外面回来，肩上、衣袖上，都会带回一些落下的花瓣。

“杏花都开了！”

“我闻到了。”

“可惜那东西不能吃，要是能吃就好了。”

“有些东西生来就是专门让人们看的，不是让你吃的。”

“我也发现了。比如自行车，就只能让人骑，不能吃。有没有这样一种自行车呢？既能骑，又能吃，把它骑到一个地方，然后把它拆卸开，一截一截地吃掉那样一来，连当天的饭也节省了。”

“那样一来，你还回不回来了？你咋回来？”

“……车子已经吃了，看来只能走回来了，或者，再买一辆。”

“为了省一顿饭，你已经把两辆车子都搭上了。”

父亲吃惊地看着病中的母亲，几瓣雪片一样的杏花仿佛受到惊吓似的纷纷站起，离开他的衣袖，飘落在屋里。

母亲一个人在家的时候、从半开着的门窗里，常看见外面的香气排着队进来，它们是白色的和粉红色的，进来的时候常会被门窗挤扁，变成窄窄的软软的一条，等进来后马上又恢复了那种纱或布一样的模样，在屋里翩翩起舞，一遍一遍地看她，看她的伸在外边的手，看她的脖子。有时它们会自己绕来绕去，颜色开始变得越来越重，像是母亲眼里看到的一片瘀血。

还有那些圆形柱子一样的光线，光滑无比，有的细长挺拔，像房梁上的椽，有的有麻袋那么粗，从不同的方向朝屋里一根一根地戳进来，有时横在地上，如同一种障物，有时直接戳在母亲的身上或脸上，将她戳醒，或者让她睡得更沉。它们慢慢地暖她的脸，摸她的心，与她的病交织在一起，但远比她的病要亮，更加光滑。病是那么昏暗的一种东西，有时候黑得让人心碎、难过，有时又忽然白得令人担心。

有很多次，父亲从外面回来，走进没有声音的屋里，看到母亲沉沉地睡着，脸上布满了让他惊讶不已的亮光。

那脸上怎么会那么亮呢？

站在寂静的屋里，父亲长久地看着母亲，耐心地等待着，觉得再过一会儿，她就要醒来了，睁开眼睛，看他几下，然后与他说几句话。他想到了几句和她的脸一样亮的话。但一会儿过去了，又一会儿过去了，母亲仍然像他刚回来时那样沉沉地睡着。父亲看见一些尘埃在柱子一样的光线里打架、拼杀，互相拥挤，翻滚，又像是在互相邀请，登门拜访，彼此祝福，情景十分融洽，让他不由得心生向往。那么样的一种情景，多好啊！

持续不断的昏睡仿佛使母亲把她自己给藏起来了，没有人能跟她说上话，也听不见她的声音，看不到她高兴或愁苦的样子，更不可能知道她心里想着什么。她的身体在那里睡着，无论谁进来都能一眼看到，但她的人却早已不在了。父亲是这样想的，如果要不是藏起来的话，那又能到哪里去了呢？他每天都看着她，却又觉得一直都找不见她，完全不知道她去了哪里。这样的一种十分奇怪的感觉常常让父亲感到非常劳累，吃力就更不必说了。还有很多的迷惑、狐疑，一些不知怎么结成的坚硬的死疙瘩，一天一天的黑幕一样的日子，以及由此带来的一连串的惊吓和不安。明明看见她就躺在屋里，但就是觉得她并不在。这是咋回事呢？父亲这样想，也时常这样问自己。

父亲想起母亲曾经让他帮助她换衣服时的一幕情景，他把她扶起来，觉得是在扶起一束草，抱着一阵风……以后，无论任何时候，只要一想起来，都会让他感到十分害怕，感到一种自下而上的燥热和冰冷。他从她的那双眼睛里清楚地看到，所有的一切都已经熄灭了。

越来越逼近的惧怕和越来越多的模糊让父亲变得无所事事，使他像一个游手好闲的人一样在寂静的家里家外不断地走来走去，想不出任何办法。后来，他决定再去找铁柱问问。

一个孩子正在铁柱那里号啕大哭。

父亲站在一边看铁柱给孩子换药。那孩子的声音像玻璃，像铁，像瓦，又响又脆，哭得地动山摇，让人耳朵发聋，身上直冒虚汗。父亲感到自己的头上被哭得很热，又看到铁柱也在皱眉头。

“小点儿声吧！”铁柱对那孩子说，“别把我的房子给哭塌了。”

那孩子闭着眼，张着嘴，丝毫没有半点儿停止的意思。

哭得真痛快啊！父亲想。声音像天一样高，像天一样蓝，毫无保留、毫无顾忌，一点儿遮拦都没有。

父亲觉得，一个人，如果是真正的发自内心的哭，那倒未必是一件坏事，有些事情、有些死疙瘩，哭着哭着，就会像糖一样地化掉，冰消雪融。呜呜地痛哭要比嘤嘤咽咽地低泣更解决问题，连伤痛也被来回拉扯得不那么痛了。最主要的是，哭能够起到让人消愁解闷、清凉败火的作用，笑反而会让人变得越来越无聊，越来越沉重。记得有一年，忘了是因为一件什么事，任性的梅梅哭得没完没了。那时候，外面的天也在哭，颜色铁青，下着很大的雨。父亲因为要去地里收豆子，冒着雨先走了。一路上，他知道梅梅还在哭，因为雨一直在下着，到处都湿漉漉的，远处的人和牛静静地站在那里，颜色偏黑，被淋得又湿又小。在烟雨迷蒙的地里，父亲顾不上看天，只顾埋头对付那些被淋得傻不楞登的豆子。

后来，不知从什么时候起，雨停了，天上出现了一些白亮白亮的东西，像是切开后的山药。

后来，父亲看见梅梅戴着一顶小草帽来了，来帮他收豆子。他不时地偷偷看她一下，她看上去已经好多了。

收完豆子以后，她跑到附近的那座布满水珠的山冈上采了一把鹅黄的金盏花，像是小时候的向日葵，上面还挂着亮亮的水，嫩嫩地举在她的手里。回去的路上，她唱起了歌儿，有时走在父亲的身后，一会儿又跑到他的前面。那时候，四周和远处一带虽然还阴沉得生铁一样，但听到她亮亮的歌声后，父亲觉得天已经晴了，他的眼前亮堂堂的。

父亲看了几眼那个痛哭不止的孩子，发现自己完全不知道那是谁家的孩子。又看看站在旁边的那个女人，也不认识。如今，三十多岁以下的人他都不认识了。好几代人又过去了。

终于换完了药，铁柱挥了挥手，说：

“快去他妈的哇！回去号去哇。”

“我们哪天再来？”那个女人问铁柱。

“……后天吧。”

女人领着孩子要走的时候，铁柱忽然又想起一件事。

“下次来的时候，给他带点儿吃的东西，给他吃东西，把他的嘴堵住，别让他再这么哭了，我受不了！”铁柱对那个女人说。

“他再这么哭，我就要疯了。人家都是千方百计地想办法要把别人搞笑，你们却要把人弄疯，让病人把看病的弄成疯子，这事我还没听说过呢。我跟你们说，我哪天要是真的突然疯了，你们一个一个的就都麻烦了。”

女人拉着孩子的手，有些不高兴地看着铁柱。

“哪个孩子不哭呢？谁家的孩子没哭过？”

“哭也不是这么个哭法，谁家的孩子会哭成这样？不把天哭得扑通一下塌下来誓不罢休。给他打针，那我能理解。那是因为疼才哭；可是，不打针，换药的时候也哭，换药有什么好哭的呢？总之，一来我这里就哭，一看见我就哭，我真有些怕他了。将来唱戏去吧，一嗓子吼出去，三十里以外的人们都能听见。”

听见铁柱那样说，那孩子用棍子一样的眼光瞄着他。

他们走后，父亲坐到了铁柱的对面。

铁柱有些愣怔地看着他。

“铁柱，是我。”

“老周？老周啊，你的风湿病又犯了吗？”

“唉，我不是老周。”

“……”铁柱的嘴张了几下，又闭上了。

后来，他终于认出他了，不好意思地笑了笑。

父亲看见，铁柱也有白头发了。

“都是让刚才那个倒霉的小孩子哭的，他把一切都哭乱了。哭得我把什么都忘了。”

“我也出了一身汗。”

“怎么样？她好点儿了吗？能下地了吧？”

“还是成天躺着，我看是不行了。她本人也觉得完了，她让我帮她把她最后的一身衣裳穿上，我帮她穿上了。”

“胡闹！你们这两个老糊涂，装老衣服怎么能随便穿呢？只要没咽气，就不能穿。我告诉你，她根本死不了。”

“我好几次回去，走进院里，听见她在跟人说话。”

“跟谁说话？”

“屋里没有别人，只有她一个人。”

“我想她是想梅梅想的。梅梅死了多久了？”

“到今天，八个月零三天。”

“这么久了……想起来好像是前两天的事。”

“铁柱，你说实话，她的毛病到底在哪里？”

“我还是以前那句话，营养，主要是营养，要给她加强营养。你们平时只要稍微吃得好一点儿，她就绝对没什么病，会是一个非常健壮的女人。我是一个给人看病的人，不能说给无数人看过，但也不少了。我没看出她有什么病，只看出她的身体要比我的好。别看我成天给人看病，其实我知道，我自己的身体也很糟糕。”

“铁柱，我是一个没能耐的人，没办法让她强壮起来，要是我自己能变成一种她需要的营养，那就好了。”

“在女人里面，她的身体要算是好的。其实，像她这样的，普通的粗茶淡饭就能让她好起来，变得强壮起来。”

一个从形体到年龄看上去都很成熟的大苍蝇领着几只初出茅庐，刚刚开始在人间崭露头角的小苍蝇在铁柱的诊所里飞来飞去，它们嗡嗡地叫着、唱着、吃喝着，既像是一种时尚的组合，又有着家庭般的欢乐。作为一家之主，作为领导者，有时候，大苍蝇会以身作则，身先士卒，自觉不自觉地发挥榜样或楷模的作用，会不顾危险，擦着铁柱的眉毛或鼻子试探性地侦察一下，嗡的一声飞过，小苍蝇们还没有来得及效仿、学习，就被铁柱挥手之间扇出的气流吹到父亲那边去了。

父亲看见几个小黑点远远地走来。

眼前的情景使父亲仿佛又置身于村口，他像一根黑瘦的木头一样立在那里，白蝴蝶似的杏花正在他的四周飘落。地里有亮闪闪的东西在爬行、翻身、鸣叫，几行青柳正在暗中用力，滋滋地发绿……父亲朝路上眺望着，长久地眺望让他的眼前时常会飘起一些烟雾般的东西，一双眼睛变得如同两口干涸的枯井。远处的路上有小黑点出现了，在他的视线里无声地游动。有时，他看见那些小黑点会在他干燥的视线里被突然渴死，转眼就不见了，他不知道它们去了哪里。它们在路上走着走着，好像突然被什么东西绊倒了，然后就再没见起来，像是不留痕迹地渗到了土里。更多的时候，它们会从路上慢慢地游过来，一种咚咚的声音和窸窸窣窣的声音不断地回响在父亲寂静空洞的视线里。等到离他不远时，小黑点都变成了人，有的穿戴整齐，手里拎着包，有的两手空空，像是在与时间赛跑，还有的甚至骑着车，后面驮着口袋，或者手里牵着驴。在那些过来的人中，有的他认识，有的从来没有见过。认识的人偶尔会问他在瞭什么，大多数的时候问也不问，好像他真的是生长在村口的一棵树，已经不需要再认真地停下来细看了。

铁柱打晕了一只小苍蝇，看见小苍蝇还在桌子上活蹦乱跳，又用一支圆珠笔上去摁了两下，小苍蝇如同被施行了麻醉术，渐渐地安静下来，不动了。铁柱的手里还握着一张折起来的报纸，他在等待那只大苍蝇领着别的那些小苍蝇前来营救，帮助越狱，劫法场，然后好将它们趁势一网打尽。但是，它们再也不来了，似乎已很清楚发生了什么，等待它们的又是什么。空气中若隐若现的血腥气息告诉它们，此去必定凶多吉少，十有八九是肉包子打狗，有去无回。

很长一段时间，父亲一直默不作声地看着铁柱，听着铁柱的话。铁柱偶尔也看他一下，更多的时候注意着别处。铁柱让他每天给她吃三大碗饭，喝很多的水。如果这也算是医嘱的话，倒真的让他这个做丈夫的感到非常的惊慌和为难。

这以后，又等了一会儿，父亲的眼前渐渐地出现了一些隐隐约约的重影和雾腾腾的景象，它们清唱似的从他的眼前升起，有的浮在远处，看上去像是秋天里金黄色的风，温凉、粗粝，仿佛一把一把的谷黍又轻又薄地从你的脸前扬过。父亲知道，那些烟或影子一样的东西是由一堆一堆的粮食引起的，只有堆积如山的粮食才会做梦一样现出那样的一些情景，光光的一粒麦子、一粒安静的米，永远都不会有那种雾蒙蒙的时候。

街上没有人。

回去的路上，他不时地看到有的墙头上开着花。

到家以后，父亲还在想着沿路上那些开在墙头上的花，那些花的容颜和姿势毫无喜悦之色，软软的，灰灰的，呈现出一副有气无力的黑夜般的死相，很容易让他想起一些死去的人和正在死去的人，想起一些出殡的早晨，送死人离家的人们稀稀拉拉地走着，呜呜地哭着，沿途经过的地方，每一个门口都燃着一堆又一堆的谷糠，人们在青蓝色的烟雾里抄着手，说话、咳嗽，跺着站麻了的脚。又细又高的白幡摇摇晃晃地从人们的面前经过，丝丝缕缕的纸条像是专门翻出来让人看的红白的血肉。那上面也有不少的花，都做出一种已经开放的样子，放着肉色的红光，冒着森森的绿气。

回到家里，他听到她正在与人说话。

隔着一道帘子，父亲似乎在向远处瞭望。

“你在跟谁说话？”

他看见那帘子在轻轻地拂动，像是有人要出来了。

又等了一会儿。这以后，父亲离开堂屋，来到院子里，开始收拾他的那辆自行车。好几年了，它响得一年比一年厉害，到处都在响，骑着走的时候，它肯定在响，必响无疑；不骑，推着走，也在响；只有放在那里不动，它才会悄声的。有一次，他一路上都在骂它，但无论他怎么骂，它还是毫不在意地响个不停，倒显得他有些不饶人。不过，它的那种乱七八糟的叫声，确实让他的心里麻烦极了。

屋里又传来嗡嗡的说话的声音

父亲听了一会儿，没有听清在说什么，觉得至少有两个以上的人在交谈，不能肯定所说的有多么沉重和严肃，但至少不是在闲聊，不是在开玩笑，都是认真的。另外，有一个十分尖细的声音偶尔会插进来，似乎在极力分辩，澄清着什么。

慢慢地把自行车放倒，又小心而吃力地将它倒过来。这辆看上去光秃秃的自行车，虽然很多部件都没有了，随着已经逝去的许多日子一起无影无踪了，但要搬动它的时候，依然会让父亲感到非常沉重。他用手转了几下，听到它哑哑地叫了起来，像是一个人的嗓子破了。

不知从什么时候开始，父亲发现，不管是周围一带认识的人还是不认识的人，人们都很害怕他骑自行车，每当看见他骑着那辆像斗鸡一样的自行车摇摇晃晃地从家里出来的时候，路上如果正好有人，人们就会急忙向两边躲闪。父亲也经常会看到一个大人拽着一个孩子，在路边的某一个门洞里站着，像是在避雨。父亲听到大人在骂孩子，警告孩子不要到处乱窜。“眼看就要开学了，别在这个时候给我揽回一个棺材来，我可没有那么多闲钱！有钱我还得给你交学费呢。”孩子的一双眼睛小动物一样紧紧地挂在他的身上，又目送着那辆稀里哗啦的旧车干涩而费力地远去，他怎么也不能把眼前的那种情景与棺材和学费放到一起去想，完全看不出那之间会有什么关系。

父亲知道，除了他自己，再没有一个人赞成他骑自行车。这老头，让人不放心哩，越看越悬。他是老了，他的那辆破车更是一个彻头彻尾的旧家伙，旧得一塌糊涂，两方面都丝毫没有任何一点能让人感到踏实和安心的地方。人们主要担心他会撞了别人，撞坏别人的树或墙，女人孩子，小猫小狗，也担心他自己会被什么东西撞翻。但更觉得他随时都有可能在街上骑着骑着突然散架，连人带车变成乱七八糟的一堆，或者毫无把握地跌跌撞撞地冲进谁的屋里、菜园子里，一头栽倒，不省人事。一切都因为他看上去是那样的不稳。有人一听见他出来，左眼和右眼就都开始一起跳，跳得毫无道理而又凶相毕露，呼呼作响，又听见什么地方传来刺耳的撞车的声音，玻璃和铁器以及木头和人肉相互倾轧的声音。有人对他说，你老了，已经非常不适合再骑着自行车出来了，早就过了那个时候了。还有人让他将那个老得不成样子的东西尽快出手，卖掉。关于那辆十分讨人嫌的自行车，父亲并不是没有考虑过它的出路和最后的结果。自从梅梅不在了以后，过去的那种青黄不接的日子突然又回来了，很像是一个才走了不久的亲戚又重新返回来了，而且，这一次他看出来了，那是要一直长长地住下去的。梅梅是父亲唯一的女儿，也是父亲和母亲唯一的孩子，她在的时候，他们每个月都会收到她寄来的钱，有时候是五十，有时候是一百二百。要是梅梅还在，父亲是不会考虑把那辆他骑了多年的车子卖掉的。

父亲用水把自行车清洗了一遍，又给车轴上了点儿煤油，然后推出去。他觉得应该卖五六十块钱。刚洗完的时候，这样的一种感觉尤其强烈，也特别坚定不移。看着那亮晶晶的自行车，仿佛当年刚买回来的时候一样，他甚至都有些不忍出手了。但仅仅只过了一会儿，当自行车上的水干了以后，那些好看的光泽也都随着没有了，它很快又变成了原来的样子，再去看它时，不久前刚刚涌起来的那点儿信心也完全消失了。父亲感到自己的目光刚一伸出去，还没有来得及落到那辆车上，马上就跌断了，尽管没有听见那种咔嚓的一声断裂，但他知道已经断了，是很软地跌断的。车子灰蒙蒙地支在那里，不用看也知道它是那么不好，那么不讨人喜欢。

在距离家门口不远的地方，父亲愣了好一会儿，后来才慢慢地想起他的心里实际上还有一个秘密的底价，那如同一个松动的缺口，如果有人愿意出四十块，甚至三十块，他也会看着他们将它推走。三四十块也不算少了，父亲想。拿出十几块买米面，再买点儿盐，剩下的先存起来。

但是几天过去了，没有人理睬他的那个底价，更没有人试着去接近过。人们说，这么个东西，连二十块钱也不值。有人甚至说，白给也不要，谁敢把自己的命与它捆在一起，放在它的上面，让它驮着走？

几天来，一直有一个年轻人在附近一带站着，四处张望。等周围没人的时候，年轻人对父亲说，看在他每天把自行车推出来又推回去的份上，他愿意出五块钱买下它，只出五块。

听到那个数字，父亲涨红了脸。

“年轻人，回去盖上十八层被子做梦去吧！五块钱连个猫也买不了，恐怕只能买只耗子。”

“耗子要是也能骑，我会考虑的。那就不是买一只的问题了，我准备订购一批，分送给我的亲戚和朋友们。”

开始下雨了，粗大的雨滴像极度伤心的眼泪一样嘭嘭地砸在面粉一样的浮土上，天色乌青，空气中飘满了浮土和雨滴的气息，父亲推着车子走了一会儿，就看见车子上溅满了泥。

他停下来，呆呆地又有些不相信地注视着那些斑斑驳驳的东西，他觉得它很像是一个人，旧病并没有得到丝毫的治愈，不经意之间又添上了新伤，总也没有个好的时候。不会好起来了。

“以后也不会好起来了。”他想，“只能是越来越坏，越来越不好了。”

无论从哪个方面来说，这辆用得太久了的车子都比他本人看上去还要老，已到了那种颤颤巍巍、白发苍苍的时候了。白发苍苍，一身毛病。

父亲回头去向刚才的那个地方看，发现那个准备给他的亲戚朋友们订购一批耗子的年轻人早已离去，不在那里了，不禁有一丝惋惜从他的心里轻轻地划过。那情景又使他恍惚觉得正站在晴天的阳光里，一只鹰从上面飞过，翅膀一抖，不容分说地让他黑了一下。

那时候，母亲正在家里试着让自己起来，但起了几次都没有成功。父亲摇摇晃晃地骑着自行车回来的时候，母亲正躺在那里张着嘴喘气，脸上充了血，一片一片的，宛若从外面飘进来的桃花。

他完全没有注意到她。走进屋里后，他还在想，他的那辆白发满头的自行车到底值个什么价？他开始有些怀疑自己的眼光和判断力了。天阴到了他的心里，青黑青黑的，洇着水，让他觉得泥泞极了。

“把我扶起来，我想坐一会儿。”母亲说。

听到母亲的话，父亲愣了一下。之后，父亲把自己的一只手垫到母亲的身下，将她扳了起来，耳边听到她在说：

“坐起来真好啊。”

“那就多坐一会儿。”

“没有卖掉吧？”

“没有。”

“我听见了，你是骑着回来的。”

“有一个年轻人，这两天一直围着我，转了好几天了，他想用五块钱买走我们的车子，我没有同意。”

“五块钱确实太少了。”

“我算了一下，如果我们不买吃的，也不买穿的，只买晚上的一点儿亮光，五块钱只能买到三斤煤油。这样，等到两三个月以后，煤油用完了的时候，我们就又得摸着黑吃饭、摸着黑睡觉。现在我们手里还有一辆车子，而等到那个时候，煤油用光了，车子也没了。”

“煤油前天就没有了。我往灯里搀了点儿水，它又浮上来一截，薄薄的一层，像一张纸那么薄。”

“我觉得，我们以后可以晚上不点灯，你我的眼力都需要锻炼。锻炼上一个时期后，就可以完全不用灯了。住在我们前面的德生，刚回来的时候一直拄着拐杖，这两天我看也已经不用拄了，能够自己走了。”

“不一样。”

“不一样？”

“他是腿，我们是眼睛。人的眼睛再锻炼也锻炼不成猫眼。”

“我知道我们练不成猫眼。可是，至少……我们对黑夜的适应能力增强了，再也不怕黑了。别人觉得黑得不得了的时候，我们会不觉得那么黑，会觉得是天刚擦黑，或者正要亮，能多少看见一点，这就是我们锻炼的最好的结果。从一开始，我就知道我们不会是白锻炼一场，世上没有白做的事。”

“你明天还去吗？”

“我想去。”

“要是再看到那个年轻人，跟他好好说，争取能让他出到十块钱。然后就把车子给他，你拿着钱回来。”

“十块？你愿意十块钱卖掉我们的车子吗？”

“我想卖二十、三十，可是没有人要。”

“我们在这里一厢情愿。你知道问题的关键在哪里？你愿意十块钱卖，可他不愿意买。你没有见过，那不是一个愿意出十块钱的人，人虽然年轻，可要让他多出一角，他都不干。我早就对他不抱希望了。”

“这样的一个人，也要结婚、成家，我不知道一个啥样的女人会嫁给他，一辈子和他在一起生活。”

“这事我知道，一定是一个和他在各方面都完全一样的人。”

“他只出五块?”

“对，只出五块，多一分也不出。”

“那我们还不如直接把自行车推到陈蛮的商店里去呢，把车子给他留下，然后换他的煤油，陈蛮不会就用三斤煤油把我们打发了，肯定不止那些。”

晚上，母亲在认真地洗脸、洗手。等她洗干净以后，父亲一手端着灯，一手拿着一把梳子走了进来。

刚才，她洗脸的时候，不让他点灯。

他们都听到灯里的油和水在吱吱地响。灯芯一闪一闪地跳着。

父亲把梳子递给母亲，然后说：

“我们准备吃饭吧。”

母亲把梳子插进头发里，刚梳了一下，就卡住了。她意识到头发该洗了。她一点一点地梳着，慢慢地也能拉通了。

等他出去以后，她停下手里的梳子，探过身去，将灯吹灭了。一个人在屋里黑坐着，梳子在头发里哧哧地响着。

父亲端着半碗玉米，倒进一个铁钵子里，然后轻轻地捣了起来。这一年来，他们一直用这样的办法粉碎粮食。如果送到磨坊里去让机器粉碎，一来需要交钱，付粉碎费和机器磨损费，二来会有一部分面永远地留在机器里，拿不出来。如果提出来要求把正在运转中的机器停下来，把残存在里面的那些面用笤帚扫出来，磨坊的主人就会非常不高兴，脸立即变得像铁一样，冷嘲热讽、指桑骂槐，啪啪地摔东西，甚至装聋作哑，完全不予理睬，让隆隆作响的机器声将一切不利于发家致富的声音和因素全都压下去，盖住，让苍茫迷蒙的粉尘一浪接一浪地升起来，浓雾般地在空中弥漫，让每一个各怀心事的人都变得像面缸里钻出来的老鼠，自然而然地迷失掉庄严和自尊，甚至表达的欲望，永远地闭上他们的嘴。

玉米捣碎以后，父亲又把它们放进锅里，加了水。煮好后的粥有两碗，父亲全部把它们盛出来，盛进两个碗里。玉米的香味扑面而来，让他忍不住俯下身去深深地吸了几口气，脸前顿时一片湿热。这以后，他一手端着一碗粥，回到屋里，放到母亲的面前。

“快吃吧，好吃得简直没办法。”父亲说。

“你的呢?”母亲问他。

“我的还在锅里。”

“端过来一起吃吧。”

“我要等它再凉一凉，上面结一层皮，那时会更好。”

母亲把碗端到脸前，轻轻地闻一下，脸上随即现出一丝舒心的微笑。父亲看见了。她的那种笑容让他感到既熟悉又遥远，好几个月了，她头一次这样，以至于他觉得猛一看见时有些不太习惯。从内心来讲，他觉得自己好像早已忘记她笑的时候是什么样子了，真的不太确切了。

不久，他听到了她吸吸溜溜地喝粥的声音。

接着，又听见他自己的肚子里咕噜咕噜地叫。他弯了一下腰，又用一只手按了按，担心会再发出响声。

肚子里传来的那种响声让他想起了一个大雨滂沱的早晨，雨水像一条河一样在门外哗哗地流着，院子里也进了水，无数透明的水泡在水面上浮着，慢慢地漂来漂去，空气里充满了湿漉漉的味道。

“刚才煮的时候我就在想，我一定要把你香死。”他说。

他是低着头说的，等他再抬起头的时候，看到她已经把碗放下了，正在用一块旧手帕擦嘴。

她说她饱了。

“不行。”他说，“把那一碗也喝了，因为两碗都是你的。”

“我真的饱了。”她说。

“那天，铁柱对我说，要让你每天必须吃三大碗饭，你才吃了一碗，就算把那一碗也吃下去，也才只有两小碗，离铁柱说的还差得多呢。”他说，“我的话你可以不听，可以不当回事，铁柱是医生，他说的话你总不能也不听吧。他要是再问起来……”

很快，母亲把另外一碗也喝完了。

两碗粥下去以后，他看见她的脸上开始有了光泽，气色也柔和多了，整个人都振作起来了。

粮食真是一种神奇的东西啊！他不由得有些惊讶地想道。人们常说这个神奇，那个灵验，其实，最神奇最灵验的莫过于雨露滋润过的五谷。

收拾好两个空碗以后，他对她说：

“我该去喝我的那些去了，已经晾好了，上面一定结了一层又黄又细的皮，用嘴一吹，就会像水面一样发皱。要是再等一会儿，就吹不动了，因为已经成形了。这个时候，要是把它揭起来，会是一张完完整整的薄饼，对着窗户一照，又黄又亮。”

手里拿着两个空碗，快走到门口时，又说：

“喝这样的粥，我可算得上是真正的老手，一身经验。你不行，既不会喝，喝得又慢，不像我又快又好。我敢和你打赌，用不了一分钟，我准把它们喝光，一点儿不剩地全都喝下去。”

“小心噎着！又没人和你抢。”她说。

他注意到她的精神很好，又看见残留在锅里的那些剩余的颗粒已经变得很硬，像是牢牢地长在了锅上，用勺子根本没有办法奈何它们，于是他改用一把铲子，使劲地去刮。刮下一些，就放在嘴里，一边嚼着，又继续去刮、直到把锅完全刮得干干净净。

重新回到屋里的时候，他看见她手里捏着几张角票，对他说：

“灯里已经全是水了。明天，还是再去买点儿煤油吧。”

他们躺下的时候，灯已经灭了。灯是自己灭掉的，没有等着他们去吹，里面的水吱吱地响了一阵，灯头无力地挣扎了几下，然后就悄悄地灭了，屋里顿时变得一片黑暗，连窗户都看不见了。

“真黑啊。”她说。

她没有听见他的声音，以为他睡着了。

过了一会儿，他突然说道：

“年轻的时候，我一点儿也不喜欢吃玉米，经常总是想着肉呀鱼呀，神仙们吃的那种桃子啊，喝的那种酒啊。这会儿想起来，真是个傻瓜！”

又敲了几下，听见陈蛮醒了。

父亲站在窗户外面，吓了一跳。没叫醒的时候，他很有耐心地一下接一下地敲着，希望把人家敲醒，等到里面的人真的醒了的时候，他不禁又有些害怕，担心自己来得早了，陈蛮会不高兴。

果然，听见陈蛮在里面一边穿衣服，一边嘟嘟囔囔地说：

“真他妈的！连个觉也不让睡。”

其实，那时候天已经大亮了。父亲看了看不远处的山，山上很亮，毛茸茸的。有人用白石头在上面垒了一些东西，有的像井，有的既像一段墙，又像是坝，看不出是什么名堂。还有一些分岔的小路，又白又细。

一只鹰在山间飞着，像是谁扔起来的一块黑布。

牛车正在经过。

骑自行车的人耳朵后面别着白白的纸烟，逃命似的用力蹬着，在黄白的路上嗖嗖地闪来闪去。

一阵乱七八糟的声音响过以后，商店的那两扇刷着绿油漆的门终于开了，父亲拎着瓶子走进去，看见陈蛮正在一边穿衣服，一边努力地从睡意中挣脱出来。父亲看着陈蛮，年纪不太大，穿得倒还挺复杂，一层一层的，整理好一层后，打一个哈欠，再整理好一层后，又一个哈欠。打完哈欠后，又想打喷嚏，嘴张开，眼睛闭上，脸上出来一种很奇怪的表情。父亲等了一会儿，也始终没见他把那个喷嚏打出来，只看见陈蛮闭上了自己的嘴，系好最外面的一条裤子，向柜台里面走去。

“你还是打吧，慢慢地打，等一等，把它打出来。我不着急。”父亲看着陈蛮说道。他知道，该出来的东西要是不出来，再顺原路憋回去，人会很难受的。

“算了，以后再说吧。”陈蛮说，“它出不出来，我也没办法。”这样说的时候，陈蛮一时觉得那也可以算是一种引诱，另一种引诱，看见你把嘴张开了，眼睛也闭上了，什么都准备好了，万事俱备，它却又缩回去，再也不出来了，怎么等也等不出来，让你真正白忙活一场。

“又是半斤煤油？”

看见那个十分熟悉瓶子后，他有些扫兴地问道。

父亲把手里的瓶子放了上去。

“您老也真是的，这会儿天刚亮，又不需要点灯，新的一天还没有开始，非得起这么早出来打煤油，非得把我闹醒。”

父亲告诉陈蛮，他的眼睛不行了，日头一落，就看不清东西了，那时候别说走路，出来买东西，连东南西北也分不出来了。

“那半上午呢，那半下午呢？那不都是出来打煤油的大好时光吗？我又不跑，我每天都在这里守株待兔，我能到哪里去？”

听见陈蛮这样说，父亲心里开始翻腾，隐隐地觉得自己有点儿像一只性急的山羊，天还不亮的时候，就要闹着从圈里出来，地上的草还是黑的，他早早地出来到底是为了什么呢？

他不太敢与陈蛮对视，目光滑到陈蛮的身后，那里有一只鼓鼓的麻袋。陈蛮其实不是一个蛮横而又不讲理的人，名字叫蛮，人却正好相反，为人做事很有分寸。以前，父亲每次来这里买东西，陈蛮都要和他开开玩笑，那时梅梅还活着。陈蛮常说，女儿在外面给你挣大钱呢，该买什么你就买吧。但自从梅梅死后，陈蛮再没有说过类似的一句话，也不再和他开玩笑了。陈蛮肯定也隐约知道点儿什么。

柜台里面咚地响了一声，陈蛮已经把煤油打上来了，通过漏斗，灌进了他的那个瓶子里。

“多了，陈蛮，不止半斤了。”

“就这样吧。再倒回去又得弄我一手油，我还得洗手。”

父亲掏出昨晚母亲给他的那几张钱，拿在手里看着，数了几次。

“别盘算了，我只收您半斤的钱。”陈蛮说。

父亲松了一口气，把钱放在柜台上，但陈蛮仿佛没有看见。

“您也真是的，每次都半斤半斤的，您就不能多买点儿吗？”陈蛮一边擦手，一边对他说，“我早就劝过您，赶紧想办法弄一笔钱，把这一桶煤油都搬回去，也省得您经常往出跑了。没有人手帮忙，我亲自给您送货上门，这样一来，我也就省事了，反正用煤油的就您一家。这都二十一世纪了，谁还在点煤油灯？整个地球上也没有几家了。”

“那得要多少钱？”

“用不了多少。这是煤油，又不是酒。”

“那也不行。”

“我敢说，现在世界上也找不出几个还在卖煤油的地方了，我这里算一个。您知道人们在说我什么吗？说我这个商店是一个最落后最腐朽最没出息的商店，和以前的供销社差不多，甚至没什么两样。为什么？人们为什么会这样说？就因为别人都早已不卖煤油了，而我还在卖，就因为这些倒霉的煤油，我成了一个不识时务的人。年轻一点的人都不愿意来，开商店，开饭店，没有年轻人的光顾，就等于完了。如果指望那些老头老太太们来花钱，所有的大饭店小饭店，大商厦小商店，一切的娱乐场所，都得关门，不关是不可能的……人们从外面进来，鼻子里闻不到别的，放着那么多好吃的东西，那么多好闻的东西，他们都闻不到，首先闻到的就是一股一股的煤油味。过去的供销社不就是这种气味么？”

“煤油味不好闻吗？”

“当然不好闻，那还用说么。”

“陈蛮，我要是有钱，我就把这一缸煤油都买走，搬回我的家里去，让你这里变得干净好闻，变成一个真正的商店。”

“您要是有钱，还要搬一缸煤油回去干什么？像其他所有的人一样，直接点电灯不就完了么。”

陈蛮一提到电灯，让父亲的心里突然亮了一下。记忆中的光芒是那样的明亮，甚至刺眼，以至于让他感到有些难以适应，不得不眯起眼睛，虚虚地面对着周围的世界。他想起了那个冬日的午后，天早早地就暗了下来，他披着一件棉袄出了门，与迎面而来的冷风和一群羊走在一起，大羊们都默不作声地走着，几只小羊咩咩地叫着，像即将要回家的孩子一样跑来跑去。是他主动去找电工的，要求把家里的电线剪了，电费实在是太贵了，让他们承受不起。明亮的日子是需要用钱来供养的，没有那个源头，是无论如何都亮不起来的。每天晚上，灯一亮，他和母亲就开始心跳，哆嗦，面面相觑，它亮多久，他们就会被折磨多久，熄灯以后好长一段时间，仍然不能平静下来，两个人都觉得是在作孽。电真是一种奇怪的东西啊！它那么长久地一眨一眨的，贼亮贼亮的，究竟在干什么呢？他们不太明白。他们只是在想，要是有儿子，就给他起名字叫电，或者叫贼亮，那样一来，他们的日子自然就被照亮，家里家外都是亮的，很少能看见泪影在家里到处涂抹、扩大，黑黑地蹲伏在那里，长长地躺在那里。电工一开始觉得他有病，没时间听他说胡话。后来知道事情后，说，没有了电，黑灯瞎火的你们能干什么？什么也干不成！真是胡闹呀！你们等于又回到黑暗的过去了。他说，黑就黑吧，我们不怕黑，别的对付不了，黑还不能将就么。这可是你们要剪的，别说我欺负老年人，也别把村里捎带上，这可是远近都知道的文明村哩。电工老大不情愿地把正在傍晚的冷风中呜呜地叫唤着的电线剪断了，就那么咔的一下，家里马上就黑成了一片，许多熟悉的东西立即都不见了，连轮廓也没有了。电工摸着黑从梯子上下来，又用黑色的胶布将露出的一截铝线缠了起来，看也不看，眼睛望着别处，完全是凭着感觉在缠。并说以后如果还想通电，还想过亮堂堂的日子，只需和他说一声，把这个解开就行了。父亲嘴上应着，心里在说，哪里还有以后，没有以后了。接着，又把灯泡拧了下来。灯泡刚到了他手里的时候还是热的，像是刚从炉灰里扒出来的一个土豆，十分烫手，后来渐渐地凉了，恢复成一种纯粹的玻璃。

以后，不定是什么时候，有时会从他的记忆深处，从一个很远的地方，会传来"嘭"的一声，声音虽然十分沉闷，但每一次他都能清晰地听到。

"今天，我也算是正式通知您，卖完这些煤油以后，我无论如何再也不卖了，坚决不卖了。您点灯，得靠自己想办法了。”

陈蛮说得坚决，果断而严肃，不是在信口开河。从那些话里，父亲听到一阵惊慌的风声，一路卷过来，把所有的灯都吹灭了，包括他心里的几盏灯，也全都灭了，灯头上只留下一缕一缕的青烟，很快也都虫子般地窜走了。随后，黑暗又漫过他的身体和衣服，罩在他的周围。

“我要卖香水，各种各样的香水。”他听到陈蛮说。

陈蛮后来又说了一些，父亲都没有记住，只记住一点，陈蛮说要让人们都往他这里跑，要把人们都香死，在香气中幸福地死去。

幸福地死去……

以后，很长的一个时期内，父亲时常琢磨着这句话，他想象不出那是怎样的一种情景，一个人在最后所剩不多的时光里，怎么可能会遇到那样的好事？一生都没有遇到，剩下最后一点儿时间怎么会遇到？凭着一种模模糊糊的感觉，父亲相信没有人能够遇到那样的好事，没有一个人会是怀着一种幸福的心情闭上眼睛离去的。相反，大多数的人的心里都泥泞极了，苦涩极了，乱草遍地，晦暗无光，乌鸦在不远处的树上看着你，一声一声地叫着……你曾经认识过那么多的人，各种各样的人，但临到最后，送你上路的，看着你离去的，只有穿着黑大褂的它们，和它们的声音。

……

回去的路上，父亲把手里拎着的那个瓶子举起来，借着阳光，看清了瓶子里的油的高度，公平一点儿说，他觉得至少有六七两。父亲边走边想，每次都是半斤半斤的买，但每一回都不少于半斤，这或许也是让陈蛮下定决心不再卖煤油的一个原因，至少也算是一个小原因。比他年轻好几十岁的陈蛮，不单在这件事情上，在别的事情上也从来没有克扣过他，也从来没像别人那样与他计较过。可是，这样卖煤油，对于还很年轻的陈蛮来说，真的又有什么意思呢？

很快又想起那些清凌凌的煤油，还有一大缸呢，光是他一个人去买，短时间内是不会买完的，至少也得延续上好几年。几年以后，他们还在不在这个经常令人难堪，让人觉得羞辱、乏味、无聊、吃力，而又光怪陆离的世界上呢？说不定不等那些煤油全部卖完，不等看见缸底，他们就已经不在了。闭上真正疲倦的眼睛，一走了之，永不再回来。那样最好，不管陈蛮还卖不卖，他们这里反正是已经不再需要了，再也用不着点灯了，再也不需要任何一点儿亮光了。那样一来，年轻的陈蛮也就完全解脱了，可以想卖什么就卖什么，不想卖什么就不卖什么。很长时间以来，尤其是最近一个时期以来，父亲经常觉得自己能够看见几年以后一种情景，他与母亲将和那盏油灯一起熄灭，他们曾经住过的屋子从此永远废弃，变成一个黑洞洞的地方。用不了多久，没有人进出，打开的门窗上就会结出一个又一个的精致紧密的亮晶晶的蜘蛛网，荒草在院子里不知不觉地成长起来，半人高，一人高，草里刷刷地出没着影子一样的野猫，白蝴蝶在草上面一闪一闪地飞着……刮风的时候，院子里的草齐刷刷地向一边倒去，那两扇破败的木门会呱嗒呱嗒地响着，发出怪声怪气的叫声。

父亲没有把那件听上去不太好的事情带回家里去，更没有打算与母亲一起分享，光是母亲的病，已经够他们品尝的了。快到家门口时，父亲忽然觉得他已经把那个坚硬如铁的东西完全消化了，靠的仅仅是他独自一个人的力量。事情是在不知不觉中悄悄地结束的，并没有经过太大的冲突和较量，最后的结果，既没有化成灰，也没有变成烟雾，而是像一颗流星一样，很快就划过去了，没有留下一点儿痕迹。想到自己能够把一件事情消化得这么干净，这么利索，这么彻底，父亲又惊讶又高兴，顿时变得轻松起来。“我还是多少有点儿用的。”他想。暖黄暖黄的太阳照在周围一带的房子上和墙头上，路上有狗和孩子在蹦跶，吱吱地叫着，分不清是谁在叫。

他只想把该带的东西带回去。比如手里拎着的这瓶煤油。

回到家里，他把瓶子放到两口缸之间的一个空隙里，又往里推了推，这样看上去就稳妥多了。有一次，他马马虎虎地将刚拎回来的瓶子立在一个墙角里，又虚张声势地在上面苫了一张纸，结果瓶子很快就被从外面跑进来的鸡用翅膀打翻了。鸡只顾兴奋地扇动自己的翅膀，完全不管也没有考虑到他的煤油。油流在地上的时候，他觉得他身上也正在同时往出流血，咕咚咕咚地冒着。他在衣服口袋里翻了一会儿，翻出七八个米粒，撒在地上，等鸡欢快无比地再跑过来的时候，他顺利地捉住了它。那是他们剩下的唯一的一只鸡了，尽管总是吃不上什么，但也娇惯得很厉害，连骂也很少骂，遇到外面刮风下雨的时候，还和他们一起在屋里的炕上睡觉，怕它夜里着凉，还要给它身上盖点儿东西。它醒得比他们早，天还黑茫茫的时候，它就醒了，抖掉盖在身上的东西，精神抖擞地站起来，不会啼鸣，但也能够用咕噜咕噜的声音将他们吵醒，让他们知道天亮了，或者天快要亮了。他捉住它，又把它的翅膀从后面反剪起来，这使它看上去如同一个被五花大绑的人。之后，他一手握着一把刀，一手拎着鸡，去与她商量。“我没有别的意思，我只是想让它长个记性。”他说。那时候，母亲正在窗前，借着外面的亮光在缝一件总也让他看不出是什么名堂的东西，她一针一针地缝着，相当平静地对他说：

“顺便把我也一起吃了吧，我也需要长个记性。”

现在，他看见她穿戴得整整齐齐，正在擦拭着那只灯罩。

屋里的几扇窗户她都打开了。他们站在风里，不断地闻到家的味道和从外面进来的树木的清苦的气味。

“今天初几?”

听到母亲的问话，父亲愣了一下。

“我也不记得了。”他说，“应该是十几了，十二三，十六七……”

“我记得好像是初八。”

“我记得不像是初八。”

母亲穿着黑衣服，这使父亲觉得她像个影子一样在屋里到处飘来飘去，很多地方都有她的影子，都有她留下的气息。几个月来的等待和忍受让她的身上浸满了药性，也使她本人变得如同一株药草，尤其是当有风吹来的时候，她仿佛是在随风摇曳，鹅黄的花瓣在风中一片一片地落下。

父亲在院子里修理了一会儿自行车，像以往任何时候一样，修理后的结果仍然不能让他感到满意，似乎越修越不灵了，每一次都是朝着坏的方向在下滑，出溜，他不知道那是怎么回事。他听到它还在嘈嘈杂杂地响，像远处传来的人声，有的地方倒是不响了，但从此也就再也动不了啦。

后来，母亲也从屋里出来了，她坐在门口的一只凳子上，梳理着她的头发。梳一会儿，眯起眼睛看看太阳，又看看父亲。阳光黄黄的，但到了山间那里又成了青蓝色的，在那一带水一样地涌动、流淌。院子里和墙上都有麻雀蹲在那里，她看到的是麻雀，耳边听到的却是画眉鸟遥远婉转的叫声。

父亲蹲在那辆无药可救的自行车前。

后来，他忽然对她说：

“有一件事，你帮我想一想。”

她停下梳子，看着他。

“我最后一次带着梅梅进城，是哪一年？”

她直起腰，看着正在黄色的阳光里飞来飞去的一只黑黑的大鸟，认真地想了一会儿，然后告诉他说：

“是在她十二三岁的时候。”

“有那么小吗？我记得好像比那还要大些。”

就是那么小，甚至比那个年龄还要小些。他骑着自行车，梅梅坐在后面，也有可能是坐在前面，一路上叽叽喳喳地不停地和他说话，什么都问，什么都想知道。原野上山花烂漫，从山冈上吹下来的风像一张张透明的纸一样，永远都看不见，却时时都能感觉到，轻声细语地过来在脸上蹭一下，然后很快就又跑远了。

那时候城里灰极了，临街的几个商店和饭店里都还生着又大又笨重的炉子，很多的苍蝇和要饭的也都在里面坐着，一到吃饭的时候，就都闹腾起来了，行动起来了，谁说也不听，好像没有人能管得住他们。那时候，谁也看不出那个城在后来会变得那样的五光十色，所有的要饭的在一瞬间都被扫地出门，与垃圾一起来到垃圾桶旁。那些人真的是被扫帚扫出去的。

那时，城门还在。走进城门里面后，他对梅梅说：

“这么个灰地方，有啥意思。”

女儿却不这么看。她说：“就有意思。”

女儿说有意思，那就有意思吧。于是，他领着她尽量地到那些他觉得没意思而女儿却认为有意思的地方去走，去看，那真的是他最后一次带着女儿进城。后来，过了几年，梅梅就不需要他领了，她开始自己进城了，她考上了一所艺专。经常来往于家和学校之间。还没有毕业，梅梅就被一位大胡子导演，一个看上去更像是杀猪卖肉的人给挑走了。梅梅是千里挑一被挑走了，和她在一起上学的同学都羡慕死了。以后，过了一些年，又过了一些年，每次见到女儿后，他们夫妻两个的心里都会觉得惶惑极了，也陌生极了。

好几个月前，得知梅梅在医院里，他去了，去了以后才知道，他的梅梅和另外三个女子都在医院的冰柜里放着。到底也没能见着梅梅，他们都不让他看，也劝他不要看，已经冷冻了很长时间了，和刚放进去的那时候比起来已经完全不一样了，现在已经变得像钢筋或水泥。不是不让看，实在是不能再看了。一位女干部对他说，就把你女儿从前的样子永远地保存在你的记忆里吧。他当然记得他的梅梅是什么样子的，但他不明白为什么要冷冻那么长时间。一位律师说，情况很复杂，相当复杂，肯定还得继续在这里冷冻一段时间，必须等官司打完以后，才能最后火化。

“和谁打官司？”他问。

“被告。”律师的嘴里只吐出两个字。

律师的话让他彻底糊涂了。他不知道谁是被告，怎么又出现了被告？是从哪里出现的，是什么时候开始有的？那位律师说，如果官司打赢了，他们这四个家庭都有可能获得一笔赔偿，也算是他们的女儿们给他们送上的最后一笔养老金，也算是不枉从小拉扯她们一场。

他在医院的护栏外面坐了一夜，一个人哭了一会儿，天快亮的时候，才开始动身回家。

路上，他边走边想，这么个灰地方，有啥意思哩。

快出城的时候，他忽然听到一个声音。

“就有意思。”

他猛地抬起头……是梅梅的声音，是女儿那清晰的声音，远在她十二三岁时的那个夏天里一闪一闪地亮着……原野上山花烂漫，从山冈上吹下来的风像一张张透明的纸一样，永远都看不见，却时时都能感觉到，轻声细语地过来在脸前蹭一下，然后很快又跑远了。

一个名叫老鹰的人，是汉家营粮站的仓库保管员，但他的真实身份却是一个听说能够在暗中同时往来于阴阳两界的人。老鹰通晓阴阳，在两界行走，如同他去粮站值班或值完班回家一样随意、自如。任何一个人，如果渴望与他们死去的亲人见上一面，看看他（她）在那边过得怎样，是否幸福，是否还像生前一样遭罪或不遂心，在老鹰的带领、引导和帮助下，最后好像都能够如愿以偿，回来后就放心了，或者更加思念。时间必须是在晚上，在夜深人静以后，老鹰和你睡在一起，紧紧地挽着你的手，然后熄灯，一起闭上眼睛。看似睡着了，实际上老鹰已经领着你朝那个方向去了，已经走远了。要是遇到困难一点的，不太好找的，老鹰就会事先把自己脱得赤条条的，一丝不挂。老鹰说了，你也得全脱，这是保证成功的先决条件之一，不管你是谁。用不了多久，老鹰就会带你来到一个地方，城门巍峨，城墙蜿蜒，周围是蓝色的草，蓝色的树，蓝白两种颜色的花，蜜蜂、蝴蝶、燕子，飞一会儿，停一会儿。城门内的街道和房屋也都是蓝乌乌的，小桥和回廊也映照着青蓝，只有沿街两边的木板显露出一排又一排的朱红。你看见老鹰的头上出着汗，像是包子店门前的团团白气，在那蓝乌乌的城内，老鹰一点儿也不敢耽搁和拖延，四处奔走，到处打听、询问，有没有汉家营的？有没有从安平堡来的？几个月前才来的，二十八九岁，女的，瓜子脸，单眼皮，不太爱说话，眼神忧郁？对，是细高的身材，看上去很瘦。不一会儿，你日夜思念的亲人就被老鹰打听到了，寻访到了确切的下落。这时，老鹰才顾得上喘一口气，擦擦脸上的汗。很快，他（她）就出现了，一听说有人来找他（她），来看他（她），很快就来了。沿着那条蓝乌乌的街道，像一片云彩一样向你飘来。你看见他（她）还是从前的样子，没怎么变，只是不知怎么回事，心事看上去反倒比原来更重了。

要说尊重人，老鹰也尊重，不是说完全不尊重，完全目中无人。只是在有过无数次那样的经历以后，老鹰这个人从里到外都发生了极大的变化，他确实不再能够把很多人放在眼里，无论是什么身份、什么级别的人，无论贫富与否、漂亮与否、荣誉大小与否，在老鹰看来都不重要，都是一样的，根本没有什么高低上下之分、强弱之别。

无论看谁，老鹰看到的都只是一捆绳子、一团乱麻、一堆白骨、一摊血，显映在他眼里的只有这些。

在日常生活里，老鹰只对一个人充满了敬畏之情。

那个人是安平堡的一个放马的人，五十多岁了，名字叫双马，平时很少与人说话，每天放马，哪里青草多、水多，就去哪里，经常一个人坐在山上，看上去像一块奇形怪状的石头。老鹰一开始只是认识双马，完全谈不上什么尊重与敬畏，只是在一次偶然的阴阳往来中，老鹰在那个蓝乌乌的世界里突然看见了双马，双马位高权重，高高在上地坐在那里，发号施令，接受朝拜，山呼海啸。老鹰有些惊呆了，他只是躲在下面的一个角落里偷偷地瞻仰了一下双马的丰采，很快就被旁边响起的一声断喝赶离了那里。自此以后，老鹰开始了对双马忠实的朝拜，没事就往安平堡跑，不管刮风下雨，有时候路上泥泞，无法骑自行车，老鹰就冒雨步行跑着去，黑黑的一团一路上展翅飞翔。双马的女人去世后，双马一直没有再娶，独自一个人与他的几匹马生活在一起。如果在双马家里找不到双马，既见不到人，又见不到马，老鹰就知道双马一定又是出去放马去了，有时在山上，有时也会出现在河边的浅草滩里。在那两个地方，老鹰每次都能找到双马。他让双马在一边休息，他自己帮助双马放马，牵着马到河边饮水，给马的身上撩水、洗澡，耐心地梳理鬃毛，回来后还要帮助双马切草，准备好夜里的饲料，把饮马的石头槽子洗刷干净，里面再放上清水。所有这一切，老鹰都是任劳任怨，心甘情愿地去做的，因为那能够让他感到安心、踏实、幸福。另外，每到逢年过节的时候，老鹰都要准备一份厚厚实实的礼品去看望双马。每次见面的时候，双马都郑重地严肃地告诫老鹰，无论在哪里看见什么，都不要随便乱说，更不能告诉任何人。事实上，这些事用不着双马一次次地吩咐，老鹰早已铭记在心了。只有一件事，让他们两个人都感到有些不安，老鹰这样频繁地来看望双马，频繁地来往于汉家营和安平堡之间，完全没有道理，一个粮站保管员，为什么要拼命地巴结一个放马的人？没有人能够理解，人们只是感到奇怪，不可思议。后来，双马想出一个主意，对老鹰说，你就做我的亲戚吧，有人问起时，你就说你是我的外甥，老鹰说，这就对了。自从有了这层虚拟起来的关系以后，于情于理，一切都变得通顺而正常了，不再担心会有人说什么。

老鹰是吃过晚饭后来的。事先，按照老鹰的吩咐，母亲洗了澡。在等待老鹰的那段时间里，父亲和母亲的心里都很乱，他们一会儿坐着，一会儿又无缘无故地站起来，等站起来后又发现并没有什么事情要做。于是，看着窗户愣了一会儿神，又坐下了。

他们互相看着，当其中的一个人开口说话时，忽然发现对方似乎也正准备开口，于是就闭上嘴，等对方先说，而对方那边的情形也一样。这样一来，结果是两个人都没有开成口，都没有说什么。

父亲把瓶子里的最后一点儿煤油都倒进了灯里，又把火柴握在手里。只等老鹰从外面一进来，立即将灯点亮。

当晦暗的院子里响起一阵脚步声时，父亲已经划着了火柴。

老鹰其实还很年轻，三四十岁，只是眉毛有些稀疏，这使他看上去比实际的年龄要大一些。眉毛是人脸上很奇怪的东西，就那么简单的两撇，以为不重要，可是，你要是没有了它，你就会走样，会变得难以辨认，连熟悉你的人也很难认出你来。因为与从前比起来，你已判若两人，少了一些熟悉的东西，又多了一些让人觉得奇怪而又可怖的东西。

老鹰说，他一般不愿意做这种事情，能不做就不做。看见他们都迷惑不解的样子，又进一步解释说，做这种事情，等于是在与天地叫板、较量，甚至公然挑衅，对人的身体伤害极大，另外，寿命也会被打折扣，每干一次，至少要少活两三年。虽说这并不是一件伤天害理的事情，但也会让人越干越心虚。一次一次加起来，寿命会减去多少？两三年两三年，看上去不多，也没什么，可一个人一生能有几个两三年？谁的命也禁不起这样慢慢地一点一点地被剥削，好多个两三年加起来，那就不再是两三年了。又说，神鬼最憎恨他们这种人了，就因为他们知道其秘密，又熟悉所有的路径，明白门朝哪里开，风从哪个方向吹。

父亲说：“那以后就不要再干了。”

“不行了，到了这个时候，想再不干也不行了，已经刹不住了。”老鹰说。

“我们没有钱给你。”父亲老老实实地说道。

“我不要你们的钱，我不是为了挣钱才来的。”老鹰说，“再说，你们能有什么钱！我不缺钱，我一顿饭就要吃去很多。有一次，我请一个女人吃饭，一开始还忸怩，吃到后来，她已经完全想不起她自己是谁了，开始说昏话，说胡话，非要跟我，还说要永远跟我在一起。我说，‘不行，那可不行。’那怎么能行？不行。”

“又有一次，一个女人，一进来就直眉瞪眼地说：‘我不脱裤子。’”

“我一听就火了，我对她说：‘谁让你脱裤子了？我什么时候让你脱裤子了？我说过吗？我说过让你脱裤子吗？’”

“也不打听打听我老鹰是谁？她想脱，我还不给她这个机会呢。”

父亲和母亲静静地听着，后来都笑了起来。

后来，趁父亲出去的时候，母亲有些支支吾吾地问道：

“我也……都得脱了吗？”

“用不着。”老鹰摇摇头说道，“不需要。你只要紧紧地拉住我的手就行了，一定要拉紧。有一次，我就把带去的一个人给丢了。”

“丢了?”

“是的，怎么也找不见了。后来，费了很大的劲，托了很多关系，才终于找见。那一次，把我折腾坏了，至少让我少活五年。”

母亲突然有些害怕起来，眼光像灯火一样在摇曳、闪烁。

“放心吧，一般不会有事的。”老鹰宽慰她说，“只要紧紧地跟着我，不要分神，就不会有什么问题。”

母亲仿佛找回了一些平静，但眼里仍有东西在闪烁。

更晚一些的时候，父亲看见他们已经躺平了，炕上只有他们两个人。母亲的手和老鹰的手紧紧地挽在一起。

看了一会儿，父亲小声问道：

“你们开始动身了没有?”

屋里静极了，只有父亲一个人的声音在回荡，他没有听见他们的回应。老鹰和母亲都已经没有任何声音了。他凝神听了一会儿，连他们的呼吸也没有听到，只看见他们直挺挺地躺在那里。

又等了一会儿，看见他们还和先前的时候一样，两个人的脸上都罩着一层奇怪的苍白孤寂的颜色，完全是一副死相。

于是，父亲又一次小声地问道：

“已经上路了，是不是?”

没有人回答他的话，他有些紧张地停留了一下，然后轻轻地掩上门，走了出去。外面黑极了。

早就动身了。他边走边想。这会儿已经在路上了，已经朝着那个方向去了，他听到附近一带的树木在摇晃，簌簌地响着。

老鹰说过，天亮前他们一定回来。

在窗户外面站了一会儿，屋里还是一片死寂。父亲觉得身上有些冷。这以后，他推开旁边的一个门，一个人睡觉去了。

想了一会儿老鹰的为人，又想了一会儿梅梅。后来，不知不觉地就睡着了。

天快亮的时候，他们都起来了。

屋里已亮起了灯。

父亲进去的时候，看见老鹰正在喝水，母亲也在喝水。他们两个人看上去都风尘仆仆，都是那种经过长途跋涉后刚刚归来的样子，奔波和劳累已将他们完全浸透、涂染，他们的脸上和身上，甚至目光里，都显露出明显的掩饰不住的倦意。老鹰正在喝第三杯水，连母亲也是第二杯了，他们咕咚咕咚地喝着，像是渴了多年。

"辛苦了。"父亲对老鹰说。

"这一次不太理想，"老鹰说，"雾太大了。"

"雾？那边起雾了？"

"对，起雾了。"老鹰放下手里的杯子，说道，"也不知那雾是怎么起来的，一起来就大得不得了，满天满地，三五步以外就什么也看不见了。"

早晨，太阳出来了。

老鹰离去后，母亲重新躺下，闭着眼睛。父亲坐在母亲的身旁，他说："就那么一个女子的背影，你怎么肯定她就是梅梅？”

“我觉得就是，她就是我们的女儿。”母亲说。

“我看不一定，哪会那么巧。”

“我叫了几声她的名字。”

“她回头看你了没有？”

“她好像没有听见。”

“你和她离得多远？”

“我在一座桥上，她在桥的那头。桥不长，像是石头的，又像是木头的，一看就是旧的，好像有几百年了。我还听见桥下有水在哗哗地流。”

“你应该走到她身边去。”

“我想过去，可我一往前走，她也就开始往前走，始终撵不上。我想起她小的时候有一次和我生气，就是那样的，她在前面走，我在后面走，一直给我一个背影，一直让我撵不上她，叫死也不答应。这一回，她像是在水上漂，我就更撵不上了。”

“你这么一说，我觉得她有点儿像梅梅了。”

“她就是梅梅。”

“她真应该停下来和你说几句。”

“真应该让老鹰带着你去，让你亲眼看看那是怎么回事。”

“老鹰？其实我们应该叫他小鹰。”

“你能把老虎叫成小虎吗？能把老鼠叫成小鼠吗？再小的老虎，也是老虎，再小的老鼠也得叫老鼠，如果非要按你说的那么叫，那也只能叫小老虎，小老鼠，小老鹰。”

“这太麻烦了，还是就叫他老鹰吧。”

快晌午的时候，他们又想起了老鹰。

“老鹰说有雾，真的起雾了吗？”

“还是一场大雾。一开始还没有，世界是一个清明瓦亮的世界，就是看上去多少有点儿蓝。有的地方深蓝，有的地方瓦蓝，有的地方是胡麻开花后的那种蓝。一看见胡麻花那种蓝，我就踏实了，好像又回到了家里，坡上，梁上，一地一地的胡麻都开花了，画眉在叫，白翎也在叫。走着走着，听见老鹰忽然说：‘看，起雾了。’我一看，真的是雾来了。铺天盖地。我们平常看见的雾是白的，白茫茫的，而那里的雾好像掺进了许多的蓝颜色。我听见老鹰自言自语地说，‘坏了。可闹坏了’。”

“啥坏了？”

“不知道。他再没说。”

“雾也是蓝的？”

天连阴了两天。那两天里，白天都像是晚上，墙头上，门后面，山墙下，很多地方都长出了一片一片的绿苔和又白又细的豆芽一样的根茎。风有时候来得很慢，如同一支出殡的队伍，游游荡荡地过来，有时候又像用大锯锯木头一样，像鼓风机一样。每天早晨的时候都有雾，看不见牛和车，只听见牛车在大雾里吱吱地响着，总也不见出来，仿佛一直在原地走着。雾里还有脚步声，在很轻地走，走一会儿，又停下来，不久又开始走，犹豫极了。还有人在咚咚地跑。

母亲告诉父亲，十一二岁的时候，有一次她跟随她的一位姑姑去一个地方，在路上走了很久，天气一会儿晴一会儿阴。晴的时候，看见透明的蒸气在一些地势很低的村子上面哗哗地流着，颤颤巍巍地跳来跳去，使那些村子着上去就像坐落在水里。后来，她们终于到了，是一个叫什么堡的地方。过一条小河的时候还没有雾，过到河那边，就看见蓝莹莹的雾把周围的一切都罩住了。那天晚上，已经很晚了，她还没有睡，手里冒着汗，不时地听到村里有人在哭。一个比她还小两三岁的表妹悄悄地告诉她说，是鬼在哭。

“有鬼哩。”小表妹说，“我们村里真的有鬼哩。”

她刚想说什么，小表妹伸过来一只手忽然将她的嘴捂住了。

第二天，她和小表妹出去摘杏花，走进一条两边都是圆圆的青石头院墙的巷子里后，看到很多的杏花都从墙里伸了出来，一枝比一枝白。巷子里本来没有别人，但是她们很快又看见有一个人靠在墙上，正在无声无息地朝她们笑，那个人的脸像是从那道青褐色的墙上洇出来的。她看了一会儿，忽然感到她的头发全部朝上飞了起来，又看见小表妹的头发也在飞，飞得乱纷纷的。这以后，她们大声地哭着，开始在那条巷子里不断地摔跟头，杏花从墙上飘下来，粘在她们的头发上，贴在她们的辫子上。

回到家后，她还在哭。小表妹的父亲说：

“天黑了不要到那里去。”

“这是白天。”小表妹的母亲提醒说。

小表妹的父亲想了想，然后说：

“白天也不要去。就在咱们院子里玩吧。”

有一天，是个晴天，她们正在院子里踢毽子，忽然听见对面屋顶上的那些蓝色的瓦在咔嚓咔嚓地响。屋顶上没有人，但是她们能感觉到有人正在上面行走，把一片一片的瓦踩得吱吱乱叫。后来，她们看见有的瓦忽然离开了屋顶，像是有一只看不见的手将它们拿了起来，然后很愤怒地啪啪地往院里扔，扔下来的瓦在院子里都被摔碎了。她们跑回屋里，关上门，从门缝里向外看，看见还有瓦被啪啪地扔下来。又朝屋顶上去看，一直没看见那上面有人，只有一些直直立着的青草，是从瓦缝里面长出来的。

小表妹的父亲回来后，朝那个屋顶上看了一会儿，然后什么也没说，仔细地把院子扫干净了，又洒了些清水。

晚上，有了月亮。众多的星星在月亮的旁边。

还没有准备点灯，就发现屋里已经很亮了。父亲和母亲互相看着，都有些惊讶地看着对方。有一瞬间，他们两个人都以为是在一个宁静的梦里。母亲像是发现了一个秘密，首先说道：

“都已经这么亮了，还用点灯吗?”

“要是我们的油多得用不了，那也可以点。”父亲说。

“我觉得至少相当于一盏二十瓦的电灯。”

“不止，至少也有四五十瓦。”

“有那么亮吗?”

“以前，我们用二十瓦的电灯的时候，我经常看不清楚你，而现在，我能看清你了，总不会是我的眼睛又变得像年轻人的眼睛一样了吧?”

“我也能看见你了。”

说这话的时候，她是很高兴地在说的，内心里也浸满了皎洁的月光；同时，又抬起头认真地看着他。仿佛是第一次发现，他像一株枝叶都已发黄发黑的玉米一样站在她的眼前，看上去确实已经非常苍老了。这以后，她觉得身上的某个地方突然刺痛了一下，有一摊黑影来到了那皎洁的月亮地里。

有一次，他从外面回来告诉她，有人说他像一只瘦弱的老山羊。他自己也不知道自己像什么，从来就不知道。有时候，他不得不求助于她。

“我是不是看上去像一只老山羊。”

以前她觉得不像，但后来越来越像了，只是她从来没有告诉过他。

现在，他看上去是那样高兴，胡子一翘一翘的，仿佛见到了遍地的青草。

“我们再也不用为买煤油的事犯愁了，只要月亮出来，我们就等于有了灯，可以敞开用，更不必担心月亮上面会派人下来向我们收取照明费，至少，在我们离开这个世界之前，这样的事情是不会发生的。因为，月亮至今还没有归属哪一个国家。以后或许会变，但等到了那个连阳光月亮星星和风霜雨雪也要租赁卖钱的时候，我们早就不在了。”

“真到了那个时候，人活着还有意思吗?”

“他们要是觉得有意思，那就让他们有意思去吧。你想想，土地离我们最近，几千年来一直被卖来卖去。土地下面的石油，也被管起来了，因为能卖钱。还有海，谁说那就是他们的?空气是不能集中，空气要是能集中，有人也要把它囤积起来，然后一点一点地出售。你要想呼吸，要想活下去，就得不断地付钱给他，就得不断地去拼命挣钱。假如照这么发展，将来一定会有那么一天的。我想过了，月亮现在要是属于一个私人的，属于哪个部的，哪个公司的，我们坚决不用他的月光!我们宁可黑着过几年，一直到死。”

“我们还继续到陈蛮那里打煤油去，反正都是花钱。陈蛮对我们那么好，从来没有计较过。”

他们用手抚摸着照在炕上和墙上的月光，觉得眼前的时刻真正千载难逢，珍贵无比。

清明的月光使屋里的一切都变得宁静而安详，有的东西仿佛怕羞似的发光，用迷乱的光线加以掩饰。有的继续保持着本色，该黑的仍然黑，粗糙的继续粗糙，细致的还在细致。他们看到月光是有花纹的，有时又像树叶一样布满了筋络，只是用眼睛看上去觉得有点儿冷。

父亲出去捡了几块炭，又把它们砸成核桃大小的小块。已经很晚了，周围一带还有跳动的音乐和嘈杂的人声传来。

又有人醉了，正在大声地讲话。

一个从前和梅梅好过的年轻人在结婚，说起来也不年轻了，比梅梅还要大两三岁呢，就住在他们的前面。父亲上午出去的时候就看见了，人山人海，放着听上去很乱的音乐和鞭炮。汽车一辆一辆地开过来，在众人的欢呼与簇拥下，新郎抱着他的新娘回到了屋里。父亲回来后把他的见闻告诉了母亲，母亲对他说：

"人家结婚，你别往前蹭。"

"我没蹭。"父亲说，"我只是远远地看了一会儿，又不是我在结婚，我蹭上去干什么。"

"那年，和梅梅分手后，他还发誓说再不找了。"

"那不是一句话么。他还年轻，真要是再不找了，也说不过去。能一直拖到现在，已经很不容易了。"

"新娘漂亮吗?"

"我离得远，没看清。从婚礼的隆重程度上来看，我觉得她应该比我们的梅梅年轻。"

"很隆重吗?"

“我听旁边的人说，光酒席就摆了六十多桌，咱们周围这一带，除了我们院里没有，每一家的院里都有他们的酒席。我想，他是不好意思开口来我们院里设席。他要是提出来……”

“你会答应吗?”

“我会答应的。”

“我不答应，我不同意。”

他瞥了她一眼，看见她好像有些生气。不久，又看见有亮晶晶的东西在她的眼里闪动、打转。

每天，父亲和母亲都吃很少的一点儿饭，原则上能少吃就尽量少吃，有时甚至只是几口。他们想，吃那么多干什么呢?除了眼看着缸里的粮食在一点一点地下，一点一点地减少，又有什么用呢，保证饿不死就行了。

从早上起来，母亲就没有看见父亲。一开始她以为他又出去了，后来忽然听到他正在院子里讲话。

母亲来到窗户前，看见父亲正在与一群麻雀说话。

“我真的没有吃的给你们。”父亲对麻雀们说。

“你们来的也不巧，不是时候。”父亲又说，“要是前些年你们来，我还有东西能拿出来，能招待你们。”

“想落你们就在这里落一会儿，要是想找吃的东西，就赶紧到别处去吧。要是去晚了，两头就都误了。”

父亲站在那里，麻雀有的在墙头上，有的就在他的脚边。

看了一会儿，母亲来到门口，对父亲说：

“我有吃的给它们。”

听到母亲的声音，父亲有些跌跌撞撞地朝屋里走来，看见母亲拿出一个旧枕头，他吃惊地叫道：

“让它们吃这个？枕头也能吃吗?”

“你大概忘了它的里面。”

这个枕头早就该扔掉了，母亲一直留着是为了等将来有出殡的行列从门前路过时用它来焚烧，冒起青烟，为死者送行。现在，她用剪子将它剪开，父亲一眼就看到了里面那些多年以前的谷糠。

“拿去送给它们。”母亲对父亲说。

于是，父亲来到院子中央，将里面的谷糠全部倾倒出来，然后转身往回走。回到屋里，又站在窗前向外面看，看见先前落在各处的麻雀们都来了，密密匝匝地挤在一起，围着那堆谷糠。

母亲闭着眼睛，躺在父亲的身后，问父亲：

“它们开始吃了吗?”

“已经开始了，正在吃。”父亲边看边回答说。

过了一会儿，她又问他：

“它们还在吃吗?”

“不吃了。来了一群乌鸦，把它们撵走了。”

“乌鸦也来了?”

“不要紧，让它们也吃一点儿，看样子它们也是饿了。”

这样说的时候，他又看到那些麻雀并没有走远，很密集地落在墙头上，望着院里。于是，他告诉她说，它们正在耐心地等待，等把那些乌鸦都熬走了，它们就又可以下来吃了。

原载于《中国作家》二〇〇三年第九期

米黄色的朱红

一

这一带的树木以榆树居多。辅仁每次从附近路过的时候，总要习惯性地停下来打量一阵，还因为每次仿佛都有一个声音在挽留他，低低地把他叫住。

“过来，到这边来。”

于是，循着那声音的方向，他不由自主地走过去。声音是中性的，他听得还算是清晰的，甚至已经很熟了，只是一直很难分清是一个男人的声音还是一个女人的声音。走过去以后，他装着闲暇无事的样子站在那里。作为一名抚摸了几十年木头的木匠，他总是用很职业的眼光观察它们，欣赏它们，有时长久地站在那里注视着眼前的情形。树木有的稀稀落落，有的很稠密地挤在一起，杂乱无章地分布在河边和低缓的山冈上，还有一些长在人们的房子四周。他听到的那种压低的夹带着温和气息的叫声就是从那些地方传过来的。在他的眼里，它们老的太老，小的又太小，可以说都不成材，更难以成材。狭长的山区里到处都能看到这样的一些树，有的从一开始就长成了灌木的样子或阵势，以后就再也变不过来了，仿佛是命中注定的安排，使它们永远不可能也没有机会成为栋梁。组成灌木丛的小榆树是棕褐色的，有时甚至是绿色和浅红色的，表皮非常细腻，完全没有长大以后的那种乌黑与粗粝。

在那些苍老的大榆树的上面，安置着一个个黑黢黢的鸟巢，仿佛存在了几百年了。辅仁在那里站了一会儿，又向树上仰望了一阵。正要转身离去的时候，他的视线忽然抽搐了一下，完全是无意中发现的：他看到一些簇新的树桩。他的眼前飞快地跳了几下，又很快地浮现出一幅很生动的砍树的图景。他离开路边，向里面走了几步，看到里面也有。

天气并不很热，但他出汗了。

簇新而发白的树桩让木匠辅仁在这个夏天的早晨想起了一些受伤的人，它们像一些白森森的骨头一样使他的心情顿时变得沉重起来。他停住脚步，没有继续向树木的深处走去。

几片浮云在天上很快地走着，附近一带的树木被罩在忽明忽暗的光线里，看上去显得虚实不定、迷离斑驳，时而以一种茂密无边的景象呈现在木匠辅仁的眼前，但转眼又变得既疏远又空旷。

木匠辅仁脸色阴郁地站在路边。他意识到自己的心情在这个初看上去与往日没有任何不同的早晨出了问题。

不久，他看到有一个人远远地朝这边走了过来，终于等来一个人！木匠辅仁的眼里放出了光泽，立即变得激动起来。后来，当他渐渐地看清来人披着一件衣服，明白等来的竟是村里最重要的一个人时，他变得比先前更加激动起来。他感到自己的肢体在颤抖，急切的声音几乎是在尖叫：

“有人把树砍了！”

党支部书记贺林炸像一个负有某种秘密使命的巡视员一样正在慢慢地向木匠辅仁这边走来，虽然他并没有看见木匠本人，更不清楚木匠此刻心绪起伏，激动万分，有许多像早晨的空气一样新鲜而又重要的话要对他说。天刚亮的时候，他就从家里出来了，一边呼吸着早晨的空气，一边四处乱转。仿佛是出于庄重或某种难以言状的考虑，贺林炸总是习惯在身上披一件衣服，不管是什么季节。当木匠辅仁远远地看到他，还没有辨认出他的时候。贺林炸已经把大半个村子都巡视完了，甚至还去住在南边洼地里的几户人家那里转了一趟。那几户人家都是近年来陆陆续续地从附近的一些山上迁来的，原来都快穷疯了，日子很难再过下去了。自从迁来以后，慢慢地有了改变，眼里的动物般的凶光渐渐开始缓解，看人时，眼神开始变得正常，也柔和了不少。平日里，他们总像一台机器上的一个附件一样时常让贺林炸忽略，又时常让他不放心。就在今天早上不久前，他出去的时候，他们还没有起来。他只听到一个老人在咳嗽。还有一个女人正起来小便，他站在外面听到一阵急促的沙沙沙的声音。他听出是一个女人，因为他能够分辨出来，只有女人才会发出那种很整齐很统一的沙沙沙的声音，男人发不出那样的声音。

后来，当他出现在村边的这条大路上的时候，远远地看见树林子里水蒙蒙的，有一层稀薄的雾笼罩在里面。

又走了一会儿，他看见了站在路边的木匠。

早晨的光线照在树上。木匠辅仁的表情并没有引起贺林炸的注意。贺林炸披着衣服，极其简单而又马虎地向站在路边的木匠打了一个招呼，又继续往前走。那样的招呼，既不用语言，也不用眼神或手势，既不算问候，又不是招手致意，仅仅表示看见了。

沿途的露珠在早晨的油彩一样的霞光里闪烁着。

木匠辅仁冲动不已地来到贺林炸的面前，几乎是在哆嗦地说道：

“有人把树砍了！”

“什么？”贺林炸停下来。

“有人把树砍了。”

于是，他们来到那些簇新的树桩前。一个一个白色的茬口让木匠辅仁感到十分刺眼，如同在重温一个不久前刚刚逝去的噩梦。贺林炸看了一会儿，然后又向树木的深处做出一副眺望的样子。他对木匠说：

“看样子，恐怕里面也有。”

“不是恐怕，是一定有。”辅仁说。贺林炸这样的问法让他感到非常难过。事实就摆在服前，而他却说，“看样子，恐怕……”他想，什么叫看样子，什么叫恐怕？

“你又有活儿干了。”贺林炸看着木匠说。

“什么恶心的活儿！我宁可不干。”辅仁说，“更何况，他们要是把砍下来的树卖到别处去，我还能干什么？”

“卖到别处去？”贺林炸笑着说，“能卖到哪里去？这些弯弯曲曲的东西，还没有我的胳膊粗，没有人会要。”

“可是……”

“等着看吧，木匠，他们会烂在手里的。”

辅仁还想告诉贺林炸，树像是不久前才砍倒的，也许就在昨天晚上。另外，经验还告诉他……

但贺林炸已在早晨的霞光里渐渐地走远了。

木匠辅仁的脸上带着一种吃惊的神情看着远处。这时，一个身材短小的人如同从地里冒出来的一样，突然出现在他的眼前。辅仁看见是住在他后面的赵小个子。赵小个子望着贺林炸远去的背影，对辅仁说：

“我看八成是狗日的他干的。”

“他干的？”

“要不然他为什么那么不积极？一听说有事，马上就溜走了。要不是他干的，他就不会这样了。”

“不一定是他干的，他嫌它们长得弯弯曲曲的，还说那些树还没有他的胳膊粗。”

“你没听出他是在胡说吗？他能有那么粗吗？”

尽管这样，也不一定就能证明是他干的，辅仁想。但赵小个子的话也不能说没有一点儿道理。他们站在那些白色的树桩附近说了一会儿话。在这个夏天的早晨，赵小个子给木匠辅仁留下一种新奇而不乏智慧的印象。这个多年来一直被乡人认定是不成器的邻居，于无意中轻而易举地打动了一直对他抱有成见和恶感的木匠，并使对方由衷地相信每个人在某一方面都或多或少地有一种过人之处。这样的长处，哪怕仅仅是微小的一点点，也足以成为一个人活下去的理由，足以让人难忘。

二

从早上开始，木匠辅仁一直都在和他的女人议论那些消失了的树。也许正是因为它们那弯弯曲曲的样子，因而才一直在他的心里枝繁叶茂，久驻不去。它们仿佛在他的心里扎了根，水草丰盈，四处攀缘，连天接地，越长越大。树的形象长久地存留在他的脑子里，树枝一会儿变成坚硬深重的铜枝铁干，一会儿又柔软碧绿，不断地能拧出水来。绿色的汁液溅到他的脸上，让他感到既清醒又迷乱。贺林炸把他对于树木的耿耿于怀归结于他的木匠职业，任何一种职业，只要干得熟了，干得久了，都会产生出许多让人过敏的东西。他还举例说，如果今天早晨从这一带路过的不是他这个木匠，而是一位睡眼蒙眬的兽医，情况就不一样了。他相信兽医即使有二十只眼睛，也决不会注意到路边的树林里比往日少了几棵树。兽医的视线里和脑子里都不会有树生长出来，更不可能出现白色的树桩，他会像一只匆匆而过的鸟，直奔自己的目的地，捏捏牛的乳房，或者拍拍马的屁股。那些白色的树桩对渐渐走来的兽医或供销社的干部都构不成丝毫的影响，因为他们都没有看见它们，它们甚至是不存在的；它们只能让木匠本人感到刺激、晃眼，像一些白色的花朵一样出现在他的路上。

木匠的女人也不相信那些树是贺林炸砍掉的，她的理由是贺林炸什么都不缺，那些弯弯曲曲的树除了给他带来麻烦，对他再没有任何意义。

辅仁想起了赵小个子曾经对他说过的一些话，于是，他像掏一件熟悉的东西一样把它们从身上掏出来，对女人说：

“那些树，做家具也许不行，做柴火还是可以的。”

“你这个死木匠，脑子让胶糊住了。”女人对他说，“贺林炸一家人再也不用烟熏火燎了，他们早已告别了烧火做饭的时代。”

“不用火了？那他用什么做饭？电？”

“用气，用装在铁罐子里的气。”女人说，“我们的火焰是什么样子的？红黄的，又红又黄，又烟又呛，要多难看有多难看。人家的火焰是什么样子的？是蓝色的，青蓝色的，看上去又年轻又顶事。”

木匠看着自己的女人，忽然感到心里变得很乱。

到中午的时候，他们还在说那件事情。

有人从外面走进来，想请木匠去看一些他们存放了多年的木料，然后打算要做一副棺材。

木匠答应了，但又说自己头痛，不能立即过去。

来人走进院里后，先是趴在窗户外面向里面窥视，当发现屋里有人时，才走进屋里。制作棺材，对木匠来说是一件比较敏感的事情，它与做一个板凳或抽屉完全不同。要是在以往，木匠一定首先会问是谁死了。但今天木匠显得平静而又少言寡语，仿佛死人早在他的预料之中，他甚至连一些有关的必要的问题也没有问。做棺材，应该也有必要问清是谁要用，做板凳就不需要知道那些了，也没有必要问这个板凳是给谁做的，将来谁要坐，板凳大家都可以坐，谁都可以坐。棺材却只能固定给一个人用，不能大家都用，谁想躺进去就躺进去。

来人在屋里站了一会儿，眼前的情形多少有些沉闷而寂静，多少让来人感到有些压抑而束缚，屋里的气氛很像木匠两口子在吵架。来人眨着眼睛，努力地判断着、分析着，他很想听听他们在吵些什么，另外也很想出面制止，劝阻他们，希望他们不要再吵了，希望事情能因他的出面而很快有个了结；另外，也借此做个人情，顺便缔结一下友谊。

但等了一会儿后，却始终看不见他们在争吵，夫妻两个人谁都不说话。木匠用一只手托着低垂的头，像是在痛苦地回忆一件往事，又像是因疲倦而睡着了。木匠的女人不知在忙碌什么，一会儿出去一趟，一会儿又出去一趟。她来来回回地走，她的很丰满的身体牢牢地粘住了来人的目光，让那个人感到怎么也揭不下来。

来人又等了一会儿，还是不见他们争吵。

也许是要等我走了以后才接着吵。来人想。

既然这样，我也不用指望缔结什么感情了，我还是走吧。家里还有一大堆木头等着他回去料理。来人这样想着，悄悄地退了出去。

当脚步在外面消失以后，辅仁忽然抬起头，看着女人，说道：

“从早上到现在，你一直都在替他说话。一直都在为他辩护。我说他一句，你就替他辩护十句。”

女人的脸突然红了。停了一下，她说：

“我是在为事实说话。”

午后，她对他说：

“还不赶快给人家做棺材去，还等什么？”

这以后，女人开始精心地梳洗。梳完头以后，打开一瓶能使皮肤看上去显得白嫩的油，认真地涂抹到脸上和脖颈处，然后又均匀地揉开。接着，又像蛇蜕皮一样地脱下上午穿的一条裤子和袜子，聚集在她的胯骨和大腿上的丰富的脂肪让他吃了一惊。这一短暂的停顿让他把想要对她说的一句话突然忘记了。他茫然地坐在那里，有些走神。换好衣服以后，她又来到镜子前，扭动着身体照了照，然后打开门出去了。

屋里还流泻着她的气息，很浓烈地弥漫着。辅仁来到窗前，慢慢地推开窗户，将两只胳膊支在脸前。

事实是什么？他想。

他看见苍蝇和蝴蝶在院子里飞舞，又听见蜜蜂在嗡嗡地叫。

三

黎明时分，贺林炸的后墙被炸开一个窟窿。住在远处的人们还沉浸在梦中，没有听见。那种坍塌的声音把附近的一些人惊醒了。最先出来的是几个腿脚不太灵便的老头，他们的年龄大都在七十岁到八十岁之间，他们比贺林炸本人出来得还要早。他们拄着各种各样的拐棍，柔软的胡须在晨风中不住地飘扬、拂动。

就在他们互相争论究竟是谁最先听到响声的时候，贺林炸披着衣服出来了。他抽着烟，表情阴郁地看着后墙上出现的那个窟窿。

一个嘴里还残存着几颗旧牙的老头，对另一个完全没牙的老头说："你不算，因为你压根就没睡。"

没牙的老头说："你说我没睡就没睡？你怎么知道我没睡？"

"一整夜你都在来回翻腾，那也能叫睡觉吗？"

天上还有几颗稀稀落落的星星。

透过后墙上的那个窟窿，能看到屋里的一个漆成白色的柜子。

第二天又是一个黎明时分，在距离后墙不远的东面的山墙上又炸开一个口子。最先发现那面山墙在摇晃，颤抖的是一个早起的正在街上挑水的人，突如其来的爆炸声将他惊倒在地，水桶倾翻，桶里的水四处流泻、漫延。他坐在地上的泥水里，恍惚地感到火车来了，开进了村里。闻讯起来的人们远远地望着那些水，都不敢过去。谁也没有以为那是水，大家都估计可能是倾翻后的硫酸。一只不住哼哼的猪正要走到那片潮湿的地方去寻找吃的，被焦急的主人从后面揪着尾巴拽了回来。

猪的主人又气又急地对猪说：

“不要命了么？连硫酸也敢吃？”

又对自己的家人说：

“赶快把它弄回去，要不然它一会儿又过去了。”

山墙上的口子与昨天后墙上出现的那个窟窿有着惊人的相似之处，如出一辙，这样明显的结果仿佛就是为了要公开地证明什么。众多的麻雀在晨曦中变得金光闪闪，身价不凡，一群一群地不断地在人们的脸前和头顶上面飞来飞去。听不到它们的叫声，只能清晰地听到它们飞翔的声音，像一匹舒卷的布在风中抖来抖去。那两桶倾翻在地上的水把好动而喜欢刺激的人们害苦了，致使谁也不敢到处乱走，都规规矩矩地站着，只能运用各自的眼睛和嘴巴表达着一切。一位老太太为了防止自己的小孙子到处乱跑，不得不让人帮着用一根绳子把她的小孙子牵着，绳子的一头拴在孩子的手臂上，另一头则紧紧地握在她的手里。小孙子像一只不听话的难以驯服的小动物一样，不住地往前蹿，想挣脱绳子的束缚，他每动一下，绳子那头的老太太就要重心不稳地随着摇晃，踉跄一下。

以后的连续几天里，很多人一到黎明时分，就条件反射地醒来了。有的醒来后躺着不动，心明眼亮地等待着爆炸声的响起。有的默不作声地披着衣服坐起来，貌似平静地看着渐渐泛白的窗户。还有的人比较性急，干脆从家里出来，在院子里走来走去，不时地将头探到街门外，向寂静的街上张望。村子里好像是空的，谁也听不到别人的声音。卖杂货的小贩先是坐在水渠边守株待兔，后又因无人问津而走进村子的中央进行吆喝。不管他叫得多卖力、多动听，不管他在那里等多久，却始终不见有人出来买东西。他在村里遇到的唯一的人，与他的身份几乎一样，那是一个骑着一辆旧自行车走村串户收购皮毛的人。就在他忍不住要向对方打听一些情况时，那个两手空空的，同样也是一无所获的收购皮毛的人却抢先向他问道：

“这个村子里的人都到哪里去了？我走遍了每一条巷子，一个人也没有看见。”

过了不久以后，很快就有人将这种令人窒息的假象般的宁静给打破了。

有一天，爆破者突然放出话来说，前两次使用的都是极普通的硝铵，目的不过是为了起一种警示和敲打的作用。硝铵是一种比较落后的炸药，正因为杀伤力的局限，它早已过时了，几乎所有的工程也都早已不再使用它了。爆破者说，到目前为止，真正的烈性的TNT炸药还没有派上用场。至于TNT炸药是不是能够用得上，完全要看贺林炸本人的表现了，因为两次爆炸都是针对他的，他要是不投降或继续作恶，爆炸将再度开始，并永不停止。到那个时候，TNT炸药炸开的就不再仅仅是一个寻常的口子和一个普通的窟窿了。

很多人都没有见过那种炸药。人们奔走相告，互相打听，询问什么叫TNT？有个别的人甚至以为TNT是电视机或电视台的英文缩写。人们想象它的威力可能比普通的手榴弹或地雷要大得多，也厉害得多。至于它的模样和成色，人们除了感到茫然外，没有人能说得清。那些天，人们见面后都在讨论TNT，不断地猜测着它的性能，想象它的力量。回到家里后，一家人也要不停地议论，有时争得面红耳赤，甚至伤及感情。有的人想象它的成色可能类似尿素或炒面，有的人则认为有可能像肥皂，貌似平静而瓷实。只有少数观念顽固的人坚持认为它还是一种黑色的火药，像燃过的火柴或锅灰，只不过是换了个名罢了，内容和意思还是一样的。

四

他们提出要做一副七寸厚的棺材，这个尺寸把身为木匠的辅仁吓了一跳。经过一阵认真的核算后，他对他们说：

“那么厚的棺材，本身的木头已经很重了，里边再放一个人进去，恐怕六个人也抬不动。是的，抬不动。”

“那就八个人，十二个人抬。”他们说。

他看着他们，又看看身边的那些木头。

“放心地做吧。”他们对他说，“在我们的亲戚朋友中，升官发财的人没有，能够抬棺材的人还是不缺的，有的是。”

事实确实如他们所说的一样，他们的人手不少，连坟也早就挖好了，就在西边的山上，一片向阳的山坡上。坟的里面还砌了砖，挂了白灰，甚至还打算再做两扇能够对开的小墓门。小墓门之所以到现在还迟迟没有做，是因为他们家里的人在这件事情上有争议，存在着分歧。好几个人都不主张更不赞成给坟墓做门，主要是因为坟墓不需要像家门一样经常打开。那么，在那么一个地方平白无故地安上两扇门，浪费姑且不说，纯粹是一种摆设或样子，没有任何实际意义。但主张要给坟墓做门的人却说，就是要有一种样子，丧事中的许多环节和行为全都是为了一种样子，真的把两扇门做好了安上去，也并不是就有人经常要打开它，从那里进去或从那里面出来，要的就是那种样子。

在这个很大的弥漫着丧葬气氛的院子里，辅仁一边埋头干活儿，一边听他们在旁边争论，麻烦而琐碎的家务事让每个人都感到头疼，不耐烦。过了一会儿，他们终于把丧葬的事撇到了一边。

他听到他们在议论TNT炸药。

一个二十多岁的年轻人离开众人，向辅仁这边走来。年轻人过来后，用脚踢了踢地上堆积的雪白而凌乱的刨花，对辅仁说：

“喂，你见过TNT炸药吗?”

“没见过。”辅仁说。

辅仁正在专心地制作一个榫子，没有抬头。

这个二十多岁的年轻人是这家人的一个亲戚。两天来，这个游手好闲的年轻人一直在这里，尽管说是来帮忙的，但既不帮助干活儿，也不见他做什么，只是在院子里胡乱地瞎混。一会儿抽一支烟，一会儿又走到厨房里去摸一块肉放进嘴里，打开一瓶酒咕咚咕咚地灌一气，然后抹嘴，站在屋檐下，望着太阳，打哈欠，伸懒腰。说起种地，说起农事，他一窍不通。说起国家大事，更是一知半解，驴唇不对马嘴，不断地有人来哭哭啼啼，丧事的气氛很浓重，但从他的脸上和言谈举止之间也看不出丝毫的悲伤之色。从某些方面来说，这里既有饭吃，又能找到话说，一切都无须自己操劳，倒实实在在地成了他的一个消遣时光的好去处。

现在，听到木匠说没有见过TNT炸药，他不禁感到有些失望而无聊。他坐在一块棺材板上，自言自语道：

“都没有见过，问谁谁都没有见过。”

辅仁埋头在一块木板上哧哧地推着刨子，他不想招惹眼前这个无事可干，闲得发慌的年轻人。按照这个年轻人的游手好闲的习性和充满好奇的什么都想打听一下的作风，他是最应该见过什么TNT炸药的，但是他竟然也没有见过。他早就听人说过，现在的十七八岁，二十多岁的年轻人，可能是世界上最讨厌、最无聊的一代人。这一点，他自己也有所感觉。基于此，他才一次又一次地将涌到嘴边的话又都原封不动地咽了回去。按照以往的多年来的情形和习惯，他喜欢一边干活，一边与人说话，这样会不觉得累。但今天，这个年轻人坐在他的旁边，不仅让他感到自己什么也不想说，而且还让他觉得难受，不自在，还让他觉得自己像一个手艺夹生的徒工。

一个人端着一杯水走过来，请辅仁喝水。辅仁对他说：

“这几天村里刚丢了树。”

“谁想看让他们来看吧。我用的是松木，这谁都可以看得出来。我不怕他们看。”

那个二十多岁的年轻人忽然对辅仁说：

“你要是能从我们这里找到一块榆木，我自己把我的头取下来送给你，你信不信?”

“你在说什么?”辅仁对他说，“平白无故，我要你的头干什么？我不要。我自己也有一个，有一个就足够了。”

辅仁低下头去，脸几乎贴住了棺材板。他宁肯让别人以为他是在拥抱一具棺材，也不愿意继续与眼前这个年轻人说什么了。不久，村中传来一阵摩托车的声音，那个年轻人听到声音后，立即跑出去了。

站在卷曲松软的刨花里，他只想早一点把眼前的这具棺材做完。雪白而虚浮的刨花，如同记忆深处的一场大雪一样簇拥着他。

五

尽管派出所的老赵和小孙都穿着便衣，但他还是一眼就把他们认出来了。他们相当熟。他把他们迎进屋里。看到他们都穿着普通的便衣，他的心里多少感到有些遗憾。便衣使这两个曾经很厉害的人的外表发生了很大的变化，使他们的威力看上去远不能与从前的时候相比，甚至毫无什么威力可言。无论怎么看，他都觉得他们很像两个风尘仆仆的贩子，且又是那种常常劳而无功的贩子。

老赵一进来就问他：

“怎么样，有点儿眉目没有，知不知道是谁干的？”

“还不知道。”他说。

“怎么能不知道？多少也有点影吧？”老赵擦着汗说。

“现在确实还什么都不知道，没什么影。”他说，“又没有人声明对这件事负责。我就像一个瞎子。”

“你应该好好想想。”

“怎么没想？我想了。”他说，“这些天，我认真地想了很久，但什么结果也没有，又不能怀疑每一个人。”

“你觉得谁最像，谁最有可能？”

“不瞒你说，出事后，我看谁都像，谁都有可能，又看谁都不像，谁都没可能，真的是这样的。”

“老贺，你这是和我们摆阵呢、打擂呢。”

“确实是这样的。在我的印象里，人们基本上还是比较听话的。你们也知道，以前从没有发生过这种事。”

“那就不好闹了。”老赵对他说，“来这里的路上，我还对小孙说，要是已经查出是谁干的，咱们就狠狠地专他一政，现在看来，恐怕不行了，专不成了。”

“肯定专不成了。”小孙也说。

“要不要去看看那两个窟窿？”他对他们说。

“看看也行。”老赵说，“看看吧。”

于是，他领着他们出来。绕过几棵高大的榆树以后，来到他的屋后。因为不住地往里面灌风，后墙上的那两个窟窿已被他堵上了。看着那个已经重新抹平了的但仍像一块补丁一样的贴在后墙上的窟窿，老赵有些遗憾地摇了摇头。接着，又来到东边的山墙下。山墙上的这个窟窿他没有补，还让它像当初那样存在着。已经有几天了，时常有小狗和小猪从这个窟窿里钻进他的院里。

小孙对老赵说：“现场已经不成为现场了。”

老赵没有说话，他正在向四周观望。看见有不少的人家，有的人正在自己的院子里、树下或墙头后面向他们这边眺望。很多人都认识老赵，知道他是一个眼睛比刀子还尖的老公安。一看见老赵也正在往他们那里看，马上就都不见了。

站在老赵的身边，他闻到老赵的身上散发出一种混合着烟草、果树和药粉的气息。他的鼻子抽动了几下，又看看老赵，感到有些奇怪。

他们来的时候已经是上午了。中午，他请他们在自己的家里吃饭。老赵喝了很多的酒，话渐渐地有些乱。

小孙指了一下老赵，悄悄地对他说：

“他不行了，他老了，现在一喝就醉。”

“人都要老的。”他对小孙说，“谁也不能例外，不管他是谁，不管他是老赵还是老李，该黑朽的时候都得黑朽。”

老赵眼睛红红地看着他们。

第二次爆炸发生以后，他在自己的家门外贴了一张告示，上面写着：请不要再炸了，有事尽可以商量。我检讨，我不是人，我是一个王八蛋。仅仅过了半天，当他下午从外面回来的时候，看见那张告示上面多了两行字，是用木炭写的：

就算你是个王八蛋，也仍然要炸你。

他看了一遍，又看了一遍，连着看了好几遍，好像一个遇到了难题的小学生。他站在自己的家门外，愣了好一会儿。街上没有人，阳光仿佛把一切都晒倒了、烤化了。他拿不准这样做是否正确，是不是一个馊主意？等老赵和小孙他们来的时候，贴在门外的那张纸不知什么时候已经被人撕掉了，所以他们没有看见。现在，他把那件事又对他们说了一遍。说完后，感到外面透明而炎热的蒸气一阵阵地向屋里袭来。

老赵听了，有些吃惊地说：

“你怎么可以那样说？”

“我只能那样说。”他说，“就这还不行呢，人家的TNT炸药还没有拿出来呢。老赵，是TNT。”

“不管是什么，你不能那样说。”老赵说。

“那我该怎么说？”他看着老赵。

“这到底是个什么家伙？为什么这么猖獗？”

几个月前，他曾向老赵提出，想在村里组建一支巡逻队，老赵当时没有同意。他的愿望来自于他的一种隐隐约约的预感。现在看来，他当初的那种预感还是对的，是有根据的，并非一时的心血来潮。现在，他觉得时候到了，于是，就又把当初的那个愿望端了出来。

老赵迷迷糊糊地问他：

“以什么名义？”

“维护治安。这难道还不够吗？”他说。

“嗯，我看还是可以的。”老赵说。

“我也觉得可以。”小孙说。

“那就这样定了。”他说。几天来，他的脸上第一次露出了笑容。他起身又给他们每人敬了一杯酒。

“南园也有一支巡逻队。”老赵说，“一开始还是不错的。有人说他们不行，我看还是可以的。后来，是他们自己把自己弄垮了。巡逻队的人动不动就打人、踢人、搜查，像旧社会的团丁和白狗子一样。他们的队长，戴着墨镜和金戒指，穿着黑绸衫，梳着大背头，短短几个月内，就搞了六十多名中青年妇女，比南霸天有过之而无不及。说起来，让我们这些过来的人都感到害怕。你们可不能变成团丁和白狗子噢。”

“怎么会呢？绝对不会的。”他说，“只能是往好的方向发展。要变，也只能往子弟兵的方向发展，绝对不会成为团丁和白狗子。”

门外不远处聚集着一些人。

他们从里面出来的时候，看到有几个戴孝的人也站在里面。老赵冲着其中的一个戴孝的年轻人说：

“不回去操办死人，在这里瞎挤什么？有什么好看的！”

摩托车呜呜地叫着，连蹦带跳地向远处跑了。

他们走后不久，他就找来几个人。一个当过兵的名叫老四的年轻人被他委任为巡逻队的队长。之后，他又从腰间摘下自己的呼机，送给老四，并亲自将呼机佩戴在老四的皮带上。巡逻队初步由十二个年轻人组成，以后要是发展壮大了，他们都将成为骨干。

"一有事，我就呼你。"他对老四说，"一呼你就赶快来。"

"我明白。"

退役几个月来，这个叫老四的年轻人第一次遇到并接受了一件自己喜欢干的事情。从那个院子里出来以后，他的脸上还洋溢着一种很神圣、很庄重的东西，精神抖擞，迈着操典时的步伐。有人在向他打招呼，但他谁也没有看见。

六

有两根木头是潮湿的，锯子进去以后就停住不动了。他把它们从地上扶起来，立在一堵墙上。这以后，他不无忧虑地看了看阴暗的天空，如果在今天傍晚之前天还不晴，那两根木头就得用火烘烤了，仅仅依靠风干，是很难一下子让它们干透的。而他们又把这件事情看得很重，每个人都显得很焦急，希望他早一点做好，甚至越快越好。不断地有人走到他的身边来看一看，有时说几句，有时尽管什么也不说，却比说本身还要让他难受，他们在有意无意中流露出来的那种急切的期待让他感到既奇怪又不安。

已经两天了，他还不知道死者是谁。今天早上，有一个人一直站在旁边看他干活儿，也不说话，只是站在一边看。后来，当他将一块木板刨光以后，他稍微休息了一会儿。那时，他问旁边的那个人：

“到底是谁死了？”

那个人没有说话，看着他笑了一会儿，然后就转身走了。从那时候到现在，那个人再没有过来看他干活儿。有好几次，他在拉锯的时候看见那个人在院子的那半边站着，一看见他，很快就把脸转到别处，或者走进某一间房里。

借着将那两根湿木头靠在墙上的机会，他看了看坐落在院子正面的几间上房。现在，那里的门窗里面都垂挂着帘子。那些帘子仿佛都是用很厚的白布做成的，当有人进去或出来的时候，它们只是微微地拂动一下，不久又很快平静下来。两天了，他一直在这个院子里干活儿，没有听到有人哭，没有看见焚烧的纸钱，也没有闻到烧纸的气息。以前，在别的人家里做棺材时，常常会有很多的纸灰从屋里飘出来，在他的周围旋舞；当它们落到木头上时，他不得不用嘴将它们吹掉，或用手拂去。

他看见早上看他干活儿的那个人拎着一个黑包出去了。

胶熬好以后，他开始将一些事先做好的榫子黏合起来。那时候，上房上面的几片瓦突然嘎嘎地响了几声，碎裂的响声让他的目光在棺材上跳了几下后，又很快像一种幻影一样被折射到房上。他停住，看到它们正在屋檐的附近盘旋，很慢地飞着，如同在小心翼翼地画线。先是一两只，不久以后就成群结队地都来了。自从它们欣喜若狂地来了以后，院子里的光线就开始比先前更加晦暗多了，阴气十足，许多的缝隙一下子都看不见了。尽管他心里清楚，它们都还在，并没有消失，但存在的证据看起来却已不那么确凿，不再那么让人信服了。在某些实际的问题上，他甚至感到连自己也不再能够言之凿凿地说服自己了。他不断地用手中的斧子到处敲打着，叮叮当当的响声在午后阴晦的院子里回荡，但没有人理解那是他心烦意乱的一种表现。

已经做好一半的棺材停放在他的身边，看上去倒像是一个凭据。

不久以后，他忽然听到一阵凄凉的二胡声，声音越过村中众多的房屋和茂密的榆树，现在就在他的脸前萦绕。他急忙停止了自己的那种乱七八糟的敲打，竖起耳朵，十分注意地谛听着。他听到有的墙皮在唰唰地往下掉，卷曲的树叶在微风中时聚时散。他想，是谁在拉二胡？声音这么好听又这么让人伤心。这样想的时候，他看见有一个人很模糊地浮现在他的眼前，那个人的脸上布满了像灾难一样深重的凄凉和绝望，但身影却是傍晚时的身影。

院子里有了人。木匠低着头，把一只小锅里的胶慢慢地涂到木板上。他能感觉到他们在院子里到处乱走，有的人从屋里出来，有的又进去，屋门不断地启合，不断地碰到门边的墙上，发出一些很难听的重复的声音。还有的人在相互生气、吵闹。一个面生的女人似乎是从别的地方赶来的，她和她的男人站在距离棺材不远的一个地方，对她的男人说：

“我说不来了，你非要来！咱们要是装着什么也不知道多好！”

她的男人说：“明明知道死了，怎么能装着不知道？”

“你要是死了就好了。”女人对男人说。

“不要怨我了。”男人说，“赶快进去帮她们择豆芽去吧。”

“我想进去烧几张纸，他们说，‘先不要烧了，等以后再说吧。’”

“以后？”

“这会儿不烧，还要等到什么时候?”

“他们说别烧就别烧，那就等一等吧。”

女人不情愿地向正面的上房里走去。男人在棺材边站了一会儿，然后抬起头看天，院子上空的那种遮天蔽日的现象让他感到吃惊。木匠偷眼瞥了一下，看到他的突出的喉结正在迅速地上下滑动。

又出来几个人，棺材附近的这个男人朝他们走过去。几个人站在一起抽了一阵烟，相互被烟雾呛得不住地咳嗽，其中有一个人的咳嗽声尤为冗长而剧烈。这以后，他们忽然哗的一下全散开了。

木匠听到一阵噗噗作响的声音，看到他们开始往院子的上空扔东西，驱赶它们。扫帚、筛子、树枝，甚至冬天里穿的棉袄，所有能扔的但又砸不伤人的东西都被拿来往上扔。原来站在棺材附近的那个人也脱下自己的一件蓝色的上衣扔了上去。他们不断地被落下来的筛子或衣服蒙住头脸，经过一阵乱七八糟的撕扯后，露出头脸，之后又把手里的东西抛上去。有人突然号叫了一声，捂着头蹲下去，原来是一只被抛到空中的板凳落下来，砸到了他的头上。不知是谁把板凳扔上去的，问谁，谁都否认，都说自己没有往空中扔过板凳，几乎异口同声地说：

“这是他妈的谁干的？板凳怎么能随便乱扔？要是再砸扁一个可怎么办?”

木匠坐在一块棺材板上，手里提着一把斧子，出神地看着他们，完全忘记了自己的事情。

晚上吃饭的时候，他们刚举起酒杯，有人忽然想起了木匠，说木匠在院子里吭哧吭哧地辛苦了一天，应该叫进来喝一杯。众人听了，都说应该，嘴里嚼着东西的，不住地点头。那个被板凳砸伤的人也在座，头上缠了两圈雪白的绷带，伤口处洇得一片血红，看上去像一个有功之臣，好几个人同时都给他斟酒。“倒满。”他们说。

有人开了屋门走出来，站在屋檐下，正要招手叫木匠进来，却发现院子里已经没有人了，只有那口尚未做完的棺材孤零零地停在院墙的下面。仔细又看了一下，看到木匠的那些工具还在，都放在棺材的旁边。

院子好像被人扫过了，这时看上去又干净又寂静。

那个人回到屋里，随手关好两扇屋门后，对众人说：

“早就他妈的不在了。”

“那就不管他了。来，咱们喝。”

那个人慢慢地在自己原来的位置上坐下来，满腹的心事像虚汗一样明白无误地显现在脸上，动作和表情也陡然变得像一个老人一样。别人的酒都喝完了，只有他面前的还没有动。过了一会儿，他似乎忽然有了勇气，红着脸对众人说：

“有一件事，被我不小心看到了。说吧，可能有点不合适，不说吧，又实在觉得难受。到底该不该说呢？”

“什么事？这么啰唆，这么麻烦！”

“不想说就算了。”

在众人的催促与怂恿下，他终于说了。他说，就在刚才，他没有看到木匠，却看见有几个一寸左右的小人正在棺材上跳舞。

“不可能！怎么会有那么小的人？”

“再出去看看，看看是不是真的。”

“狗日的又在胡说。”那个头上缠着白色绷带的人对众人说，“对这样的人，不拿大碗灌他还等什么！”

一路上他几乎没有遇到什么人，有一种声音一直在他的心里源源不绝地滋生、呜咽。他在茂密的榆树下面匆匆忙忙地走着，头顶上面的天好像阴得更厉害了。有的鸡被他惊得乱叫起来，惊慌失措地从他的身边飞起。他用手驱赶着飘在脸前的鸡毛，听到自己喘息得很厉害。

又走了一会儿，那种呜呜咽咽的声音忽然消失了。

“为什么忽然停了呢?”如同迷失了方向一样，他站在一口井边。井台的四周布满了滑湿的青苔，青苔里面汪着水。“为什么不再拉了呢?”他想。有人正在附近的一片房顶上晾晒一些陈年的豆子，筛子是用银色的细铁丝编织成的，看上去很亮。房顶上的风似乎很大，致使那人无法将晾晒豆子的报纸全面展开，刚一展开，很快又被风卷在一起，吹成一堆。那个人骂骂咧咧的声音从上面传下来，十分模糊。

街上连一只猪也看不见。草木是弯曲的，石头是滚烫的。

从一道涂着绿油漆的门外经过时，听到里面有人在说：

“昨天来的那个，我看就不错，虽说比你大几岁，可那又算得了什么呢？男人比女人大八九岁是很正常的，可以说一点儿也不大。”

“……”

“还有一个很重要的情况，我还没有告诉你呢。你也许还不清楚呢，他的姐夫是镇长，这你知道吗?”

“……”

“镇长是很凶恶的，在这一片地方上，再也没有比他更厉害的人了，他让谁砍掉榆树种西瓜，谁就得种西瓜——只能种西瓜，种南瓜也不行；他要是说你有五十头猪，你就得承认有五十头，你不要说只有几头。你就是说有两个二十五头也不行。除了他，谁说话能这样有风？你不是喜欢拉二胡吗，只要他一句话，你就可以到镇里去专门拉二胡，别的什么也不干，二胡就会变成你的职业，不再是解闷的一种东西。”

“……”

“你要是再不说话，事情就这样定了。”

二胡的声音像失声痛哭一样突然又响了起来，站在外面的他吓了一跳，感到自己仿佛被凌空吊了起来。

七

天一黑的时候，她的脸上很快又罩上了那种十分不安的神色，变得非常的魂不守舍。她很清楚那绝不是暮色的作用，要仅仅只是暮色，那就好了。以前的那些年，她是很喜欢晚上的，即使天上没有月亮，徐徐展开的夜晚也一样会令她感到轻松而安心，充满了重重叠叠而又疏密有致的想象与憧憬。有些时候，她甚至明显地感到她本人就是那舒卷如云的夜晚，要是再有月光的照耀，那简直就是锦上添花，十全十美了。当周围漆黑一片的时候，那也只是大地上匍匐满了宁静。

但是，现在不行了。

每天晚上，她出去关大门的时候，都能听到一些清晰的脚步声，有时候好像是一两个人在走，有时候从纷乱的脚步声中感觉有好多人，正在朝这边走来。另外，她还经常看见有人手里提着木棒或绳子，在附近一带徘徊，不声不响地走来走去，很警惕而又阴险地注意着每一个过往的行人。站在院子里，能听到有人在屋后或墙外嘀嘀咕咕地说话，听不清所说的事情，只能听到那种嘁嘁喳喳的声音，似乎有说不完的悄悄话。

夜很深了的时候，还有人在用那种压低了的声音说话。

那是一种被多少遮起来的一些秘密，她想。之所以还能说是一个秘密，也正是因为多少还遮蔽着一些。也许，那秘密只是针对她们这一家人的，对别人来说，说不定早就不是秘密了，人们早就都清清楚楚了。

她听到一个沙哑的声音，还有一个尖细的声音，前者在努力抑制着咳嗽。

她下定决心，推了推睡在身边的男人。

“都这时候了，还有人在我们的房后说话。”她说。

“谁也没有权利不让别人说话。”他说。

“我是那个意思吗？”她又急又气地说，“你知道我不是那个意思。”

“谁想说让他们说去吧。”他的眼睛一直闭着。

“他们叽里咕噜的，和我们有关。”她有些冲动地说。

“睡吧，天塌不下来，什么事也不会发生。”他说。

“我睡不着，他们躲在房后不回去，我怎么能睡得着？”她说，“这个时候，我要是睡了，睡得又甜又沉，只能证明我是个傻瓜。”

“你不是个傻瓜。”他说，“你数数儿吧，数到二三百的时候，差不多就睡着了，很灵的。”

“不要骗我了。”她说，“我早已数过四千了，可越数越心亮。”

“已经数过四千了？我不信。”他说，“那就再接着数下去吧，也许再有一二百你就睡着了。你试一试，不要功亏一篑。”

“数什么都睡不着了。”她说，“别说数数儿，就是数钱也睡不着了。”

“数钱当然会睡不着。”他说，“我现在才终于发现，钱真不是什么好东西，真正的不祥之物、万恶之源。”

两人都坐了起来，互相看着对方。

“我也早就发现了。”她说。

他们看了看表，正是夜半时分，距离天亮还远得很。

“我现在出门一分钱都不想带，我宁愿再回到从前。”她说，“喝稀的，穿带补丁的衣裳。”

“你以为我想带吗？有时候不带又不行。这个世道，到处都需要钱，无论干什么都需要钱，人们的眼里也只有钱钱钱，再没有别的。”他说，“我是真不想带那肮脏的东西，我从心里厌恶它，厌恶极了。前天，我从镇里回来的路上进了一个厕所，我在那里面用了狗日的几张，不知是三张还是四张。”

他说的事情让她忽然愣住了。过了一会儿，她才说：

“做得对！你做得对！我认为你做得完全对。”

他们坐了一会儿，不久以后又躺下了，两个人的头枕在同一个枕头上。

他在躺下的同时，脑子里嗡地叫了一声。他确信自己也听到有人在外面轻轻走动，似乎还有叹气的声音！他不能确定那人的手里是否如她所说的那样提着绳子或木棒，但至少可以肯定有人正在外面走动。“这就够了，这就足够了。”他想。他装着若无其事的样子看了女人一眼，发现她也正在看着他。

他皱着眉头，感到有些恶心而烦躁。

“你听我一句。”她说。

“你要说什么？”

“你的巡逻队现在在哪里？把他们调来吧，我怕得不得了。”

“巡逻队是维护全村治安的，又不是我个人的私家队伍，哪能说调就调？况且又没有发生什么事，让他们过来，岂不是白跑一趟？再也不要跟我提这样的事。有朝一日，把他们彻底弄麻痹了，那就不好办了。那个时候，真的‘狼来了’，我们倒有了被吃掉的可能。”

她认真地看着他，又像是在谛听外面的动静。

第二天上午，她刚走出大门，忽然看见不远处坐着一个人，那个人正朝这里观望。她转身回来，关上大门，两条腿变得又酥又软，脸前充满了异常灼热的气息。喘息了一阵后，透过门上的缝隙，她看到那个人仍像刚才那样坐在那里，两道目光如同两把潮湿的刷子一样来回不住地向这边扫视着。那样的一种扫视很快就让她感到全身已经没有一点儿力气了，她觉得自己好像有些支持不住了。那是一个生人，不是本村的，她以前从来没有见过。

一只蚂蚁沿着她的脚背向她的裤管里面爬去。很快，她又感到它正顺着她的小腿向里面继续深入。她提起裤子抖了几下，但没有将蚂蚁抖出来。这以后，她低声叫了一声，有些神经质地跑回家里，飞快地脱掉裤子，寻找那只蚂蚁。尽管她找得十分仔细，但始终没有发现它的踪影。

一只蚂蚁，能跑到哪里去呢？她想。

她的眼前浮现出另外一些事情。在飞扬的尘土中，巡逻队的人的弯曲的身体清晰可见，到处都飘满了他们的气息。

晚些时候，她看到葵花的金黄的头纷纷落下来。

更晚一些的时候，他们抬着一件长条状的东西——仿佛是一个人的身体——步履沉重地向雾蒙蒙的河边走去。

几个孩子跟在他们的后面，渐渐地走得看不见了。她重新穿好衣服，给巡逻队的老四打了个传呼电话：有情况，速来。

过了不久以后，在她还没来得及将那只蚂蚁找到的时候，老四已经带着三个人来了。一看到她，老四就说：

“要想把巡逻队所有的人一下都集合起来，已经不可能了，怕来不及，只能组成这么一个小分队了。发生了什么事？”

老四满脸兵贵神速，另外的三个人看上去喘得很厉害。他们都是跑来的。路上，老四对他们说，大掌柜的遇到麻烦了，我们得赶快去。

“你们进来的时候，没有看到那个人吗？”她对老四说，“不知从什么时候开始，他就坐在那里了，已经坐了很久了，一直不走，一直盯着我们这里看个没完。”

他们从院子里出来，站在大门口，看见那个人还坐在那里。

看见他们出来，那个人将脸扭向一边，看着远处的一条大路。有两辆运草的马车正在那条大路上缓慢地走着。

远处的山是青蓝色的，看上去显得洁净而柔软，仿佛有大量的源源不断的丝绸在那里漫卷，缓缓地堆积、飘舞。

有一些开着红花和黄花的树长在那里，红花看上去有碗那么大，黄花又碎又密，繁花似锦，十分的热烈，怎么看怎么热烈。

她用手指着那个人，对老四说：

“就是他——”

“他把脸扭过去了。”她说。

“不要怕，没有什么。”老四看了一会儿，安慰她说，“就那么一个破人，我们过去把他赶走就是了。”

“赶快把他弄走算了。”她对老四说，“也不要打他。只怕他不肯走。”

“瞧你说的！在这个地方，是他说了算，还是咱们说了算?”

她站在门口看着，老四带着那三个人走过去了。

“你是干什么的?”老四问那个人。

“什么也不干。”那个人说。

“什么也不干，为什么要坐在这里?”

“这里不能坐吗?”

“当然不能坐！并不是所有的地方想坐就能坐，有些地方就是不能坐，比如这里，比如天安门那个地方。你要是到那里去坐着，你就会坐出政治来，坐出麻烦来，你会从刑事问题坐成政治问题，再从政治问题坐成刑事问题。是的，你会交叉感染。”

那个人把目光投向远处，又在看那些青蓝色的山和山下的马车。

“你为什么不到监狱的门前坐着去?”

“我为什么要到那里坐着去？我又没有犯罪。”

“还说没有犯罪？你坐在这里，已经在开始犯罪了，你知道吗?”

“不知道。”

“坐你就老老实实地坐吧，为什么还要鬼鬼祟祟地盯着人家的家门看个没完？那里面有什么好看的?”

“难道看一看也不对吗？把大门修得那么好，不就是为了让人看的么?”

“当然不对。听着，并不是所有的地方想看就都能看，有些地方就是不能看，比如这里，比如另外一些地方。还有那些既重要又危险的地方，都是不可以随便看的。包括我们这个村子，任何一户人家你都不应该看。”

“我已经看了，你总不至于把我的眼睛挖出来吧？”

“看了就看了，我们就不追究了。你快滚吧。”

“哎，你的每一句话都能噎死人，你凭什么追究我？凭什么让我滚？我就不滚。”

“他妈的，还敢顶嘴？”

有两个人上去分别踢了那个人一脚。那个人一面招架一面从地上站起来。

“他妈的，我不活了！我干脆让你们打死算了。”

说着，用头撞过来。几个人急忙闪开。

“我劝你还是走吧。”老四说。

“走？我难道就让你们白打了？”

“你难道还要让我们付钱给你？说实话，你的行为已经很让我们怀疑你了。我要是把村里前两天的爆炸案和你联系起来，你就得吃不了兜着走。”

“没做亏心事，不怕鬼叫门。我不怕你们栽赃陷害。你们怀疑我，我还怀疑你们呢。你们是干什么的？你们像过去年代的团丁、白狗子。”

“这狗日的！越说越不像话了，竟敢污蔑我们是白狗子。”

“教育教育他，让他懂得从今以后再不能那样说。”

八

晚上，下起了小雨。

他站在屋檐下，看着细长的雨丝。雨中的空气让他的呼吸变得很舒服，好像有很多年没有这么呼吸过了。湿润、宁静，他喜欢这样的天气，这种时候能让他忘掉许多令他烦恼甚至难过的事情。现在，村里的土地和庄稼需要一场雨，他本人同样也需要一场雨，对湿润的渴求也许是一样的强烈。昨天他就发现天阴了，他怀着一种期盼的心情等待了一天，姗姗来迟的雨直到傍晚时分才慢慢地下了起来。

他看到整个院子都已经湿了，高处的电线上和铁丝上挂满了一串串的水珠。那些可爱的惹人喜欢的亮亮的小珠子仿佛一个个喜讯一样美不胜收地悬挂在他的视线内。“可爱的小珠子们，就那么挂着吧！永远挂下去吧！”他在心里情不自禁地喊道，脸上洋溢出一派真实的笑容。他真希望事情能如他所想的那样。

老四是淋着雨来的。这会儿，在细雨中仰起脸，不解地问他：

“这么说，他还真告到镇里去了？镇里怎么说？”

“已经没事了。”

“哼！他还真告到镇里去了，他以为他是谁？”老四说。

他侧了一下身，让老四站到了屋檐下的台阶上，因为他注意到老四的脸上满是细密的雨水，像是出了太多的汗一样。事实上他完全没有侧身的必要，屋檐下的这道用大理石砌成的长长的高高的台阶，至少可以容纳几十个人而不至于相互拥挤。那样的一个并无多少实际意义的动作，看起来只是一种象征或一种通晓的表达，将一种友谊甚至亲密简略而又直接地传达给对方，那的确也正是他此时此刻想表示的。现在，他开始相信自己当初的选择了，事实证明他是对的，这一步棋并没有走错。眼前的这个年轻人尽管有时候办事不免有些毛躁，但他基本上对他还是很满意的。哪个年轻人不毛躁？办事毛躁正是他们共有的一个特征。八十岁的人应该是不毛躁了，但你能够使用他们吗？从某些方面来说，毛躁难道不正是朝气和活力的另一个叫法吗？是的，完全可以这样说，完全是这么回事。曾几何时，这个年轻人在没有外出当兵之前，游手好闲，经常吹着粗犷而嘹亮的口哨出来进去，经常动不动就殴打他的父亲，而且出手很重。他的父亲常被他打翻在地。他像大人教训孩子那样，边打边问他的父亲：

“你他妈的！还敢不敢了？”

“不敢了。老四啊，我再也不敢了。”

细密的雨丝在他们的眼前织出一道轻纱般的屏障。

“现在还经常打你爹吗？不打了吧？”他问老四。

“年轻的时候不懂事，把谁都不放在眼里。”老四低下头说道。已逝的往事使他感到羞愧而难过，它们像伤痕一样，一经揭起，便会看到下面的血。雨中，他仿佛隐隐约约地听到了一声接一声的哀求和惨叫。

“是的，法律不允许，良心上也更不允许。那是你爹妈，你以为是谁？一个人一生只有一个爹一个妈，打死了，就再也没有了。”

老四有些出神地望着晚间的这场雨。他看了他一眼。过了一会儿，估计这个年轻人已从那如烟的往事中走出来了，他又问道：

“听说你和村西头那个拉二胡的姑娘闹得很厉害？到底是怎么回事？”

“什么事也没有。”老四说，“有人说我把她怎么样了，那完全是造谣。实际上，我并没有把她怎么样。我只想让她拉一段二胡给我听听，就是这么回事。”

“她给你拉了吗?”

“没有。不但没有，她还骂了我。”

“她还骂了你?”

“她骂我是一条狗。”

沉默了一会儿后，他对老四说:

“骂你的同时，也是在骂我呢。”

“是的，当时我也听出来了，有这层意思，我敢肯定是这么回事。”

不久以后，老四冒着雨来到街上。街上看不到一个人，只能听见雨的声音。走了一会儿，他又想起了那件事。他很奇怪那个人居然把事情告到镇里去了，以为会有人站出来为他说话，给他做主。现在看来，不是什么事也没有了么。

“哼！告到省里也没用。他以为他是谁?”他边走边想道。

沿着一条长长的水渠往下走的时候，他情不自禁地重操旧业，吹起了粗犷而嘹亮的口哨，那声音像他眼下的心情一样欢快。

有些事情他觉得只能由他一个人知道，而不应该让更多的人知道，包括他的妻子，包括他近来最信任的老四。对于一些糟糕的事情来说，多一个人知道，就会凭空多出一个漏洞，任何时候都没有什么好处，有百害而无一益。比如现在，他就有一个让他感到非常难过的消息，但他谁也没有告诉。

昨天去镇里的时候，他于无意中听说了一件让他感到非常奇怪的事情。派出所的老赵和小孙原来早就不在派出所了，早在上一次村里发生爆炸的时候，他们就已经离开派出所很久了。据说，老赵那一次带小孙来，完全是为了重温旧梦，为了再过一下破案、刑侦的瘾。据说，是老赵主动向现任所长要求来的，现在的派出所所长曾是他多年的徒弟和助手，无论从哪个方面来说，都没有理由拒绝他的这种要求。于是，他们就借了一辆走起来连蹦带跳的摩托车来了。

难怪他们那次都穿着便衣呢。那个小孙还说穿便衣是为了工作起来方便，能够更深入更实际一些。他们可真能胡扯呀！老赵的年龄接近于退休，又有严重的疝气和胃病，还有关节炎，被调到了果树站。小孙则是自己主动要求调离派出所的，他不喜欢刑侦，热衷于摄影，现在专门为镇里的几位主要领导拍摄各种各样的工作照，个人的前途看上去是很光明的。但不管如何，他们都不应该来过那个瘾。那天，他记得自己不断地闻到从老赵的身上飘散出来的很浓的果树和农药的气息，当时，他还一直觉得很奇怪呢。

这件后来听说的事让他感到无限的沮丧。不能不沮丧，没有办法不沮丧。只要一想起当初他们那装模作样，煞有介事的样子，他就又好气又好笑。说什么“过瘾”，说什么重温一个“旧梦”，实在是没有道理，实在是不应该。老赵的行为本身也实在让人难以理解。快六十岁的人了，竟然会有这样的馊主意，竟然会干出这种无论从哪个方面来说都够得上荒唐够得上滑稽的事情，简直是在表演一出闹剧。他不是一个喜欢生气的人，但是在这件事情上，一想起来就不由得觉得难过。说生气吧，又总是觉得十分好笑，说不生气吧，又实实在在地气人。真是能气死人！

看着老四的影子在雨里完全消失以后，他回到家里。

女人有些骚动不安地告诉他说，有一只大米那么大的蚂蚁窜进她的裤子里去了，一直到现在还没有找见。

“钻进去就钻进去吧，又不是什么大不了的事。”他说。

女人还在叫嚷。他推开儿子住的房间门，里面一片狼藉，像一个仓库。仓库也不是那种井然有序的好仓库。他匆匆地扫了一眼，很快又关上了门，逃跑似的回到他的屋里。儿子似乎又有十几天没有回来过了，这使他不禁升起一种不祥的预感。要说游手好闲，他的儿子应当是首选之人，那是真正的游手好闲。成天骑着一辆摩托车四处乱窜，四处出没。在他的身边，聚集着一批同样游手好闲之徒。儿子定期不定期地给他的那些人发放薪水，美其名曰：发工资。钱当然都是家里的，他本人没有为这个家里挣过一个子儿。当然，家里也完全不需要他去挣。也许正是基于这样的原因，他才不喜欢干任何一种工作。拿儿子与巡逻队的老四相比较，老四应该是一个出身贫寒的苦孩子，而且能够吃苦，这也正是他信任老四远胜于信任自己儿子的一个最重要的原因。

“他又有十几天没有回来了吧？”他问女人。

她仿佛没有听见他的话，仍旧是一副骚动不安的样子，面色潮红地站在那里。偶尔平静一下，像是在回忆一件久远的往事。

“他走时带了多少钱？”

“我没让他多拿。”她说，“大概一万多，不到两万。”

“一万多，不到两万？”他有些咬牙切齿地想道，“他妈的。凑凑合合的能盖两间教室了，还说不多！”

“痒死了。”她说。

“我觉得咱们这个家迟早要出问题。”他说。

"我现在就有问题了。"她尖声尖气地对他说道，"快帮我找一找吧，我觉得那只蚂蚁还在我的身上，我难受死了。"

"所有的地方都找过了吗？"他说。

"都找过了。"她皱着眉头说道，"哪里也没有。"

"现在，只剩下最后一个地方了。"他想了一下，站起来，似乎有很大把握但又完全没有把握似的说道，"你能肯定它还在你的身上吗？"

"我能肯定它还在。"

"如果那里也再没有，那只蚂蚁就真的找不见了。"他说。

"哪里？什么地方？"她急切地问道。

"把裤子脱了！"他来到她的面前，像医生命令病人一样，用一种不容置疑的口吻对她说道。

她不脱，他说，不脱哪能找见。

于是，她脱了。他开始仔细地观察，嘴里发出一些喃喃自语般的声音。

"如果我没猜错的话，它一定在这里。"他说。

"你怎么敢肯定？你又不是它。"她说。她的声音听起来变得遥远而不可捉摸，如同梦中的呓语。

"你这个蠢货，你就等着看吧。"

他仔细地寻找着。他想起一位上级领导曾经对他说过的话。"……要善于发现问题，更要善于解决问题，要用你的手，你的眼睛和大脑去发现，去研究，然后解决它。"那语重心长的教诲使他的心跳得很厉害。某些时候，他也常常会明显地意识到自己的一些方法十分欠妥，有时甚至竟像年轻人一样毛躁，但每当意识到这些以后，事情也就结束了，过去了，下一次还会出现同样的情况。为此，他没少自责，但别人是看不到他的自责的，这使他有时感到既委屈又难受。谁也没有办法将自己的所想像晒衣服一样晾晒给别人看，这种事情恐怕永远无法透明。他不是从来没有寻求过一些理想的方案和良策，甚至可以说他一直都在暗中默默地做着类似的追求和努力，但每每总是事与愿违，或功亏一篑，半途而废。这样的打击和挫伤来得多了，人就会在不知不觉中被悄悄地改变，会像布一样被染成别的颜色，发出另外的某种声音，具备了另外的某种此前不曾有过的功能或禀赋。初看起来，这样的得来是轻而易举的，几乎不费力的，甚至可以说是一种完全的意外或完全无意的降临，但倘若没有此前的那种漫漫长夜般的艰难和动荡，是断不会有现今这样的格局和状况的，很难设想那又会是一种什么样的图景？已经有人在承受这样的经历了。好在时光过得飞快，闭上眼是一个阶段，转眼之间就又是一个令人眩晕，令人困惑的时期，很多事情，很多曾经令人头疼的棘手的事情也因此会在时光中被冲淡、稀释、褪色、软化，直至最后全部化为乌有。那种时候，仿佛雨后的天气，每一块石头都是新的，每一片叶子都是亮的，草木在人的一起一落的水渠般流淌的呼吸中徐徐生长，有的提前释放出秋日的气息。纯粹的微笑从他的心底浮上来。并不是所有的微笑都暗藏着某种隐情，有些是，有些则正好相反，不附带任何的内容，表面呈现出来的是什么就是什么，这个时候的多心和由多心而引起的一连串的自以为是的探求将注定是可笑而徒劳的。不是事情本身有多么复杂，而是因为太多疑，过于心重，常常小题大做，人为地制造出过多的零碎，而那些零碎总像是迷药一般让人身不由己。“我就是那个整天和乱七八糟的事情打交道，又总也纠缠不清的人。”有一天，天快黑了，他听到一个人在这样说。那个人的背影在晚间的暮色中看上去愤怒而又无奈。不久，从旁边一条开着花的斜路上又过来一个人，拍了一下那个人的肩膀，大声地问道：

“贺林炸同志还有什么需要补充的没有？”

分明拍的是那个人的肩膀，叫的却又是他的名字。他站在不远处，仿佛处于微醉与眩晕中一样，被眼前那种不可思议的情景突然吓得清醒过来。他很快又记起了那个在暮色中越走越远，有着一个愤怒而又无奈的背影的人，他无比惊愕地想道：

“老天爷！那个人难道是我？”

……

不知过了多久，她听到了他的那种接近于狂喜的叫喊：

“哈哈，果然不出我的所料，终于让我逮住你了！”

“快睁开眼看看，你这个蠢女人！你看我逮住什么了？”他说。

她睁开眼，看到了那只像一粒大米一样的蚂蚁，此刻正像一粒真正的米一样黏在他的一根手指头上。

“和我估计的一模一样。”他有些得意地说。

“我做梦也没有想到它会钻到那里面去。”她面色潮红地说道，“它怎么能那样？它怎么能那样？”

“它为什么就不能那样？”他说，“应该能想到。”

他将它像一件珍玩一样放在手心里，仔细看着。蚂蚁的全身湿漉漉的，看上去多少有些肿胀。

“这狗日的。”他说。

“赶快把它扔了吧，还端详什么！”她说。她的脸上如同火烧一样，灼热的红晕此起彼伏。

“他妈的！这年头的蚂蚁也不像个蚂蚁了，像人一样，都变成了二流子和无耻小人！”他松了口气，慨叹道。又看着她，说，“我不明白，它不好好地往洞里搬运准备过冬的粮食，跑到你这里干什么来了？这不是明摆着要取代我么！”

“求求你快把它扔出去吧。”她说。

“看来这也是一个游手好闲、不务正业的家伙，到处都是这样的人。”他来到堂屋门口，手指轻轻一弹，那只蚂蚁便在外面的雨里消失了。

九

已经很晚了，他还听到有人在为棺材的尺寸争执不休。还有走夜路的脚步声和风吹树木的声音也从他的耳边掠过。

“木匠呢？”有人说。

“对，叫木匠过来，听听他的，我们先不要胡乱地做主。”

“木匠，你说说，到底哪个对？”他的一只胳膊被紧紧地拽住，又被不容分说地牵着走了几步。

他抬起头，看到天上的星星很多，很亮。脚下有石头，他在走的过程中能不时地碰到它们，感觉到它们的坚硬的存在。如果它们能发出光亮，它们也会和上面的星星一样。他想，那样一来，灯笼、手电一类的东西也许就再也没有什么太大的作用了。他闭上眼睛，努力想象并让自己接近那样的一个夜晚：街上，河边，山上，到处都是能够发出光亮的石头……如果一道山墙全部都是用石头砌成的，那么，那整个的墙毫无疑问地就会全部发光；如果一个村庄全部是用石头建成的，那整个村庄在夜晚里无疑也都是亮的，亮得让人吃惊，让人难以置信，甚至能照耀到一二十里以外的另一个不是用石头，而是用泥土和草秸筑成的村子，让那里的人感到困惑而兴奋，以为月亮出来了，以为天亮了；那样一来，他在夜里给人做柜子或做棺材的时候，就再也不需要从高处乱七八糟地拉电线，或者将马灯挂在头顶上面的柱子上了，不需要那些了，再也用不着那么麻烦了，只需搬几块石头放在身边，周围就够亮了；如果人多，搬来的又不是几块，而是一堆石头，那就不再是亮不亮的问题了，而会变成一个十分耀眼，甚至晃得让人感到十分受不了的问题。那样一来，找个钉子榫子什么的，再也不需要蹲在地上在黑暗中长久地摸索，仔细地辨认了，要拿什么，就稳稳地拿起什么，再也不会把谁的鞋子当成干燥的墨斗而不断地往里面灌水了，再也不会将刨子上的刀片使劲地往斧子里插了……有一年秋天的晚上，一家人轮流举着手电为他照亮，电池换了数次……又有一年，他辛辛苦苦地干了一夜，到天色微明时才发现棺材的大头和小头被完全安反了。那时候他的师傅还活着，不胜惊异地对他说，你也真够有本事的，把小头装到大头那边还好说，但大头怎么能安到小头上去？是不是觉得往日挺合适的，今天一不小心把活儿做大了？用锯子了吧？把大头的尺寸锯小了，又用斧子硬砸进去的？

说是要征求他的意见，但实际上并没有人听他的。他耳边只听到棺材的尺寸被改了又改，一直定不下来。刚刚提出一个意见，还没来得及容人思索定夺一下，几乎是在转眼之间就很快又被推翻了。每个人都想插一手，都想让自己的想法变成现实，每个人都不听别人的，坚决反对他人所提出的一切，人人都在互相否定对方，极其凶悍地排斥并力图消灭自身以外的各种声音。在所有的人中间，再也没有比木匠本人更平静的了，他多少有些恍惚地感到自己仿佛是被别人拉来看戏的，人虽然来了，但并没有真正看进去。

很多人都在不厌其烦地吹嘘自己，攻击他人。

过了很久以后，他才意识到，在这群乱哄哄的人中间，他是一个多余的人。“从开始到现在，一直没有什么用。”甚至，连一个说话的机会都捞不着、轮不上，还不仅仅是因为插不上嘴挤不到中间去。

人声还在嘈杂。他走了。

他轻轻地推了一下他的门，又迅速地探望了一下，感到院子里很静。上一次——记不清是什么时候了，已经很久了，他怀着一种不安的心情站在这里，仿佛存在着某种灵验的感应似的，他的手还没有挨着那扇沉重而阔大的门，里面就顿时传来一阵狂暴而响亮的狗叫声。那热辣辣的叫声也许是来得过于突然，致使他的身体和神经都不同程度地痉挛了一下。后来，里面的一声断喝使那只凶悍而又通晓人性的狗停止了吠叫。再后来，他知道了那只狗的名字叫仁义。真会起名字呀！他想，放着那么多的名字不叫，就要叫个那——仁义！

大门只开了一小部分，但一个人从外面走进来也绰绰有余了。他小心翼翼地像一名工兵一样走进来以后，发现院子里还像刚才那样安静。眼前的寂静倒使他感到十分的忐忑，他不知道那只狗此刻在哪里。它在暗处，我在明处，到时候，吃亏的还是我，只能是我。他不断地这样想着，眼睛不断地向四周逡巡。

正房的台阶下放着一张能够半躺的椅子，他在那上面半躺着，不过，当他从门外走进来以后，他已经坐起来了。

“仁义到哪里去了？怎么听不见它的声音？”他站在距离街

门不远处的一棵树下，小心而轻声地问道。

“走亲戚去了。”他坐在椅子上，笑着说道。

他有些愣怔地站在那里，看着他和他身下的那把椅子。他觉得自己要不是耳朵不好使了，就是脑子有了毛病。他在心里承认，有些话从别人的嘴里说出来，他往往听得不是很懂，不太明白或者一知半解。

“亲戚朋友们都很喜欢它，都希望它能去他们那里住一段。我们没有办法，它也没有办法，那就去吧。它得在各家轮流着住，平均着住，要是在谁家住得久了，别的人家就会有意见，会产生看法。”

“我才有看法呢。”听到他这样说，他不禁有些冲动地想道。仁义不在，这使他的一大半心情顿时放松了，但另一部分又被忽然吊了起来。“它活得比我可强多了。”他想。很多事实都在证明，它像一位从海外归来的富人一样，备受敬爱，享尽了人们给予的各种荣耀。“仁义啊仁义，真他妈的！木匠恐怕永远也赶不上你了，哪怕是一小会儿。”

“它叫起来可真有劲儿，声音又洪亮又……”

“过来坐吧。”他打断他的话，笑着向他招呼道。

他的旁边还有一张椅子。他穿过院子中央的花砖甬道，来到他的面前，但并没有在那张空椅子上坐下。

“听说你找我？有事吗？”

“坐下，坐下说。咱们是平等的，不要一个坐着一个站着。那样很不好。党支部书记怎么了？一点儿都不大嘛，甚至小得让人常常感到麻烦，感到头晕，不舒服。他也是人，也离不开木匠。这房子，这门窗，还有我坐的这椅子，都是你们木匠做出来的，他再有能耐也做不出来——除非他本人也是一个木匠。”

于是，他就走到旁边的那张椅子上坐下了。

“最近你们夫妻关系怎么样啊？”

“啊，马马虎虎，过一天是一天。”

“能这样也就不错了。你知道，有很多人家连马马虎虎都谈不上哩，很难说他们过的是一种什么日子，唉。”

他很注意地看着他，不明白他要说什么。家庭关系？男女问题？或者是前些日子他的房子被炸的事？他叫他来，难道就是为了说这个？原以为他要顺着这个莫名其妙的话题一直说下去，谁知他话锋一转，很快又说起了别的。

“咱们的工作就是要想办法让人们高兴，让人们开心哪！”

“咱们？”

听到他这样说，他不禁下意识地从那把椅子上站了起来。“咱们”？咱们是什么意思？这话应该对村主任讲才对。他把我当成谁了？他想，他不是喝醉了吧？自从走进这个宽敞阔大的院子里以后，他说的每一句话都让他不由得感到气短，憋闷，呼吸不畅而又异常吃力，仿佛是在一个又扁又窄小的小盒子里关着两个人，一个在莫名其妙地说话，另一个在莫名其妙地听。他认真地看着他的那张脸，他从来没有这么认真这么近距离地看过他的脸，尽管彼此时常也见面。他在他的那张脸上仔细地搜寻着，希望能找到些许的醉意或某些异常的表现，哪怕只有一星半点，哪怕只有一丝一毫，那样一来，他就对什么都不会再感到奇怪了，一切也都好解释了。即便他再说出什么令人费解的不知所云的话来，他也再不会觉得摸不着头脑了，因为事先已经有了一个让他放心的前提摆在那里，还有什么不好理解的呢？然而，仅仅过了一会儿以后，他就彻底失望了，他希冀看到的，他要找的东西，对方的脸上丝毫没有，完全不存在。

他张开嘴，吃力地呼吸了几下，对他说：

“你是干部，你最知道怎么能让人们开心，也有办法能够让人们开心。我不行，我只是一个木匠。”

“木匠怎么了？木匠难道就没有办法让人们笑出声来？”

“恐怕很难。我的活儿有一半多是在做棺材，棺材总是与伤心和难过连在一起的，我不相信人们看见棺材会开心地笑出声来。”

“那当然，要是那样，人们就都成了傻子。不过，你想过没有，一家人有人死了，尸体一直停放在家里，而棺材的问题却迟迟得不到解决，没有下落，那不是更麻烦更伤心吗？这个时候，你及时地给他们做好了棺材，你说你为他们做了什么？他们看见一具完整的上好的棺材摆在那里，会怎么想？”

“应该说是我帮了他们的忙。”

“他们能不高兴吗？那难道不是欢乐？”

“可是，那也不应该看见棺材摆在那里，就开心地笑出声来呀！我觉得他们不能那么做，无论如何不能那么做。”

“是的，我明白，表面上当然不便笑，但他们的心里一定在笑。”

“我做棺材，人家是要付给我工钱的。再说，那也不能叫欢乐呀。”

“棺材只是一个方面。另外，人们盖好了房子，你去给他们上梁，安装门窗和柱子，又帮他们做家具，这总是让人高兴的好事吧。”

“这都是要付钱的。要是不要钱，白给他们干，他们就真的高兴了，那一定真的会开心地笑出声来。”

几十年的木匠生涯告诉他，许多人家在房子盖好以后，里面还空空荡荡的时候，就已经山穷水尽了。在付给匠人们工钱的时候，他们往往总是愁眉苦脸，长吁短叹，比从自己的身上往下割肉还要难受，还要痛苦。有的是有钱心疼，舍不得出；有些则真的已经山穷水尽了，真的拿不出一分钱了。有一次，清涧村的一个五十多岁的男人对他们说：

“我这两条腿不值钱，要是值钱，你们就锯下来拿走，把它当工钱扛回去算了。”

“我们要的是工钱，我们要你的腿干什么？”匠人们说，“我们能指望它来养活老婆孩子吗？扛回去能干什么？我们不要你的腿。”

往事如烟。清涧的那两条曾经妄图抵消工钱的腿至今还有时会清晰无比地浮现在他的眼前。那仅仅是两条十分平常的普通人的腿，加上什么样的想象也很难让它们化作工钱。在另一个名叫黄家店的村子里，他的一位同伴为一户姓马的人家做了一个月的家具。就在快要结束的时候，男主人说要出去买油漆。木匠有心让自己连油漆的工作也一并包揽下来，主人十分痛快地答应了。姓马的男主人出去买油漆，竟一去不复返。木匠走进屋里找水喝的时候，看见身高体壮的女主人脱得一丝不挂，躺在炕上。女主人向木匠招手示意。木匠刚一上去，女主人突然失声叫道：

“民兵来了！”

慌乱之中，木匠拎起自己的一小部分工具逾墙而走，逃之夭夭，工钱也不敢再要了，剩下的工具也不敢再回来取了。

往事不仅毫无欢乐可言，很多时候如同历险，他不敢再继续深想下去了。某些事情仿佛就发生在他的眼前，发生在他的身边，越想越感到离自身越近，甚至在那种阴雨般的思绪中不容分说地变成属于自己的一部分。难道纯粹的想象也会变得有影有踪，有根有据，最终变成一种事实？他被自己在无意中的这个发现吓了一跳。他坐在一边。某种活生生的事实会在一个人的虚妄而空洞的想象中逐渐显现，慢慢地形成、产生，这是他从未料到的，他既不明白，又感到突然而奇怪，难以置信，不可思议。太让人不敢相信了！他想。耳边听到他还在不依不饶地继续搜寻、深挖，似乎不从木匠的日常生活中找出一丁点欢乐来，决不罢休。他从他的目光中感受到了这样的一种决心和压力。要是找到了，大家都好说，哪怕只有一点点！要是找不到……

过了一会儿，他终于找到了。他高兴地拍着他的肩膀说：

“比如，你做一个‘二鬼摔跤’，怎么样？”

“‘二鬼摔跤’？”

“是的，就是那个东西，就是那个用木头做的东西。我不相信人们看见它时还不笑，还板着脸。就是村里那些平常最难弄最难对付的家伙们，也会情不自禁地咧开他们的嘴！笑不笑那是他们的事，作为干部来说，我总算是把他们的嘴给弄开了。对，就这样。”

“我已经有很多年没有做过了。”

“不要紧。做过就忘不了，就像一个人骑自行车一样，多日不骑，再骑时难道就忘了怎么骑，再不会骑了吗？很多年，我们都在瞎忙，不知在忙些什么？人人都吃得很饱，但活得并不开心。”

“很多人活得都不开心。”

“所以说，我们要想办法让人们开心，笑出声来。‘二鬼摔跤’，那真他妈的是个好东西！小孩子需要玩具，大人也需要。‘二鬼摔跤’就是让大人们开心的玩具。认真地做一做吧。这是一件造福于民，延年益寿的好事。”

“时候不一样了，现在这年头，很难有什么事情能够让人们真正地开心、高兴。我说这话，不是给你泼凉水。”

“你说。”

“我怀疑那个东西不一定能把现在的人逗笑。现在的人虽然也还是人，但早已不是以前的那茬人了。”

“你觉得他们看见‘二鬼摔跤，也不笑？也不可能笑？”

“是的，至少大多数的人不会被逗笑。只把极个别的一小撮人逗笑，那是不顶事的，也不是你的目的。”

“那他们究竟看见什么才会被逗笑呢？”

“我怎么能知道？不瞒你说，我本人也有很多年没有开心地笑过了，什么事都不会把我逗笑。”

“先问一句，作为制作‘二鬼摔跤’的木匠，你本人觉得它好笑吗？你要说实话，我想听你的心里话。”

“不可笑，那个木头疙瘩怎么会可笑呢？我觉得它一点儿意思也没有，它真的没有什么意思。”

“他妈的！这怎么办呢？”

“现在的人都像吃了太多的花椒，又麻又木，拿锥子扎，也不一定能扎出血来，不像以前的人，稍微破一点皮，就呼呼地往外冒血。”

“照你看，是人的皮变厚了，还是没血了？”

“不知道。我不是医生，更没研究过这个。”

“这也不是医生能研究的问题。它看起来要复杂得很哩。”

十

雨停了一会儿，头顶上面出现了几颗石子一样的小星星。

他回来没多久，他就又找来了。

“不管怎么说，还是做一个吧。”他说，“至于笑不笑，那就是他们的事了。有的人非要不笑也没有办法，我们的心到了就行了。”

“一定要做?”

“做吧。相信我，会有人笑的，他们会像不懂事的孩子一样开心地笑出声来。某些人不笑，也得想办法把他们搞笑。”

“你有这个能耐?”

从窗户里望出去，他看到那几颗石子一样的小星星已经不见了，雨又下了起来。回来的路上，他曾经不住地抬起头看它们，它们那遥远而亮晶晶的样子使他觉得人活着还是多少有那么一点意思的，并不是完全没有活头。这样的一种听不见雷声的雨天常让他想起从前的一些时光，想起一些人。快到家门口的时候，女人也刚从外面回来，她的衣服全淋湿了，贴在身上。一回到家里，她就开始脱衣服。一件一件地往下脱，每一件衣服上面都散发出一种雨的气息。

他是在他们夫妻回到家里后才找来的。

她越过木匠的身体，将一种很柔软的微笑抛给他。他注意到她的牙齿很白，头发上还残存着一些水汽。

“你进来之前，我还没穿裤子呢。”她说。

“噢，为什么?”他显得饶有兴趣地问道。他倒是个喜欢笑的人，尤其在面对女人们的时候，而且笑起来也不难看。

“还不是因为这鬼天气!”她说，“刚上身的一条新裤子，转眼之间就被弄脏了。我最不喜欢下雨了，什么都不能穿。”

“女人只知道美。”他笑着说，“根本不关心可怜的农业。”

“就是。”他也插话说，“你知道庄稼和土地多么需要一场雨吗？需要倾盆大雨，还不是几滴眼泪一样的小雨。”

“要我关心农业有没有雨，那还要你们这些干部干什么？”她没有理睬自己的男人，而是隔着他的背影对他说道。

“没有人知道我是多么盼望一场雨。”他说，“也没有人相信，我比土地和庄稼更需要一场雨。我把我的这种心情对镇长说了，连镇长也不信。他连声对我说，‘得啦，得啦！我还不知道你！’他知道我什么？我日他妈的！”

“镇长难道也不喜欢下雨？”她说，“那他盼望什么？”

“谁知道他盼望什么。”他说，“他比我们这些支部书记高一层，不需要直接面对土地和庄稼。”

她换了一身干净的衣服。雨的气息不断地从窗外流泻进来。

“要是还能活一回，下辈子坚决不嫁给木匠了。”她说。

“木匠不好吗？”他说，“我倒宁愿自己是个木匠，管他下不下雨呢。”他停顿了一下，对一直沉默不语的木匠说：

“木头我那里还有一些，是前年盖房子的时候剩下来的，我让人给你送来，就不要砍村里的树了。”

“你能这样大公无私，让我这个做木匠的真不知道说什么才好。”他说，“受的是气，拿出来的却是上好的木头。”

“好啦，你只要把那个东西做好，我就满意了。”他说。

“我一定做好。”

“还有一件事——”

“什么？”

“到时候，希望你能带头笑出声来，感染大家。当然，我也要带头。”

“好吧，我尽量努力。看看能不能让自己笑得更响亮一些，更真实一些。违心的笑是能够让人听出来的。”

“那当然，要是那样就麻烦了，人们会以为是一个圈套。那样一来，无论再怎么费力，人们也绝对不会再笑了。”

他起身告辞的时候，他对自己的女人说：

“送一送，出去送一送。”

女人找出一把雨伞，递到他的手里。

他看着他们出了屋，走到外面去了。他听到了雨水落在伞上的声音，是一连串嘭嘭的闷响。

过了一会儿，他透过窗户望出去，看到他们两个人都站在那把伞下。看不见他们的脸和上半身，只能看见他们的腿站在伞下。

“不怨她，只怨雨下得太大了。”他想，“她刚换了衣服，她不得不在那下面避一避。”

听着外面的雨声，他忽然感到十分疲倦。于是，他让自己躺下，闭上眼睛，没过多久便睡着了。

第二天早上，他派人送来一堆木头。

他站在那堆木头前看了一会儿。送木头来的人以为他有什么话要说，站在旁边等着，但他什么也没说。

到第三天晚上的时候，那两个扭打在一起的木头人看上去已经有模有样了。这以后，下边的事情他已不再去多想了，他把主要精力停留在它们的脸部，需要更进一步的精雕细刻了。他找出几件小巧精致的工具，用刀刻了一会儿，又轻轻地凿了几下。脸部的轮廓虽说早已在他的心中形成，但总又不断地被他推翻、修正。此外，眼睛、鼻子和嘴，都与他最初设想的有了很大的出入。

女人喊他回去睡觉，他似乎没有听见。不久以后，她从屋里出来，站在他的身边。那时候他正蹲在地上修理一道眉毛，她的一条腿在他的耳朵边擦了一下，他听到一阵嗡嗡的声音。

“你到底睡不睡?”她问他。

她盯着那两个木头人看了一阵，突然惊讶地问道：

“怎么还刻着眉毛呢?”

又看了一会儿，她又说：

“你不睡就算了，我一个人睡。我一个人照样也能睡得着。”

她的很白的身体在院子里闪了几下，关上门回去了。接着，屋里响起一阵倒水的声音。他的一只手握着一把小刀，另一只手里拿着一把铅笔一样的小凿子，看着面前的木头。木头的颜色是黄白的，看上去很嫩，这使他常常感到拘束，不敢下手太重。

地上有一层银灰而又轻黯的东西，一开始他以为是夜里的霜。后来，抬起头的时候，才发现是月亮出来了。

那边的那根眉毛好像还应该再细一点儿。他想。

十一

远处传来河水的声音，似乎还有人正在挽起裤腿过河。这个时候的河水在流淌的时候发出蓝色的绸缎一样的光亮。夜已经很深了，他看了一眼那两个扭打在一起的木头人，起身回去睡觉。刚走了两步，又突然停下来，回头看着它们。直到亲自抱来一捆草，苫在它们的上面，将它们全部遮蔽以后，这才放心地回去睡觉。

他叹了一口气，连他自己也不清楚为什么要这样做。

他划了一根火柴，光亮中看到旁边的女人睡得像一个“大”字。真他妈的，还能这么睡？火柴很快熄灭了，他也闭上了眼睛，躺在无边无际的黑暗里。他不知道自己是什么时候睡着的，睡了多久，反正是睡着了一会儿。

一阵异常急促的脚步声从远处一路跑来，在他的门外忽然消失了。很快，那两扇已有些年头的小木门在一阵十分用力地猛烈地拍打中开始摇晃起来，连同门环一起发出一种绝望的接近于坍崩的声音。

女人被惊醒以后，看到他还在睡着。她伸手推了他几下，只使他发出几声含混的梦呓。之后，她很快用脚把他踢醒了。他睁开眼睛，身上出满了汗，自上而下地散发出一种十分强烈的木头的气息。

“有人在敲门，声音越来越大。”她对他说。

“不可能！”他有些武断地说，“这个时候谁会来敲门？除非是鬼！”

“你这个死木匠！你快去看看呀。”她说。

重新闭上眼之前，他用一种奇怪的略带醉意的目光看了一眼身边的女人，轻声说道：

“你他妈的！你无非是想把我的身体彻底搞垮，将来看我的笑话。”

女人没有听见他的话，她的注意力被那越来越大的敲门声所吸引，并发出恐惧的尖叫。那两扇小木门好像已经被过度的焦急和绝望穿破了，只剩下行将粉碎之前的一种最后的震颤。

重新闭上眼之后，身上如胶似漆的热汗使他难以很快入睡，他在烦躁中坚持了一会儿后，渐渐地平静下来。这以后，他终于听见有人在外面正用尽了吃奶的力气在打门，他还听见自己的名字和他目前的身份正一遍一遍地被语无伦次地叫着。附近一带的几只狗也被吓得吠叫起来。

“木匠快起来，快把门开开！”

他披着衣服来到外面，在银灰的月光下，一眼就看到那两扇可怜的小木门被晃动得十分厉害。

“是谁呀？”他高声问道。

“我的祖宗！你终于出来了。”门外的那个人说。

他没有听出门外的人是谁。于是，他一边向那两扇小木门前走，一边说：“使这么大劲干什么？赶快住手！我这门已经禁不起折腾了，它快要散架了。”

打开门以后，看到一个木桩子一样的人站在外面。那个人向前蹿了一下，但他还是没有认出来。他说：

“谁？”

“能有谁？富贵，我是富贵。”

“哦，是富贵呀，你的胆子可越来越大了，我记得你从前天一黑就不敢出门了。你不在家里睡觉，跑出来干什么？”

“别说那么多了，赶快跟我走吧。”

“你把周围的人都吵醒了。”

“不见得。我叫了那么久，没看见一个人出来。——他家里出事了。”富贵用手向西边指了一下，他立即就明白了。

“他能出什么事？不是又升了吧？”

“他的儿子死了。”

一阵冷风吹进富贵的衣服里，他回过头去朝后面看了一下，村子里所有的房子都是黑的。再转过头时，看见木匠正盯着他。

“是真的。”富贵说，“是他让我来叫你的。”

“这么早就来叫我？”他说，“做棺材也不在乎这么一会儿。”

“是他让我来叫你的。好像不只是做棺材。”

这以后，他将门从外面带好，与富贵一起向西边走去。一路上，富贵不时地回头朝身后看。除了一些房屋和树，还有他们两个人的脚步声外，再什么也没有了。天上不时地有耀眼的流星划过，纷纷栽进不远处的群山间。

“那边的院子里现在可热闹了。”富贵说，“灯光、人影、哭声，当然还有血，整个院子里像开会一样。”

“那孩子有多大了？”

“还孩子呢！早就不是孩子了，有十七八了，做起事情来，一点儿也不比大人们差，甚至比我们这些人要强上很多。”

“他是怎么死的？”

“现在还看不出来。身上除了一个地方还在流血，再没有别的痕迹。”

“哪个地方在流血？”

“那个地方。”

“哪个地方？”走着走着，他忽然停下来。有些吃惊地看着身边的富贵，“你是说那个地方？下面？”

“是的，正是那里，像割草一样，被人连根割掉了。抬回来以后，放在院子里的台阶上，不久以后，台阶上也被染红了。”

“真正的斩草除根？”

“谁说不是，人们都这样说。”

“到底是谁干的？”

“瞧你问的！那怎么能知道？知道是谁不就逮着了吗？说实在的，这事可真不好闹，因为直到现在为止，还一点点影也没有哩。”

“想什么呢？那怎么可能？怎么会指望有人出来承认？永远也不会有人那样做，谁负得了那个责？”

“我也是这么想的。”

“这样看来，他倒不一定是被人杀死的。”

“是的，对于他那样的一个人来说，还有什么比那更重要的？现在那里被连根拔掉了，他活着还有什么意思？”

他们在稀薄的月光下走着，一些屋脊如同灰色的地平线一样呈现在远处，细看时，仿佛在慢慢地蠕动。

不久以后，他们听到一阵女人的哭声。很快又看见灯光像水一样从那边的门里溢出来，流泻在门外的空地上。

他进去的时候，看到有人正在清洗台阶。是一个六十多岁的人，端着一盆水，手里拿着刷子和笤帚，弓着腰在台阶前认真地清洗。从背后看上去。那个人的动作既飘忽又沉重，很难判断出是在干什么。不过，尽管干得轻手轻脚，但还是能听见刷子摩擦大理石的声音和用水冲洗的声音。一会儿倒一股水上去，轻轻地刷几下，接着又是一股。除此以外，整个一条长长的台阶上是空的，再没有任何东西。他又看了看台阶下面，有几张凳子和椅子摆放在那里，不远处还有一小捆松散的麦秸。

“也许早就已经抬回去了。”他想。他的眼睛转动了几下，看着院子里那些格局和式样不尽相同的房子。“这会儿正停放在某一间房子里。”

很快他看到了他，他站在院子的中央，在灯光和月光的映照下，整个人像一个影子一样高大、宽阔而又虚幻，看上去十分的不真实，他走到他的面前，看到他的手指间夹着一支没有点燃的烟。

“你来了。”他说。

“真让人想不到。”他说。他这样说的时候，忍不住又向四周看了几眼，甚至连几个灯光和月光照不到的黑暗的角落也瞥了一下。

“我知道早晚有这么一天，只是没想到来得这么快。”

他看了一下天色，在心里猜测着现在的时间。

“这会儿的光线不太好。等天一亮，我马上就动手给他做棺材。”

“棺材当然是要做的。我找你来不光是为了做棺材，还有别的事。”

“丧事准备要大办？”

“还大办什么！拉出去埋了就行了。这是他的丧事，不是他的婚事。短命的东西，我为他将来的婚事曾拟订了一个数千人的大名单。”

“看来只能取消了。”

听到他这样说，他似乎笑了一下，然后将手里的烟点着，深深地吸了几口，看着他。

“你知道，他的身上少了一件东西。”

“是的，我刚刚听说了。富贵告诉我的。真不像话，怎么能那样？日本人也不过如此。”

他的眉头慢慢地锁到一起。“我想，他来的时候是完整的，从这个世上离去的时候也应该尽量完整，还给他一个最初的样子。你说呢？”

“怎么还？我不知道你是什么意思？”

“兄弟，用你的技艺，给他补一个，他就完整了。”

“你是说用木头做一个？我还从来没有做过这种事呢。不行，我真的不行！这事我想都没有想过。”

“怎么不行？肯定行。我知道你行，你尤其擅长精雕细琢。谁不知道你是咱们这一带有名的能工巧匠。”

这会儿，他的身上开始出汗了。夹带着寒意的夜风不时地从身边吹过，将他来时的那种平静的心情完全吹皱吹散了。

“精雕细琢？难道还需要精湛的工艺吗？”他想，“还需要在上面雕出复杂的花纹和线条？”他仿佛有些不认识地看着他，看着他将一支烟吸完，很快又接上一支，将白色的烟雾释放在他们的中间。

“兄弟，这事就拜托你了。”临走时，他破例握住了他的手，又一次语重心长地强调道，“你侄儿如果有灵，他也会感激你的。”

回家的路上，他还在想那件事。他说得真好听，“你侄儿……”谁是我的侄儿？我什么时候突然有了一个侄儿？他想。他听到身后传来一阵沙沙的声音。他停下来的时候，那声音突然消失了。当他又开始走的时候，那沙沙的声音也又开始在身后响了起来。他跑了几步，耳边听到身后那沙沙的声音也变得急促起来，也跟着他在跑。坏了！他想，我不是把那个冤孽带回来了吧？难道他还真的有魂？听那走路的声音不像是在走路，倒像是一种悲悲戚戚的窃窃私语。他活着的时候，可从来没有对他说过什么，见了面连招呼也不打，现在死了，身上缺少东西了，就跑出来给别人当侄儿来了。他不得已又一次停下来，回头去看时，不禁松了一口气，原来是一枝长长的苍耳挂在他的裤子上，一直跟着他跑，那沙沙的声音使它在沿路留下了许多痕迹。他把它摘下来扔到一边。这以后，他觉得一下子轻松了。管他是谁的侄儿，那不是他这个木匠要考虑的事情，他更关心一件东西的材料和尺寸，以及正反两面。

从一条狭长的巷子里走出来以后，他看到沉睡了许久的村子里已开始有了零星的灯光，远处的河坝像一条蜿蜒起伏的带子，黎明前的灰色正笼罩着大地。

十二

中午，他没有在他那里吃饭。

院子里有很多人，这使天气变得很热。他在木板上画完最后一条直线后，迅速地摇动墨盒上的手柄，将放出去的墨线收了回来。他不想在他这里吃饭，从一开始就打定了这样的主意。多年来，他做过无数具棺材，但从来没有在任何一位死者家里吃过一次饭。尽管他们多少次都极力挽留，而且那不掺假的真正发自内心的盛情常常让他感到难以招架，甚至无法婉拒。但他坚信处于一场丧事中的食物永远都散发着一种挥之不去的死人味，他对此深信不疑。只有在那些建造房屋的人们家里干活儿时，他才会欣然留下来，与主人及其他帮忙的人一起吃一顿饭，一边喝酒，一边畅所欲言，什么都说，甚至帮助主人一家展望他们的未来，想象他们的前景。房子盖好了，下一步该干什么了。

他满脸倦意地回到家里，在午饭快要结束的时候，他终于对自己的女人说出了那件让他感到难以启齿的事。

“人已经死了，做那还有什么用?”她说。

“这得问他去。”他说，“他把这个任务派给我了，完全拜托给我了，不再另外想办法了。他不说我也明白，我是跑不了啦。”

“他是怎么说的?”

“他少有的温和、亲切，一口一个‘你侄儿，你侄儿……’，说得我既麻烦，又没有主意。我该怎么办?”

“谁是‘你侄儿’?”

“他那死去的儿子。这种关系是他临时加给我的。”

“那你就给他做一个呗。”

“我没有办法给他做，这不光是一个技术问题。我不想让自己有那样一个侄儿，我不承认这种关系。”

“那你为什么不对他说?”

“他刚死了儿子，我不忍心冲撞他。”

“那你就只有做了。”

“我想了很久，我觉得你倒有可能——”

“什么?让我做?我拿什么给他做?”

“听我说，和一块面，给他捏一个算了。”

“和一块面，捏一个?你说得多轻巧!”

她尖叫起来，脸变得通红。那时候，院子里并没有人，但她却看着窗外，耳边听到他在说：

“我的意思是，豁出去二斤面，给他捏一个。保证他满意得再说不出什么来。”

“你这两天脑子好像糊涂了，要捏人家自己不会捏么，又有爹又有妈，还用得着找人?”

他不出声了，他在回想着她的话，突然觉得她说得也很有道理。

他注意着她的表情和反应，觉得这件事情不能再继续深入说下去了。他轻手轻脚地从炕上溜下来，想赶快到那里去做棺材。他慢慢地穿好衣服，尽量不让自己发出什么声音。一直走到门口时，他才回过头对她说：

“你要是觉得委屈，不想做就算了。我再想办法。”

说完以后，还没等她开口，他很快就走了。

走在路上的时候，他渐渐地放慢了脚步。有人在向他打招呼，他回应了一声，但没有看清是谁。

晚上，在他回家的路上，当他又走到这一带的时候，又听见有人在向他打招呼，仿佛还是午后的那个声音。他停下来，看着四周。树是黑的，一些人的家里亮起了灯，羊在不远处的黑暗中用颤音叫着。

有一个人急匆匆地走着，在前面的一个路口一闪就过去了。

“麻烦你帮我做一个吧。”

他听见有人这样在对他说，正是那个声音！声音里充满了恳求。与此同时，他感到自己的衣服从旁边被拽了一下。

他迅速地转过来，但他的身边并没有人。又看看周围，也没有人。他怀疑长期的劳作使他的眼睛过早地变花了。下午干活儿的时候，他竟把早已画好的一根墨线看成是两根，锯来锯去，结果使一块上好的木板完全不能用了。尽管没有人说什么，但他还是不能原谅自己。他甚至觉得被锯坏的不是一块木板，而是他自己。

不久，他的眼前忽然一亮，看到不远处的一棵又高又黑的树下站着一个人。按照距离来说，他早就应该看到的，但就是没有看见。于是，他向那棵树下走去。他看到那个人背朝这边站着。他在他背后问道：

“刚才是你在对我说话吗？”

听到他的话以后，那个人转过身来。是一个完全陌生的年轻人，他以前从未见过。他看到年轻人的脖子上有一根亮晶晶的绳子，不是项链，就是什么吉祥物、护身符一类的东西。他想，几乎所有的年轻人都喜欢佩带这一类的小零碎。

“我没有对你说话。”陌生的年轻人说，“不过，我认识你，你是木匠。”

“哦，你认识我？”他说。

“我爹也认识你。”

“你爹是谁？”

“他已经不在了。”年轻人摇摇头，看了一眼胸前那根亮晶晶的绳子，很快又把目光越过他的肩头，看着他身后的那些地方。

离开树下，沿着回家的路走了一阵后，他很快又返回来，看见那个陌生的年轻人还在那里。于是，他大声地问道：

“你是哪个村的？天这么黑了，为什么还站在这里？是在等人吗？”

陌生的年轻人没有说话，微微地向他笑了一下，又转过身去了。一阵风吹来，积存在树上的雨水像一些细碎的果实一样落下来，滴到他的身上。不久以后，当他又一次返回来的时候，看到树下已经没有人了。他独自站了一会儿，然后开始慢慢地往回家的路上走。他想起那个年轻人在笑的时候，脸上的神情很像一个女人，这使他多少感到有些奇怪。是未出嫁的姑娘们的那种笑，不是已婚女人的那种无耻而世故的笑，那样的区别是很明显的。走了一会儿，他渐渐感到心里越来越有些沉甸甸的，又仿佛被什么东西重重地划了一下。

还有一种东西也正在他的心里，很亮，一闪一闪的。

已经能看见他的房子了。四周一片寂静。他哼了几句没有唱词的调子，然后望着屋顶上的青草，它们离他越来越近。在距离家门口不远的他方，他看见一个旋风像一根巨大的圆柱子一样摇摇晃晃地从旁边的一条巷子里出来，在他的身边转来转去。尘土飞扬起来的时候，他急忙闭上了眼睛。他听到有人朝着旋风的方向狠狠地啐了一口，然后嘭的一声关上门回去了。他的衣服在风中飘拂了一阵后开始向上翻卷。风吹衣服的声音将他带回到很远的过去。小时候，一看见有旋风摇摇晃晃地过来，他们就用手指着它骂，但没有一个人敢过去，因为旋风不像他们眼里的农业机械，稍微动一动就坏了。旋风是坏不了的，很难弄破，它想转多久就转多久，想在哪里转就在哪里转，除非它自己不想转了，然后才会拖着一条长长的浮尘滚滚的尾巴，像来的时候一样向别处刮去。在那个巨大的玻璃罩子一样的东西里面，时常浮现着金针一样的柴草和白色的纸片，有时会有一顶缺边的草帽被从村中带走，仿佛把一个人带走了。

一个喘着气的声音从后面赶上来。他听到：

“麻烦你帮我做一个吧。”

院子里没有风，像以往任何时候一样平静，所有的东西都在各自原来的位置上。关上门以后，他听到那个旋风从门外过去了。

屋里亮着灯，窗户被映成夕照一样的黄色。窗户上的木格和花纹出自他本人之手，现在，望着它们被染成晕黄的色调，他的眼前渐渐感到有些灼热。又看了一会儿，忽然发现有两个人的影子映在窗户上，他们扭打在一起，互不相让，似乎都想将对方打倒、吞噬。一会儿他们双双都倒下去了，一会儿又都站了起来，继续互相撕扯。透过被灯光映得发黄发亮的窗户，他隐隐地听到他们的激烈的喘息和骨节的响声。他们的影子在窗户的映衬下，完全是漆黑的，站在院子里看时尤其醒目，这给他留下了很深的印象。

不久，他们又倒下去了。

没有黑影在其中活动了，那黄黄亮亮的窗户开始平静下来，看上去整洁而宁静，又有一种融融的暖意悄无声息地散发出来，如同一幅镶着框子的画。

他看得有些发呆。

又过了一会儿，他们仿佛从水里浮上来一样，慢慢地升了起来。两个漆黑如墨的影子清晰无比地显现在窗户里面，像是在轻轻地晃动，又像在原地蠕动。这样持续了一阵后，他看到他们开始移动了，从窗户的这边移动到那边，两个人很默契地一起移动，如同在平静的水面上行走一样。要不是有墙的阻挡，他们也许会一直用那样的方式移动到山墙外面的菜园子里去。他们就那样来来回回，不厌其烦地漂着，漆黑的影子不时地从窗前划过。

后来，就再也看不见他们了。

他走进屋里。女人一看见他，还没等他开口，就抢先说道：“累死我了。”

“怎么了?”他说。

她很疲倦地指了指柜子旁边，他看到他做好的那两个木头人正放在那里，灯光的映照使它们具有了一种罕见的生机，仿佛是两个连接在一起的活人，连他自己也感到有些吃惊。他仔细地看了一会儿，它们的黄色的表面上正放射着某种不可思议的光泽，如同两个出了很多汗的人。

“你不在家，我一个人闷得很。”她说，“我钻进去玩了一会儿。这个鬼东西，没有力气的人是表演不了的。”

“你也会表演这个?”他惊讶地问道。

“我怎么就不会?”

他笑了一下。“我一直以为，”他说，“这一带，方圆几十里以内，只有我一个人会做，也只有我一个人会表演。我没想到你也会。”

“木匠会，木匠的女人为什么不会?”

他点了点头，不能说没有道理。近朱者赤，近墨者黑，她会摆弄这个，应该也是在情理之中的。

“你是什么时候学会的?”他问她。

“这还用学吗?”她说

他看着她。她的头发十分凌乱，衬衫的纽扣几乎全都裂开了，运动之后的红晕还停留在她的脸上。

“女人表演这个会受不了的。”他说，“连我自己也常常感到有些吃不消。你是怎么把它们搬进来的?”

她似乎疲倦极了，仰躺在炕上，闭上眼睛。

“我没想到你也会。”他又笑了一下，轻声地说道，“我一直以为这一带，方圆几十里以内，只有我一个人会。”

以前的那些年，每次的木头人都得由他亲手制作，做好以后，没有人会表演，他不得不自己钻进去表演，在地上来回翻滚，在人们的笑声中土头土脸地钻出来，喘息一阵后接着再钻进去。他熟悉里面的机关，一切全都是由他一手做出来的。那时候他还年轻，还不懂得什么叫作茧自缚。

“你觉得这个东西还有意思吗？”他问她。

“有那么一点儿意思，”她依旧闭着眼，说道，“但没有太大的意思。”

“它有可能让人们笑出声来吗？”

“那要看人们的心情了。”

“人们的心情都很糟，有的可以说糟透了。”

“那就肯定不会有人笑。”

夜已经很深了。他们躺下后，熄了灯。他翻了一下身，看着屋里的一面墙。熄灯后带来的黑暗使他什么也没有看见。

过了一会儿，他又笑了一下

“我真没想到你也会，”他在黑暗中轻声地说道，“一点儿也没有想到。多年来，我一直以为这一带，方圆几十里内，只有我一个人会，却没想到你也会。”

“你不累吗？你已经说过好多遍了。”她说。

“说过好多遍了？”

“你以为呢？”

“那咱们就睡吧。咱们也该睡了。”

“睡吧。

他很快就睡着了。

听见屋里的门响了一下，他睁开眼，看见她披着衣服站在屋门口，正要将屋里的门关上。

“你对这个家越来越不负责了。”她背对着他说，“回来的时候连大门也不关，半夜里进来人怎么办?”

“我没有关大门?”他有些不相信。

“你自己去看看。”

他准备起来的时候，她却说：

“我已经关上了。等你关，贼人早就进来几个来回了。”

他看着她脱去衣服躺下。不久以后，听见她睡着了，呼吸均匀而平稳。他盯着她的脸看了一会儿，又转过脸看着窗户上的那些整齐的木格。经她一说，他也开始怀疑了，不敢肯定自己回来的时候是否关了大门。睡意已经没有了，他变得越来越清醒，睁着眼睛躺在那里。

他认真地想了一会儿，后来终于想起来了。

“肯定关了，我回来的时候肯定把大门关了!”他在心里对自己说。

这以后，他将她叫醒，对她说：

“我关了大门了，我回来的时候肯定把大门关上了。”

“关就关了，没关就没关，这又不是什么大事。”她迷迷糊糊地说道，“你真像个孩子一样。”

“还孩子呢，我都四十了。”

“你就是个孩子。”

“孩子就孩子吧。反正我关了。”

她很快又睡着了。

“不管我是个孩子还是大人，我肯定关了，我回来的时候肯定把大门关上了。”他又一次在心里对自己说道。他清清楚楚地记得，在他关大门的时候，那个圆柱一样的旋风正在从门外经过。

十三

午后，他独自走进那间被临时当作停尸房的房子里，一个人在那里面待了一会儿。大约十几分钟以后又出来了。

回到正面的屋里后，他对自己的女人说：

“有眉目了没有？和他有关系的女人一共有多少？”

“有名有姓的，一共有六个。”女人说。

“说说她们的情况，尽量详细一点。”

“我也还不太清楚。”她说，“那六个人中，只知道有四个是还没有结婚的姑娘，另外两个都结过婚了。”

“这六个人，我们都要付钱给人家，必须付。知道吗？”他说。

“我们的人都死了，还要付钱给她们？”她尖叫着说道。

“难道不该付？”他说，“前些天你还说自己不喜欢钱呢，现在怎么了，又心疼了？心疼也得付。尤其是那四个还没结婚的姑娘，她们的婚姻和身价将来都要受影响，都要被打折扣，更得多付给她们一些。”

“那两个呢？”

“那两个不是已经结过婚了么，那她们就不值钱了，她们的标准应该低于那四个姑娘的标准。我不追究她们勾引青少年学坏就已经不错了。”

“这得需要多少钱？”

“蠢人！要是用钱能把所有的事情都弄平坦了，我就什么也不愁了，就怕有人送上门去也不要。”

“官不打送礼的，这个你不要愁，现在没有那样的人。”

“这些事情你去办！我要把主要的精力放在别的事情上面。”

“又让我去攻坚?”

“另外，从村里的女人们中间，找一两个能说会道的，特别是那种能把死人也说活的，让她们和你一起去，让她们帮你说。”

他粗略地估计了一下，再过一段时间，也许只是十几天以后，所有的事情差不多就可能全结束了，一切又都会重新开始。

已经很晚了，还有人在街上的背风处站着。

“说心里话，我真是等不及了。”

“再等等吧。先给它上两道油漆，这样就不会被风吹裂了。油漆的事你去办，就不要再找别人了。”

“我去办?”

“我认为我们自己也可以刷，不能什么事情都依靠别人。”

“我认为你和前两天不一样了。”

“另外，它也不能再继续放在那里了。等油漆一干，得重新给它找一个地方，一个可靠的地方。”

“出了什么事? 你别吓唬我。”

“还没有什么事。昨天晚上，我刚回到院里，就听见一阵噔噔噔的响声，像是在敲门，又像是在敲那个盖子，我真吓了一跳。门外我看过了，没有人。我向那里走去，原来是一只小羊不知什么时候钻了进去，正在用它的蹄子这儿敲敲，那儿蹬蹬。‘小家伙，这里可不是你待的地方。’这以后，我弯下腰把它从里面抱了出来。我回去时听到的那个声音就是它的声音。”

“小羊嘛，它懂什么！给它一棵毒草，它也敢吃。”

“还有一件事，我想说说你，我其实早就想对你说了，你要管着点自己，不能到处什么都乱说。”

“我乱说过什么？我没有乱说过。我的嘴一向很紧。”

“今天，有一个孩子，对他的奶奶说，他看到有一个人像疯子一样，看见谁家的门开了，就使劲往里看；看见有人过来时，也用那样的眼光看人家。那说的是谁？我以为是在说你，一听就知道是在说你。”

“怎么能肯定那就是我？他妈的，是谁在说我？”

“你看你看，你又急了吧。”

“我没急，我只是觉得生气。”

“我认为你这么干会有麻烦。”

来到村口的时候，她们看到村里的灯光已经熄灭了，整个村子都在寂静中散发出昏睡的黑暗的气息。她们望着那些参差错落的房子站了一会儿，听到不远处的水渠里传来低低的流水的声音。

“真要感谢你们两个了，没费多少工夫，就很快把三家的事情都办完了。这一路上我都有些不敢相信。”

“先把好办的都办了，把最难对付的那个留在最后。”

“那个姑娘我倒不担心，看上去人很老实，又怕羞。我最担心的是她爹，那才真正的难对付哩。”

“那是一个有名的倔老头，十分难说话。”

“他就是一盘坏死的老石磨，我们也得想办法让他转起来，把他弄化了。我们三张嘴合在一起，会让他垮掉的，会让他松开一个口子的。”

“咱们也该找个地方歇一歇了。”

“都到我那里去吧，有吃的，还有住的地方。吃过饭以后，你们两个要是愿意在一起睡就在一起睡，不愿意在一起睡，就一人单独住一间房。另外，我还有东西要给你们，他也有东西要送给你们。”

“这怎么好？不敢哟。”

“有人过来了。”

“是巡逻队吗？”

“不像。”

“我们走那边吧，从木匠的菜园子后面绕过去。”

原载于《花城》二〇〇〇年第一期

编后记

除了另外三部长篇小说以及部分短篇小说由于版权等原因未能收入外，这次编辑出版的作品系列囊括了我目前面世的全部作品，共计有长篇小说六部、中篇小说四十四部、短篇小说三十七部。在各册的编排上，力求和谐。不过，因篇幅字数的差异，有时又确难做到内容与风格上的高度一致甚至相近，如此，同一册之中，有时会有完全不同面目的作品并存。阅读一本风格内容相近的书犹如在一个熟悉宁静的地方漫步，反之，则如同在同一座山上浏览四季；对于阅读者来说，很难说哪一种方式更好。也许，这中间并不存在可比性。此外，部分篇章中偶有另造之词句，我视之为自己之词句，更视之为一个写作者对于语言、对于表达所做之努力或曰贡献。我不喜并厌恶被无数人咀嚼过无数遍的词句及语言，故在与各册编辑商榷后，使它们得以保留。保留它们，也意味着保留了我之所思所想，更是一次与它们生离死别之苦痛的避免。

这套作品系列，贯穿了我迄今为止的写作生涯，从最早到最近。

感谢此系列最早的策划者续小强、孟绍勇二位青年才俊，感谢北岳文艺出版社，感谢北岳文艺出版社众位编辑朋友在此系列的编辑、校阅、出版过程中付出的大量艰辛的劳动和努力，她们认真、求真、严谨细致的工作作风和编辑精神给我留下了深刻难忘的印象，也使我深为感动。

吕　新

二〇一七年十月二十四日